新 潮 文 庫

みみずくは黄昏に飛びたつ

川上未映子 訊く／村上春樹 語る

村 上 春 樹
川 上 未 映 子 著

新 潮 社 版

12110

みみずくは黄昏に飛びたつ

目次

第一章

第二章

第三章

眠れない夜は、太った郵便配達人と同じくらい珍しい

229

文章さえ変わり続けていけば、恐れることはない／『ノルウェイの森』幻のシナリオ／本当に求めているのは、男性なんじゃないのかな／文章を書くことで、自分を知るということ／読者を眠らせないための、たった二つのコツ／生き方を教えるのは難しい、書き方も同じ／文体は心の窓である／手を引いて、どこかへ導いてくれる存在／女性が性的な役割を担わされ過ぎていないか／こんな女の人、いままで読んだことがない／地下に潜んでいる、僕の影に触れる瞬間

付録

文庫版のためのちょっと長い対談

濃厚すぎる二年間ですね／ガラパゴスとか、パリとか、村上RADIOとか／チーヴァーを翻訳して学んだこと／父親のことはいつか書かなきゃいけないと思っていた／文章というツールについて／「待つのが仕事だから」と言ってみたいけれど／帰って来られた猫と帰って来られなかった猫、内臓の中の石／インタビューの最後に

みみずくは黄昏に飛びたつ

はじめに　川上未映子

　村上さんに初めてお会いしたのは今からちょうど十年前、ある授賞式でのことだった。登壇を待っているときに「どうしよう、話すこと何も考えてないんですよ」と話したら「そういうときはにっこり笑えばいいんですよ」と言ってくださり、安心したのか本番では気づけばたくさん話していた。会場を出たあと、くるりとこちらを振り返った村上さんに「けっこうしゃべったじゃん」と言われて、大笑いしてしまった。

　時は流れ、柴田元幸（しばたもとゆき）さんから、村上さんへのインタビューの依頼をいただいた。これは『職業としての小説家』の刊行を記念し、二〇一五年に文芸誌「MONKEY」に掲載されたもので、本書の第一章に収められている。このインタビューはいろんな人から「面白かった」と言ってもらえてとても嬉（うれ）しかったのだけれど、村上さんもわりに気に入ってくださっていたようで、そのあと、福島の文学ワークショップでお会いしたときに「あれ、よかったね。一冊になるといいよね」なんて話してくださった。そして二〇一六年の秋。村上さんは長編『騎士団長殺し』を書きあげられ、ついてはその作品を中心に本格的なインタビューを、という依頼があった。内容はもう、わたしの好きなように、好きなだけ。そして冬の真ん中あたり、三日間にわたるインタビューが行われ、こうして一冊のかたちになった。

最初は「たくさんの読者の思いを背負っている」という責任のようなものを感じて準備しながら色々と考え込んでしまった。でも、あるときに「ききたいことを、ききたいように、きけばいい」——こう書くと相田みつをみたいであれだけど、そのことにふと気がついた。そうだ、誰のことも気にせずに、十代の半ばからずっと読んできた作品の作者に、今の自分が本当にききたいことをききたいだけ、きけばいいのだ。村上さんの井戸をうえから覗き込んであれこれ想像するのではなく、入ってしまえばいいのだ。そしてもし可能なら、村上さんと一緒に。それで気持ちが、すっとらくになった。

インタビュアーの経験が一度もなく、あっちへいったりこっちへいったり混乱し、また、しつこいわたしのどんな質問にも、村上さんはじっくり丁寧に答えてくださった。書き手として読み手として、わたしは村上春樹という作家から、そしてその作品から多くのことを学んでいるけれど、今回の出来事はそのどれとも違う位相と迫力でもって、じつに多くのものを見せてくれた。

対話のなかに、原稿のやりとりに、ふとあらわれる比喩に、冗談に——至るところに村上さんのマジックタッチの瞬間があって、わたしはそれを文字通り体験したのだと思う。そんな強力な磁場のなかでわたしはいつも少しだけ緊張していたけれど、でも、最初に村上さんにお会いしたときの印象はそのままずっとそこにあってくれて、笑いのたえない、とても楽しい時間を過ごすことができた。

読者のみなさんが本書をどんなふうに読んでくれるのかはわからないし、今回の仕事がわたし自身にとっていったいどんな意味をもつのかも、今はまだわからない。でも、大切なのはうんと時間をかけること、そして「今がその時」を見極めること。村上さんはくりかえしそれを伝えてくれたように思う。ミネルヴァの梟がそうであるように、物語の中のみみずくが飛びたつのはいつだって黄昏、その時なのだ。

でもそれはそれとして——まずはみなさんも一緒に入ってくださると、すごく嬉しいです。ようこそ、村上さんの井戸へ。

第一章

優れたパーカッショニストは、一番大事な音を叩かない

西麻布のレイニーデイ・カフェで。生まれて初めてするインタビューの相手が村上さん、ということでどうなることかと思ったけれど、準備段階でさんざん緊張し、あれこれ考えすぎたせいか、当日はやっぱり楽しかったという印象だけが強く残っている。こんなふうに話を伺うことはもうないだろうと思っていたので、「あれもこれも」となってしまって質問内容には駆け足感があるけれど、回答のひとつひとつに村上さんのエッセンスとマジックタッチがしっかり凝縮されている。インタビューを終えて外に出ると地面が濡れて光っていて、どうやらわたしたちが地下にいるあいだに雨が降って、そして止んだようだった。

朗読会の思い出

川上未映子（以下――とする）以前にもお話ししたことがあるんですけれど、わたし、十九歳の時に、神戸で開かれた村上さんの朗読会に行ってるんですよ。

村上春樹（以下「村上」）一九九五年に、神戸の地震のあとでベネフィットの目的でやったやつですね。そうか、まだ十九歳だったんだ。

――はい。なんであんなにうまくチケットが取れたのか。不思議なんですけど。

村上　たしか、あの朗読会は二か所でやったと思うけど、どっちに来たんですか？

――両方行ったんです。

村上　両方？　それはすごいな。

――元町の会館と芦屋大学のホールでなさったんですよね。二日とも行きました。もちろん告知されたその日にソールドアウトになったんですが、その告知自体もそんなに派手に出なくって。わたしはちょうどそのとき書店員で、スリップを分ける仕事をやっていて、ふと見たら、朗読会のチラシがあったんです。これ本当かなあ、ウソの情報かもと思いながら電話をしたら、取れたんです。

あの朗読会でびっくりしたのが、村上さんが「朗読をします」とおっしゃって、「めくらやなぎと眠る女」を朗読されたことです。あの短編はもともと八十枚ぐらいの長さがあるんですよね（編集部註・『蛍・納屋を焼く・その他の短編』一九八四年刊所収）。

村上　そうなんです。あれ、けっこう長いんだよね。あとで後悔したんだ。

――村上さんは、そこで八十枚をすべてお読みになったんです。

村上　すごく疲れたのを覚えてるなあ。

――聴衆であるわたしたちの方はもう、村上さんの登場から、一言も聞き漏らすまいと全員がフルの態勢でいってるので、朗読の時にはもうみんな力尽きちゃって。だんだんみんな意識が朦朧として、一人脱落、二人脱落みたいになってしまったんです（笑）。そしたら、その翌日の朗読会で、村上さんは「昨日は、朗読が長過ぎたので、ダイエットしてきました」っておっしゃって、一晩であの短編をすっかり作りかえていらしたんですよ。

村上　ええ、長すぎるから二十枚ぶんくらい削ったんです。

――普通だったら、違うテキストに替えるとか、ほかに選択もあるかと思うんですが、でもあの時、あの場所で、「めくらやなぎと眠る女」はもう、これ以上ないテキストなわけですよ、あの土地の読者にとって。だから一晩で村上さんはこの作品を書きかえられたんだなあ、と。当時はその作業の大変さなんてわからなかったけれど、でもなぜかとても胸を打たれて、思わずサインの列に並んだんです。

村上　並んだんだ。

――並びました。「いや、わたしはサインを求めるような村上春樹の読者ではなかったはずだ……」みたいな自意識と戦いながら(笑)。お名前のサイン自体はすでにお部屋で済まされていて、村上さんに日付だけ書いていただいたのを思い出します。

村上　あの朗読会では、僕よりむしろ会場のほうが緊張してた感じでしたね。あまりやらないことだから、僕はわりに楽しんでいたんだけど。

――ええ、聞く方も本当にみんなすごく緊張していて、緊張が空回りした揚句に、とんでもない質問したりする人とかもいました。その時、「お前何訊(き)いてんの、空気読めよ」っていう、全員からの必死な無言の突っ込みもすごかった(笑)。今ではとても良い思い出ですけど。参加の人数も多かったですよね。

村上　けっこう多かったですね。この間ニュージーランドで、二千人くらいの観客の前でやる機会があったんだけど、入場料が四十ニュージーランド ドル（約三千六百円）くらいで、こんなお金とっていいんだろうかと、話す僕の方も、すごく緊張しちゃった。

――二千人。それは公開インタビューですか？

村上　ええ、そうです。そんなたいした話はしてないんだけどね。

「語りかけ」の変化

――村上さんはこれまでも、書くことやそれにまつわることについては、折々のインタビューやエッセイで話したり書いたりしてこられたと思うんですが、『職業としての小説家』で、それらを総括されている印象があります。今回、系統的にお書きになって、いかがでしたか。

村上　この本は、どこかの雑誌とか出版社から依頼を受けて書いたんじゃないんです。小説を書くという作業について、自分が前から言いたいと思っていたことを、一度文章にして書いてみようと思って、いわば自分のために書き始めたんです。書き出したのは五、六年くらい前かな。言いたいことをみんなそっくりそのまま書いちゃおうという感じで書き溜めていったんだけど、そうすると当然ながらいろいろとカドが立ってくるので（笑）、あとで手を入れて、いちおう世間に出してもいいように書き直しました。でも基本的には言いたいことをわりに率直に書いています。

――書き終わった時には、何かこう、言い切ったなという手応えはありましたか？

村上　いや、言い切ったなとは思っていない。いろんなトピックについて書いたけど、まだ話してないトピックは結構あるような気がします。例えば、翻訳については語ってないんですよ。

――そうですね。

村上　いずれ、翻訳は翻訳として、独立した本にしようと思っているから。その時は、柴田元幸さんとゆっくり本一冊分くらい話そうと。そういう積み残したテーマはいくつかあります。あと、やはりこれを言っちゃうと、特定の個人が絡んできてちょっとまずいということもありますし。

――『職業としての小説家』で取り上げたそれぞれのテーマは、自然に出てきたものですか？

村上　ええ、頭に浮かんだものをぽっぽっと書いていったら、それぞれのトピックごとに章としてまとまっていったということですね。日にちをかけてひとつひとつの章を書いていったという感じです。僕としてはわりに大事な本になると思うから、締め切りなしでじっくり書いていきました。

――魅力の一つだと思ったのは、村上さんが誰かに向けて語りかけている、というところでした。というのも今度の本は、プロの作家に向けて書かれている部分もあるし、作家志望の人、あるいは小説を書かない純粋な読者、あるいは十代や二十代だった時の村上さん自身に向けて書いているなと思えるところもたくさんあって。村上さんがこの本を、特定ではないにせよ確実に存在する「誰か」に向けて書いているというスタンスを、魅力的に感じたんですね。

特に冒頭におかれている、「MONKEY」創刊号に掲載された「小説家は寛容な人種なのか」という章の末尾で、「リングにようこそ」って締めの一文を読んだ時に、ちょっと驚きました。こういう呼びかけみたいな言葉は、これまでお書きにならなかったんじゃないかと思って。村上さんはこの本でも、書くことについて、すごく個人的に、深く掘り下げながら語っていくんですが、何か、これまでとはちょっと違うニュアンス、「我々」っていう視点というか、ちょっと今までとは違う語られ方、聞き手に向けて語っておられるのを感じたのですが、そこにご自身の意識の変化はあったのでしょうか？

村上　僕が若い頃は、当然のことながら、まわりにいたほとんどの作家たちは、僕より年上だったでしょう。そういう中で、僕はどっちかというと反抗的な立場にいたというか、アウトサイダーとしての意識が強かったから、年上世代の作家たちに対して構えるところも、それなりにあったんですよね。ちょっとハスに見るというか、意識してはぐれてたという雰囲気だったんだけど、もうこの年になると、はぐれるも何もないだろうと（笑）。今はほとんど、僕より年下の作家になっちゃったわけだからね。例えば、芥川賞の選考委員なんかも、年齢的には僕とほぼ同じか僕より下ですよね。

――そうですね。

村上　するとやっぱり、作家というものに対する視線が変わってきます。昔はわりにつっぱって身構えてたけど、今はもう、どうぞ好きにやって下さいという感じですよね。すりよる必要もないけど、つっぱる必要もない。

――そういう変化があったんですね。

村上　だから今はただ、シンプルに「僕はこういうふうに思うんです」と語りかけるだけです。何かを主張しているわけではないんです。この本の、仮想「私的講演」のオーディエンスの中には、僕より若い作家も含まれているかもしれないし、今はまだ作家になっていないけど、なりたいと思っている人もいるかもしれない。それこそさっきの朗読会の観客じゃないけど、そこには熱心な僕の本の読者もいるだろうし、実は全然僕の本を読んだことないという人だっているだろうと。そういういろんな聴衆を、そのまま自然に総体として受け入れていこう、という意識が強くなってきたかもしれない。それはたぶん年齢的なものですね。僕の言っていることに共感してくれる人もいるだろうし、共感してくれない人もいるだろうけど、でもまあとにかく自分の言いたかったことを、できるだけすっきりわかりやすく言ってしまおうと。

——今まで、例えばインタビューで「後輩とか後進を育てる意識はありますか」という問いに対して、「あんまりない」っておっしゃっていたし、おそらくそれは、村上さんの中では今でも同じだと思うんです。みんな勝手にやればいい、と。

村上　ええ、そうですね。基本的にはそうです。手も貸さないけど、足も引っ張らないというか。

——でも、この本の「リングにようこそ」という言葉は、今までの村上さんの中にはあんまりないような感じがして、読者としては、これまでと違うものを共有するような感覚があって、どこかわくわくするような始まりを感じました。

村上　若い世代の作家たちに対して、連帯感があるかと言われると、特にないです。ただ職業を同じくする者としての、職業的倫理観というと話が大きくなりすぎちゃうんだけど、職業者としてのある種の共通認識みたいな気持ちは持っている、ということです。それはわりに大事だと思うんだけど。

——この本でも、ずっと長く書き続けている作家に対しては、「一様に敬意を抱いています」とおっしゃっていましたものね。

村上　職業として物を書いている人に対しては、もちろん、合う合わないや、好き嫌いはあるけれど、そういう持続的な行為に対して、敬意は払います。職業的に長いあいだ小説を書き続けるというのは、誰にでもできることじゃないですから。

キャビネットの存在

——あと、今度のご本でも触れておられたキャビネットの話、イメージとしても素晴らしいですね。村上さんの中に、たくさんキャビネットがあるんだと。

村上　そう、自分の中に大きなキャビネットがあって、そこに抽斗(ひきだし)がいっぱいあるんですよ。

――それに関連して引いていらっしゃる、ジョイスの「イマジネーションとは記憶のことだ」という言葉も興味深いです。意識したものも意識しなかったものも、一塊ずつ、それぞれキャビネットにどんどん入っていく。そこで肝心なのは、書く人も書かない人も、実はキャビネットをちゃんと持ってるということだと思うんです。

村上　みんな持ってますよ、けっこういっぱい。

――誰もが、人それぞれのキャビネットを持っていて、中に放りこんでいる。その上で一番重要なのが、それらがしかるべき時に、どこに入っているのかを瞬時に探り当てて、立体的にぱっと組み立てられることだろうと……それはキャビネットの持ち主の力量次第ってことになっちゃうんですかね。

村上　そうですね。小説を書いていて、必要な時に必要な記憶の抽斗がぽっと勝手に開いてくれるというのがすごく大事なんです。それができないと、いくらたくさんの数の抽斗を持ってても……小説を書いてる途中で、ひとつひとつ抽斗を開けて、どこに何があるか探し回るというわけにもいかないから。ああ、あそこにあるって一瞬でわかって、その抽斗が向こうの方からどんどん自動的に開いてくれないと、実際的には役に立たないですよね。

――自動的に開くとおっしゃいますが、こればっかりは訓練や努力ではどうにもならない？

村上　というか、書いてるうちに、だんだんそういうコツが摑めてくるんです。職業的な小説家として生活していれば、そういうところにいつも自然に意識がいくようになるし、どこに何が入ってるって、勘でわかるようになってきます。それが大事なんです。経験を積んで、いろんな記憶を効果的に、ほとんど自動的に素速く引き出せるようになることが。

――逆に、組み合わせや立体化をしていくコツみたいなものが、パターン化してしまう危険性はないのでしょうか。

村上　どこにあるかだいたいわかってくるのと同時に、思いもしないときに思いもしない抽斗がぱっと開く、ということも大事です。そういう意外性がないと良い小説にはならない。小説を書くというのは、言うなればアクシデントの連続だから。小説の中では、多くのものごとは自然発生的に起こっていかなくてはならない。ここではこういうエピソードを使っておこう、みたいなことをやっていると、話はもちろんパターン化していきます。ぱっと出てくるものを相手に素速く動いていかないと、物語の生命が失われてしまいます。

——やっぱり、素質がある人はある程度、自分の中で必要なものを見つけることはできるだろうけど、キャビネットの前に立っても何も感じない人っていうのは、ちょっと小説には……。

村上　特別なピースをひとつ、ぽんと中に入れるだけで、話の流れが生き生きと大きく動き出すことってありますよね。場合に応じてそういうピースを見つけていくのが、すごく大事な作業になってきます。これればかりは特殊技術というか、持って生まれた資質の問題になるかもしれない。

——村上作品で言うと、例えば『1Q84』の「青豆（あおまめ）」という名前も、そうですよね。

村上　あれも名前をあれこれ考えているうちに、そういえば（安西）水丸さんと恵比寿（えびす）で酒を飲んでた時の居酒屋のメニューで、青豆豆腐っていうのがあったよな、とふと頭に浮かんだ。で、よし、これでいこうぜと。

——ふふふ（笑）。

村上　そんなのぜんぜん無関係な記憶なんだけど、なぜか突然「青豆」っていう名前が頭に浮かんでくる。出会いがしら、みたいな感じで。そうすると話が進み出します。名前ってけっこう大事だから。

――じゃあ同じ『1Q84』に出てくるバー「麦頭（むぎあたま）」の方は？　あれ、何なんですか？（笑）わたし、この名前がすごく好きで。

村上　「麦頭」、あれはどうやって思いついたのかな？　よく覚えてないですね。でもあれがもし「白樺（しらかば）」とかだったらつまんないよね。

――うーん、違いますよね。村上作品の特徴の一つとして、比喩（ひゆ）の巧みさがあると思うんですけど、あれも同じように自然に出てくるんですか？

村上　出てくる。昔、ある評論家が、きっと村上春樹はノートにいっぱい比喩を書きためているはずだ、って言ってたけど、そんなことはない（笑）。そんなノートはありません。

――ぱっと出てくるんですか、その時に必要なものが。

村上　出てきます。必要に応じて、向こうからやってくるみたいな感じで。

――うらやましい。

村上　ぱっと出てこない時は、比喩は使わない。無理に作ろうとすると、言葉に勢いがなくなっちゃうから。

――比喩もやっぱり言葉の組み合わせだから、違うものと違うものの距離じゃないですか。アクロバティックなものでしょう。驚きがないと比喩にならないし、ピタッとはまらないと駄目でしょう。

村上　うん。なんといっても距離感が大事ですね。お互いにくっつきすぎても駄目だし、離れすぎても駄目だし。そういう風に論理的に考え出すとむずかしい。非論理的になるのがいちばんです。

——ひとつひとつの言葉を出すだけでも難しいのに、ぱっと出てくるというのは、その組み合わせもキャビネットに入ってるような感じなんでしょう？

村上　入ってると思う。僕はわりに簡単に非論理的になれるから。

——それは、本当にうらやましいです（笑）。

村上　僕は比喩に関しては、だいたいレイモンド・チャンドラーに学びました。チャンドラーってもうなにしろ、比喩の天才ですから。たまに外してるものもあるけど、良いものはめっぽう良い。

——チャンドラーから学んだのは、比喩の構造についてということですか？

村上　比喩っていうのは、意味性を浮き彫りにするための落差であると。だからその落差のあるべき幅を、自分の中で感覚的にいったん設定しちゃえば、ここにこれがあってここから落差を逆算していって、だいたいこのへんだなあっていうのが、目分量でわかります。逆算するのがコツなんです。ここですとんとうまく落差を与えておけば、読者ははっとして目が覚めるだろうと。読者を眠らせるわけにはいきませんから。そろそろ読者の目を覚まさせようと思ったら、そこに適当な比喩を持ってくるわけ。文章にはそういうサプライズが必要なんです。

——ここに落差を入れようっていうのは、学んで、書いているうちにここだなとだいたい目星がついてくると。そこに入れる比喩は自然に思いつく。

村上　自然に思いつきます。さっきも言ったように、比喩みたいなのは自然に出てこないと意味ないと思っているから。

——いくらでも？

村上　いくらでもとは言わない。でも基本的には、楽しんで小説を書いていると、わりに勝手にするすると出てきますね。そんなに苦労した覚えはない。

——だいたいですか、それは過不足なく？

村上　わからない、自分では。書くときはあくまで適当に書いているんです。あとで書き直しゃいいやと思って。でも比喩に関してはあまり書き直したりしないですね。考え込んでしまうとかえってむずかしいから。

——例えば『羊をめぐる冒険』でも、「羊男」という登場人物がぱっと出てきた時に、村上さんは、自分でも衝撃だったとおっしゃっていました。

村上　昔のことだからあまりよく覚えてないんだけど、書いていてその直前まで、「羊男」なんて影も形もなかったわけだからね。とにかく急にぽんと出てきちゃった。

——『羊をめぐる冒険』だから、羊はいるわけですよね。

村上　うん、もちろん羊はいる。でも羊男なんて変なものを出すつもりはなかったんです、もともと。

——それじゃあ、あの作品で右翼の大物の「先生」なんかも、書く前に、人物スケッチみたいなものは作らないんですか。

村上　作らないですね。どんな人だろうなと考えながら、想像しながら書いているうちに、ちょっとずつ自然に肉付けができてくるんです。でも「羊男」に関しては唐突に、完成品の形でぽんと出てきたんだよね。天から降ってくるみたいに。肉付けとか、そんなの関係なく。

——とにかく、まずはキャビネットがある。村上さんの中では、どんどんそのキャビネットの内容が自然に更新されていっているのかな。どうなっているんですか？

村上　古いもの、賞味期限が切れたものは、どっかに行っちゃうんじゃないかな。でもまた、新しい体験から新しいものが入ってくるんじゃないですかね。きちんと在庫整理とかしたことないから、よくわかんないけど。

――ただキャビネットを持っているだけでは、動かないんですね。

村上　さっき言った比喩と同じで、一番適当なものがすっと来てくれないとしょうがないですよね。というか、呼び寄せないといけないんです、いろんなことを。ものを書くっていうのは、とにかくこっちにものごとを呼び寄せることだから。イタコかなんかと同じで、集中していると、いろんなものがこっちの身体（からだ）にぴたぴたくっついてくるんです。磁石が鉄片を集めるみたいに。その磁力＝集中力をどれだけ持続できるかというのが勝負になります。

「人称」をめぐって

――この本では、創作についての具体的なこともたくさん書かれています。村上さんは長編であっても、何も決めないで書きはじめるのだと。展開とか結末とか決めずに、むしろわからないからこそ、書くことに意味があるんだと。

村上　そのとおりです。

――これは物語に対しての村上さんの基本的な姿勢だと思うんですが、同時に、新しい作品を書く時には、ある縛りというか、今回はこういうことをやるとか、目標を設定するのも好きだとも書いていらっしゃいますね。

村上　うん、縛りって好きですね。

——決めること、決めないこと、その二つの要素が、村上さんの中で、どういうふうに作用し合っているのかを伺いたいです。

村上　僕が小説を書いている時は、いろんなことをあまりに自然にやっているから、それを分析的に説明するのはわりにむずかしいんですよね。でも具体的なことを言えば、今回はずっと一人称、あるいは三人称で書いてみようと決めるのは、ひとつの縛りですよね。

——最初にそうした縛りがあって、そこから自由に広がっていくっていう感じなんですかね。

村上　うん、なんかひとつふたつ具体的なとっかかりがないと書きにくいですね。

——縛りもなんにもないところから書き始めることはないのでしょうか。短編はどうですか？

村上　短編は縛りもなにもなく、最初から好き放題に書いていくけど、長編はある程度そういうものがないと大きくなれないんです。定まったルールの中で好き放題するという環境をつくっておかないと、とっちらかってしまいます。縛りの中でも、人称の問題は一番大きいかな。

――一人称から三人称に組み替わっていった村上さんの変化は、一読者としてのわたしにとっても大きいものでした。そこであえて伺いたいのですが、三人称を獲得したことによって、失われてしまったものってありますか。

村上　四十代の半ばくらいまでは、例えば「僕」という一人称で主人公を書いていても、年齢の乖離(かいり)はほとんどなかった。でもだんだん、作者の方が五十代、六十代になってくると、小説の中の三十代の「僕」とは、微妙に離れてくるんですよね。自然な一体感が失われていくというか、やっぱりそれは避けがたいことだと思う。

――離れてくるっていうのはどういう感覚でしょうか。

村上　つまり極端にいえば、腹話術をやってるような感じになるわけ。サリンジャーが『キャッチャー・イン・ザ・ライ』で、十七歳の主人公の語り手ホールデンを「僕」という一人称で語らせていて、もちろんそれはおそろしくうまいんだけど、どこかでやはり乖離みたいなものも感じるんです。サリンジャーはそのとき既に三十歳を過ぎていたから。だからサリンジャーも、その後、二度と同じやり方をとらなかったでしょう。だいたいそれと同じことだと思う。年とるっていうのはそういうことなんですよ。他の人が感じなくても、自分では「ちょっと違うな」と思う。そのずれが気になってくる。若い人を語る時には、三人称じゃないと語りづらくなってくるんですよね。

――なるほど。

村上　それからもう一つ大きな問題は、小説が大きくなってきて、いろんな筋が複雑に錯綜(さくそう)してくると、「僕」という視点で切り取られる世界と、三人称で切り取られる世界との、それぞれ独立した世界同士の兼ね合いというか、すり合わせが、むずかしくなってくるんです。『海辺のカフカ』は、カフカ君の章は「僕」で話がすむし、ナカタさんと星野君の章は三人称で進んでいって、それはそれでひとつの有効な方法なんだけど、その後の『1Q84』みたいに、更に話が込み入ってくると、そういう折衷的なスタイルではとても追っ付かないんですよね。きっかり三人称じゃないとまかないきれない。そういう純粋にテクニカルな理由があります。

――ええ。

村上　だからあなたの質問に戻ると、三人称に移ったことで失われたものというのは、昔は自然だったけど、もう自然ではなくなってしまった、ある種の状況ですね。そういうものに対する懐(なつ)かしさというのはある。でもそれが可能であった状況というのは、あくまで一回性のものなんです。『グレート・ギャツビー』は、基本的には一人称小説なんですよ。チャンドラーも一人称小説だし、『キャッチャー・イン・ザ・ライ』も一人称小説。僕はそういう一人称小説がもともと大好きなんだけど、そうした小説の書き手はみんな、あるところでそれを切り捨てているわけ。まあチャンドラーだけは別ですが、なにせあれはシリーズものだから、途中からスタイルを変えられない。だんだん三人称に移っていかざるを得ないというのは、物語が進化して、複合化・重層化していくことの宿命みたいなものです。ただ僕自身は、正直言って、そのうちに一人称小説をまた書いてみよう、書きたいと思っています。そろそろ新しい一人称の可能性みたいなのを試してみたいですね。

——そもそも村上さんの一人称っていうのが、いわゆる一人称小説のそれとは少し違うところがある。三人称的に機能している側面が大きいですよね。

村上　それは私小説的なファクターがあるかないかという問題だと思う。僕の場合、そういうファクターはほぼまったくないから。

——そうですね。それなのに、読んだ人の自己に直接結びつくようなところがあって、村上さんの使う「僕」は、独特な機能を持っていると思います。

登場人物、囚（とら）われない魂たち

――これも「物語と自己」の問題につながるのかもしれませんが、村上さんのお書きになる小説の登場人物で、自分とは違う、女性であったり、いろんな人を書く時に、言ってみれば与えられた靴に自分の足のサイズを合わせていくようなものとおっしゃっていますね。

村上　そうですね。僕にとっては、そういうのが小説を書くことの大きな喜びのひとつになるわけだから。

――なぜならば、それらはあくまで架空のものごと、いわば夢の中で起こっていることに従うのに似ていることだからと。そしてそういう風に、夢の中で体験するように書いていくことは喜びのひとつであるとおっしゃってるんですけれど、そこで例えば、性的マイノリティなどについて書く際、読者の中に当事者がいることを考えて、そのことで慎重になったりはしませんか？

村上　考えないな。というか、自分が普通の人で、向こう側に普通じゃない人がいるって思うから気になるわけで、自分がそのまま普通じゃない人になっちゃえば、気に

する必要はない。つまりフロベールが「ボヴァリー夫人は私だ」と言ったとき、彼はボヴァリー夫人になっているわけで、そうすることによって、彼は判断というものを、一個人の価値観よりもっと大きなものに委託しているわけです。

――例えば、村上さんがレズビアン的志向のある人について書いたとします。それを読んだレズビアンの女性が「これはどうなんだろう？」と受け止めたとしても、それは全く関係ない、小説内の、独立した架空のものであると。

村上　だって、レズビアンの人がみんな同じ考え方をするわけはないじゃないですか。一口に作家と言っても、みんなそれぞれ違う文体を持っています。それと同じことじゃないのかな。

――多くの作家はそういうところでも、ＰＣ（ポリティカル・コレクトネス）というほど大げさな意識はないにせよ、いろんな外部の事情を気にしながら、隙（すき）のないように書く傾向にあると思います。現実的なリアリティや正しさを考慮してしまう。わたしは、村上さんはずっとそこをすごく自由に表現されているなと思うんですよ。よく「この作家は女の書き方がだめだ」とか「男の書き方が一面的だ」という言い方があるじゃないですか。

村上　ありますね。

――「男の作家の書く女性は、ファンタジーだ」というような。村上さんはそういう性差にまつわる問題や指摘をあまり気にせず、自由にお書きになってるっていう感じがするんですが。

村上　例えば女の人を書く時も、女の人がどう考えるんだろう、どう感じるんだろうとか、あんまり細かく考えないですね。たとえば排卵期がどういう感じのものかなんて、そんなの僕がいくら考えたってわかりっこないですから。ごく普通に、僕が感じるままに書き進めていきます。女の人のことを書いていると、女の人が何をどんな風に感じるのか、部分的にせよ、書きながらだいたい自然にわかってくるんです。日常生活ではなかなかむずかしいけど（笑）。

――作品を書く中で、その物語の中の女性が自然に動き出すし、発言するっていうことですね。現実のジェンダーにかんするリアリティがどう、ということではなく。

村上　リアリティというのは、特徴的なものというよりは、総合的なものです。そしてまたリアリティというのは、どんどん推移していくものです。「これはこうだ」と簡単に固定して決めつけられるものじゃない。そういう意味合いにおいて、ジェンダーというものに対して、僕はすごく興味があるんです。ゲイについても、レズビアンについても、性同一性障害についても。そういう具合にジェンダーには、その中間的なジェンダーを含んだグラデーションがあります。それが状況によって自在に入れ替わっていく。僕の中にも女性的なファクターがあります。どの男性の中にだってそれはあると思うんだけど。そういうファクターをフルに活用することによって、小説は活性化すると僕は思っています。

——村上さんはよく、書くことを「仮定の積み重ねだ」っておっしゃるじゃないですか。

村上　そうですね。

——それと今のお話は、響き合っているなと思います。こうであったかもしれないあなたがいて、こうであったかもしれない自分がいる。そこではいわゆる社会学的なジェンダーということは、あまり関係がないのかもしれませんね。そもそも村上さんの物語自体が、現実とそうでないもののあわいというか、わたしたちが現実だと信じているものに揺さぶりをかけるものとして存在しているから、そういう入れ替えも可能なのかもしれない。だから、小説に出てくる登場人物に、現実にかかわりのある特定の性別や年齢や傾向があったとしても、その限定に囚われない、魂のような、何か違うものが、読者たちに最後に残るような気がします。

村上　でも「おまえには女というものが描けていない」とぱしっと言われたりすると、

「そうか」とかうなだれちゃいますけどね（笑）。

本当のリアリティは、リアリティを超えたもの

――そのこととも密接に関連するだろうと思うんですが、日本でも海外でも、ある小説が大きな話題になる場合、だいたいその作品の名前だけが、特化されて流通するというか、一つのコンテンツとして受け入れられることが多いですよね。でも、村上さんに限っては、村上春樹のどの作品がというわけじゃなくて、村上さんの書くもの全体が、一つの大きなものとして受け取られている気がするんですよ。平たく言えば、それは「読者がつく」ってことになっちゃうんだけれども。

村上　うん、うん。

――この人の書く本は毎回面白いことしてくれるから読もう、っていう外的なモチベーションというより、村上作品をめぐる読者は「内的な読書」というニュアンスが強いと思うんです。面白い何かを外に取りに行くっていう感じじゃなくて、そこに行けば大事な場所に戻ることができる、みたいな感じでしょうか。そこでは内的な感覚

がすごく強い。わたしはそこに、村上さんの物語と自己の関係というのがすごく強く作用していると思っていて……その辺の機微を探るための大事なキーワードとして、「壁抜け」っていうのがひとつ、あると思うんです。

村上　「壁抜け」ね。

――「壁抜け」は、すごく大きな要素だと思います。少し前の「考える人」のロングインタビューで、リアリズムの長編を書いているだけでは「自分の中をさらうという感じがないんです」とおっしゃっていて、それがすごく印象的な発言だったんです。リアリズムを超える「壁抜け」の感覚っていうのが、作者である村上さんにとっても、小説自身にとっても、読者にとっても重要な要素ではないかと。村上さんの小説には、短編でも長編でも、「壁抜け」というものが、色んなものに形を変えて出てきますよね。

村上　うん。出てきます。壁を抜けるというのは、あっち側に行っちゃうことですから。

――時には誰かの台詞で、壁が抜けるようなことがあったり、登場人物そのものだったり、典型的なのがさっきも触れた『羊をめぐる冒険』での「羊男」です。『ねじまき鳥クロニクル』では主人公自身が文字通り壁を抜けちゃうし、もっと初期の作品でも、『世界の終りとハードボイルド・ワンダーランド』では、物語の構造自体が一種の壁抜け的設定だったわけですよね。その時その時で「壁抜け」があったわけなんですけれども、今述べたような、非リアリズム色の濃い物語の場合は、読者も「壁抜け」という行為を、そのまま受け止めることができると思うんです。

そこでお聞きしたいのは、もっとリアリズム色の濃い小説で「壁抜け」の要素を出すときに、村上さんがリアリズムの方に引っ張られることがないのはどうしてだろう、ということなんです。ひとつ具体的な作品で言うと、『女のいない男たち』に入っている「独立器官」という短編の医師。彼はそれまで体験したことのないひどい失恋をして、ほとんど餓死に近い形で死んでしまう。あの作品は基本的にリアリズムで書かれ、進んでいく物語です。ここに村上さん独自の「壁抜け」の要素を感じたのは、現代の医学の常識で見れば、普通、あの形ではおよそ死なないだろうというところで、渡会(とかい)医師があいう死に方をしてしまうことです。あそこで、あの形で死なせるっていうのは、作者として、ちょっと立ち止まったりしませんか。書いている作品がリアリズムのタッチで進んでいる時に、「この死に方には無理がないだろうか?」と慎重になってしまうというか、そういうことは特になかったのでしょうか?

村上　特にあの小説で、そういう戸惑いを感じたということはなかったですね。あの渡会という人は、死そのものに魅入られたというか、死に掴まえられてしまった人だということです。もう逃れられないもの、一種の宿命であると。それはもう作者の僕にとっては当然のことで、渡会さんという人はこれまで、自分のやり方のシステムに従って、非常に都合良く気持ち良く楽しく生きてきて、ある時突然、「死」にしっぽを掴まれてしまうんですよね。もう逃れられない。それがこれまでのつけが回ってきたということなのか、あるいは宿命だったのか、人の業みたいなものだったのか、ただ運が悪かったのか、それは僕にもわからない。ただ、いずれにせよ、死というものにしっぽを握られて離してもらえない。しょうがない。そういうものにはリアリズムも何もない。掴まれたらおしまいだから。

――しかし多くの場合、そこで足が止まっちゃうことが多いと思うんです。リアリズムで書いている場合は特に。こういうリアリズム・ベースで進められる小説で、村上さんのように「壁抜け」をすることは、なかなかできないだろうと思うんですよね。やっぱり、なんて言うのかしら……。

村上　もっと説明しちゃうということ?

――説明というより、リアリティにたいする恐れというか……。死にしっぽを掴まれた男を書こうとする時に、たぶんもっと、誰に突っ込まれてもまずくならないように、医学的に確実に死なすというか、そういうことを気にしてしまう。
村上　でもそうすると、話がつまらない。
——そうですよね。
村上　リズムが死んじゃうんだよね。僕がいつも言うことだけど、優れたパーカッショニストは、一番大事な音を叩かない。それはすごく大事なことです。
——なるほど。
村上　でもそれは、あなたに指摘されるまで気がつかなかったな。僕の中では自然にそうなっちゃっていたから。でも、どうしてもああいう話は、いちいち説明されるとつまんなくなっちゃうんだよね。
——だからああいう状態で人が死ぬわけないじゃないかって言われても、「いや、死ぬんですよ」って言えればいいんですけど。物語として。
村上　あの小説のこと、だんだん思い出してきた（笑）。結局ね、あんなふうに調子良く、気持ち良く生きてきた人はあんなふうには死なないよと、ふつうの人は思うじゃないですか。でも死ぬんですよ、実際に。
——はい。
村上　思いもよらないことが起こって、思いもよらない人が、思いもよらないかたちで死んでいく。僕が一番言いたいのはそういうことなんじゃないかな。本当のリアリティっていうのは、リアリティを超えたものなんです。事実をリアルに書いただけでは、本当のリアリティにはならない。もう一段差し込みのあるリアリティにしなくちゃいけない。それがフィクションです。

――でもそれはフィクショナルなリアリティじゃないんですよね。

村上　フィクショナルなリアリティじゃないです。あえて言うなら、より生き生きとパラフレーズされたリアリティというのかな。リアリティの肝を抜き出して、新しい身体に移し替える。生きたままの新鮮な肝を抜き出すことが大事なんです。小説家というのは、そういう意味では外科医と同じです。手早く的確に、ものごとを処理しなくちゃなりません。ぐずぐずしていると、リアリティが死んでしまう。

――それを知っているということ自体が、大きいエンジンのひとつですよね。

村上　そのとおりです。

物語を「くぐらせる」

――もう少し、村上さんの物語と自己の関係について、詳しくお伺いしたいんです。村上さんは、今回のこの本の中でも、「物語を語るというのは、言い換えれば、意識の下部に自ら下っていくことです。心の闇の底に下降していくことです」と書いておられます。それと同時に、興味深いと思うのは、村上さんはあるインタビューで「僕は、地上における自我というものにまったく興味がない」っておっしゃっているんですね。

村上　まったく、ということはないけれど、そういう種類の自我にはほとんど興味がないかもしれない。

――ほとんど興味がない。それについて、もう少し伺えますか。

村上　僕は例えば、いわゆる私小説作家が書いているような、日常的な自我の葛藤みたいなのを読むのが好きじゃないんです。自分自身のそういうことに対しても、あまり深く考えたりしない。何かで腹が立ったり、落ち込んだり、不快な気持ちになったり、悩んだり、そういうことってもちろん僕自身にもあるんだけど、それについて考えたりすることに興味がない。

――それらについて、書いたりしたい気持ちも……。

村上　ないと思う。それよりは、自分の中の固有の物語を探し出して、表に引っ張り出してきて、そこから起ち上がってくるものを観察する方にずっと興味があるんです。だから日本の私小説的なものを読んでると、全然意味が分からない。

――あはは（笑）。

村上　結局、そういうことって、まずはボイスの問題だと思うわけ。僕のボイスがうまくほかの人のボイスと響き合えば、あるいは倍音と倍音が一致すれば、人は必ず興味を持って読んでくれるんです。最初の『風の歌を聴け』と『1973年のピンボール』は、その響き合い、倍音の呼応だけで読んでもらったような気がする。その一点の勝負だった。でも『羊をめぐる冒険』から後は、物語の世界にそのボイスを持ち込んで、物語の軸にうまく「同期」できるようになってきた。それが大まかに言って、作家としての僕がこれまで辿ってきた道筋だと思うんですよ。まずボイスありき、ということです。響き合いみたいなものがなければ、どんな面白い物語を書いても、人はそれほどそこに惹き付けられないんじゃないかな。

すごく不思議に思うのは、僕の小説が翻訳されると、翻訳されてもなお、ボイスが消えないんですね。それはいつも不思議だなあという気がする。僕は英語しか読めないけど、英訳に関していえば、アルフレッド（・バーンバウム）が翻訳しても、ジェイ（・ルービン）が翻訳しても、フィリップ（・ゲイブリエル）が翻訳しても、テッド（・グーセン）が翻訳しても、ボイスはだいたい全部通じているんですよね。あれは、すごく不思議だな。

——それはまさに、私小説の自我レベルのボイスと、いま村上さんがおっしゃった物語と呼応するレベルのボイスの違いの話にも繋がりますよね。翻訳を通して言葉が変わればもちろん、自我レベルの、表層的な部分は全部変わるんだけれども……。

村上　うん、自我レベル、地上意識レベルでのボイスの呼応というのはだいたいにおいて浅いものです。でも一旦地下に潜って、また出てきたものっていうのは、一見同じように見えても、倍音の深さが違うんです。一回無意識の層をくぐらせて出てきたマテリアルは、前とは違うものになっている。それに比べて、くぐらせないで、そのまま文章にしたものは響きが浅いわけ。だから僕が物語、物語と言っているのは、要するにマテリアルをくぐらせる作業なんです。それを深くくぐらせればくぐらせるほど、出てくるものが変わってくるんですよね。

——なるほど。物語を「くぐらせる」というのは素敵な言い方ですね。

村上　牡蠣(かき)フライを油にくぐらせるみたいに(笑)。

――牡蠣フライ、しゅわーってね、美味(おい)しくなるんですよね。

村上　表が四十五秒、ひっくり返して十五秒(笑)。

――村上さんの場合、一年、二年かけて、ぎりぎりのところまでいって書く長編で、その物語をくぐらせることができるのと同時に、どんな短い作品でも、同じその作用がちゃんとあるところですよね。だからすべてのボイスに、その幅は違っても深さが共通しているというか。考えてみると、それって不思議なことなんですが。

村上　インタビューもそうですよね。例えば『アンダーグラウンド』でインタビューした時も、相手はプロの書き手ではない、普通の市民の方々ですから、インタビューした後、テープ起こしをしたものを、僕自身の中に一回くぐらせるんです。いや、逆に僕自身を相手の話の中にくぐらせると言った方が近いかな。とにかくそうすると、そこから出てきたものは、単に機械的に起こした原稿とは、明らかに違っているんです。でもその原稿を、インタビューした人に見せるでしょう？　すると相手は「ええ、これは喋(しゃべ)った通りです」って言います。でも細かく見ていくと、ずいぶん違うんだ。

――それ、すごく面白いですね。そこに「くぐらせる」ことの本質が出ている気がする。

村上　僕は基本的に、語られたことをそのまま書いています。でもそこでは、細かい順番とかも含めて、文章的な効果が追求されています。かなり徹底的なリコンストラクション（再構築）がなされています。

――でも聞かれた当の相手が読んだら……。

村上　自分の語ったとおりだと思われると思います。僕は事実的には何ひとつ足したり引いたりしていないから。僕はただその人のボイスを、より他者と共鳴しやすいボイスに変えているだけです。そうすることによって、その人の伝えたいリアリティは、よりリアルになります。そういうのはいわば、小説家が日常的にやっている作業なんです。

――「ぐらせる」ことの、すごくリアリティを持った説明ですね。

村上　だから僕にとっては、インタビューをやっても、エッセイを書いても、短編を書いても、長編を書いても、ものを書くときの原理はすべて同じなんです。ボイスをよりリアルなものにしていく、それが僕らの大事な仕事になる。それを僕は「マジックタッチ」って呼んでいます。マイダス王の手に触れたものはすべて黄金になるという話がありますね。あれと同じ。多かれ少なかれこの「マジックタッチ」がないと、お金を取って人に読ませる文章は書けません。もちろん作家というものは、それぞれの「マジックタッチ」を持っているわけだけど。

――うんうん、それぞれのね。

村上　ただこういう風に単純に、大事なのは「マジックタッチ」です、これがないと作家にはなれません、みたいに断言しちゃうと、ない人にはたぶんないわけだから、かなり傲慢(ごうまん)に響きますよね。だからあんまりそういうことを言わないように、書かないようにはしてるんだけど、まあ実際にはそうなんです。

――「マジックタッチ」を、もう少し具体的に、村上さんの作品に即して伺ってみると、例えば、三つのお題、トピックを書いて短編をお書きになることがありますよね。そこでも、すごく作用していますね。つまり、最初に決めた三つのトピックで書いたのに、結局そこから出てくる物語が、普通の三題ばなしじゃなくて、もう全く想像のつかないところに結びついて、一つの物語になって生まれ変わってくる。これは「マジックタッチ」のひとつの過程ですよね。

村上　そうですね。例えば『東京奇譚(きたん)集』という短編集では、まさにキーワードを三つずつ選んで、五編書いたんですよね。短編だとそういう遊びみたいなことができて楽しいです。あそこに入った短編小説はそういう感じで、一気にまとめて書いています。

——長編になってくると、それが毎日続くわけですよね、「マジックタッチ」の作用が。毎日続いてどんどん深くまで行く。

村上　ただ日によっては、「今日はタッチないかな」という時もある（笑）。でもそれはしょうがないです。毎日毎日そううまくマジックタッチが続くわけじゃない。それでも日々たゆまずに書くわけ。あ、今日だめだなと思っても、じゃあやめようというふうには思わない。とにかく決められた量を書きます。後で書き直すことはできるし、長編の場合は長いスパンでものを考えなくてはならないから。

——「いま、タッチしてるな」みたいな感覚はあるんですか。それとも書き終わってから気づくものですか。書いてる時に「タッチきてるな」みたいな手応えは……。

村上　だいたい同時的にあります。ここは行ってるなというのはある。ただやはり、長編というのは長丁場だから、今日はうまく来た、今日はあまり来ない、の繰り返しで、でも長いスパンをとって眺めてみると、結果的にはちゃんと来てる。全体としてね。要は自分を信用することです。小説を書いているというよりは、台所で牡蠣フライをひとつひとつ揚げているんだと考えた方がいいです。

——小説を書くというのは、とても個人的な行為で、秘密の中の出来事だから、なかなか外からは見えにくいところが多いんだけれど、さっきの『アンダーグラウンド』のインタビューの話は、すごく客観的にわかる説明ですね。
村上　だから、こんなこと言うとすごく生意気に響くと思うんだけれど、他の人が、僕のやったインタビューの原稿をまとめても、ああいうふうには絶対ならなかったと思います。僕だからああいう本になった。これは何も自慢して言ってるわけじゃなくて、もともとそういう本を作ろうと意識してやったことです。結果的にはいろんな意味で、すごく良い勉強になりましたが。
――それは、村上さんがされてる翻訳にも、通じるところがあるんじゃないですか。
村上　それは、僕にはわからないなあ。僕は翻訳を、できるだけ実直に、原文通りにやろうと思って、それを第一義に考えて翻訳しているんだけどね。
――でも、どこかで村上さん、知らないあいだにタッチしちゃってるんじゃないですか（笑）。
村上　うーん、もしそうだとしたら、それはあくまで無意識にしていることですね。自分ではわからないね。僕としては、ありのままに素直に、英語を日本語に移し替えているつもりなんだけど。短いセンテンスとかパラグラフで見ると、そんなに目立たないけど、全体で見ると、僕の味みたいなのがじわっと滲(にじ)み出ているのかもしれないですね。そういうのを意識したことはあまりないけど。

――そもそも「この本を訳そう」と村上さんが思われる時に、すでに始まっているのかもしれませんね。そういうタッチというか、響き合いみたいなものが。

村上　ただ翻訳していて、「ここは、俺ならもっとうまく書けるよ」みたいに書き直すことは、まったくありません。作者の書いてる通りに、作者の見てる風景をそのまま忠実に移し替えようと思ってやってるから、内容を勝手に変えたりするようなこともない。インタビューのテープ起こし原稿をつくる時と同じで、順番をあちこち入れ替えたり、文章の長さを調節したりというのはしょっちゅうやりますよ。長い文章をいくつかに分けたり、短い文章をくっつけたり。だって英語のリアリティと日本語のリアリティはやはりちょっとずつ違いますから。でもそれは、どんな翻訳者もみんなやっていることじゃないかな。それが結果的にタッチみたいなことになるのかもしれないけど。

――そうすると結局、物語を深くくぐらせること、マジックタッチの重要な部分は、技術の問題だということですか？

村上　いや、そうじゃないと思う。技術というのはあくまで手段です。作家というのは文章のプロだから、技術は持っていて当然です。技術を組み合わせ、統合するものが大事になります。

――それ以外のものが、物語をくぐらせるんですよね。

村上　もちろん。それは僕の場合、まずリズムじゃないかな。僕にとっては何よりリズムが大事だから。たとえば翻訳をする場合、原文をそのまま正確に訳すことは訳すんだけど、場合によってはリズムを変えていかなくちゃならない。というのは英語のリズムと日本語のリズムとは、そもそも成り立ちが違うものだから。英語のリズムを日本語のリズムに、自然にうまく移行しなくてはなりません。そうすることで文章が生きてくる。文章技術はそのために必要なツールなんです。

――なるほど。やっぱりリズムなんですね。

村上　そう、リズムです。あくまで僕の場合はということだけど、リズムがなければものごとは始まらない。

文章のリズム、書き直すということ

――村上さんのある短編を読んだとして、技術的なこと、長さとかあらすじとか、そういったものじゃなくて、読み終わった後に、深く残るものがあって。それを再現したいという思いを、多くの書き手の気持ちにかき立てる。例えば、個人的にいうと、「象の消滅」という短編を読んだ時に、「ああいうものが書きたいなあ」と思う、その「ああいうもの性」って言うんでしょうか(笑)。それはやっぱり、村上さんの文章のリズムから来ていると思うんですよ。うまく名指しや説明ができない、「ああいうもの」という感覚。

村上　要するにそこでは、小説のボイスと読者のボイスが、呼応しているんだと思う。そこにはもちろんリズムがあり、響きがあり、呼応があります。でもそのボイスをどういうふうにして作るかというと、結局は「書き直し」なんですよね。最初まずひととおり書いておいて、それを何度も何度も書き直して、磨いていって、ほとんどこのまま永遠に手を入れ続けるんじゃないかと心配になるくらい手を入れていくうちに、だんだん自分のリズムというか、うまく響き合うボイスになっていくんです。目よりは主に耳を使って書き直していきます。

――『職業としての小説家』でも、書き直しについて熱く語ってらっしゃいますよね。

村上　僕の書き直しは、自分で言うのもなんだけど、けっこうすごいと思います。あまり自分のことは自慢したくないけど、そのことだけは自慢してもいいような気がする。

——最初は、何はともあれ全部書いちゃうわけですね。振り返らずに、昨日の分は見直すけど、まずは書いちゃう。あそこどうだったか、なんてさかのぼることも、特にしない。

村上　あとで書き直せばいいわけだから、第一稿を書くときには、多少荒っぽくても、とにかくどんどん前に進んでいくことを考えます。時間の流れにうまく乗っちゃって、前に前にと進んでいく。眼の前に出てきたものを、片っ端から捕まえて書いていく。もちろんそれだけだと話があちこち矛盾するけど、そんなことは気にしないで、あとで調整すればいいんです。大事なのは自発性。自発性だけは技術では補えないものだから。

——完成させるまでを思うと、すごい作業じゃないですか。

村上　うん、すごい作業ですよ。だから僕は、長編小説の場合、書き下ろししかできない。雑誌の連載なんか、絶対にできない。連載する時は、全部書き上げて完成したものを、分けて連載します。書き下ろしだから、書き上げるまでに何年もかかることもあるし、孤独な作業だし、まあくたくたに疲れます。書き下ろしじゃなくても、とりあえず雑誌に載せておいてあとで書き直せばいいじゃないかっていう人もいるけど、僕にはそれができない。いったん活字になって人の目に晒されてしまったものって、もう純粋に自分だけのものではなくなってしまいます。暗闇の中での作業ができなくなってしまいます。だからとにかく、自分が納得いくまで時間をかけて書き直し、そこで初めて活字にする。『羊をめぐる冒険』以来、長年にわたってずっとそうやって書いてきたから、それ以外の書き方ってできないですね。

――村上さんがどれくらいの量を書き直すかということをこの本で初めて具体的に知ったので、あらためてこんなに、と驚きました。そして何よりすごいのは、その書き方をしながら、多作であるということですね。

村上　まあ長編を書いている時は、いっさい他の仕事はしないから、それに集中できるんですね。僕の場合、集中がすべてだから。

――さっきもリズムのお話が、ちょっと出ましたけど、村上さんは印象的な音楽の喩えも多いです。

村上　僕は本を読むのは好きだったけど、ものを書いたりすることにはもともとあまり興味はなかったんです。気持ちとしては音楽の方が好きだったかもしれない。

――ミュージシャンになろうっていう気持ちはなかったんですか。

村上　残念ながら、楽器をうまくマスターできなかったから、それはダメだったですね。なぜか楽器を練習するのが苦手だった。でももし楽器ができていたら、本当に音楽の方に行っちゃったんじゃないかなと思う。

――そういえば村上さんの小説に、男性でミュージシャンの登場人物ってあまりいないですよね。ぱっと思いつくのは「トニー滝谷」（註・『レキシントンの幽霊』一九九六年刊所収）の、滝谷省三郎くらい？　女性では、わりにいるように思うんですけど。彼女たちにおいては、何というか、ある種の喪失と音楽が、密接に結びついていますよね。

村上　気がつかなかったけど、そうかもしれない。どうしてかな。僕の中で、音楽というのは女性性と自然に結びついているのかもしれないですね。

とにかく僕は子供の頃から、ずっと音楽を熱心に聴き続けてきたし、七年くらいジャズの店を経営していたから、楽器こそ演奏できないけど、リズムとか、ボイスとか、フリーインプロビゼーションの感覚は、わりに身体の芯にまで沁み付いているんです。だから音楽を演奏するみたいな感覚で文章を書いているところは、たしかにあると思う。耳で確かめながら文章を書いているというか。それから「壁抜け」じゃないけど、本当に優れた演奏はあるところでふっと向こう側に「抜ける」んです。ジャズの長いアドリブでも、クラシック音楽でもある時点で、一種の天国的な領域に足を踏み入れる、はっという瞬間があるんですよね。

——そうですね。

村上　そういうふっと「あっち側に行っちゃう」感覚というのがないと、本当に感動的な音楽にはならない。小説だってまったく同じことです。でもそれはあくまで「感覚」「体感」であって、論理的に計測できるものじゃありません。音楽の場合も、小説の場合も。

村上春樹の驚くべき「率直さ」

——今回、この『職業としての小説家』の「あとがき」で、わたしが胸を打たれたのは、村上さんは三十五年間、ずっとやってきて、書くことに対するスタンスももちろん一貫しているけれども、村上さんは自分でお書きになる前から、本が好きだったわけじゃないですか。

村上　うん、ものすごく好きだった。

——小説が大好きだったわけじゃないですか。その世界っていうのが、村上さんのすごく深いところにしっかりあって、今度はその世界を作る側になって、作家として ここまでやってきたんだっていうことに対する、喜びと驚きがとても大きいものとして今もあるということが、本当に伝わってきたんですよ。

村上　僕はこうして作家になるまで、本を読むのはあくまで趣味だと思っていたし、自分が小説を書くことになるなんて、思いもしなかったんです。でも、ふとしたきっかけがあって『風の歌を聴け』と『１９７３年のピンボール』の二作を書いたんだけど、書くのはそんなにむずかしいことじゃなかった。片手間で書けたといえば生意気だけど、実感としては、適当に思いつくままにすらすら書いちゃったという感じでした。で、そのまま書くのをやめちゃう可能性もあったんですよね。本業も順調に運ぶようになっていたし、店をやるのは好きだったし。でも「もっとまともなものが書きたい。きっと書けるはずだ」と思って、そのまま書いていったら、自分の書きたい世界が次第に広がっていって、それが面白くて、ここまで三十五、六年小説を書き続けてきたわけです。それは僕にしてみたら、ほんとに驚き以外の何ものでもないですね。だって、それまで自分にものを書く才能があるなんて考えたこともなかったんだから。

――そのことに本当に驚きつづけてらっしゃるってことが「あとがき」からも伝わってくる。このあいだ出された『村上さんのところ』でもそれを感じたんですけど、村上さんは本当に率直に、正直にお話をされますよね。

村上　べつに隠すところもないですから、何も。

――でも、それって珍しくないですか。

村上　珍しいのかな、よくわかんないけど。

――これは一般論ですけれど、多くの男性は自分が何かを知らないということや、わからない、ということを人に知られるのが怖いんじゃないかと思うんですけど。何でも知っていると思われないと存在が保てないというか、何かにたいしてすぐに説明できないと敗北感があるとか。知らないってことを隠したがるような傾向を感じます。人に道を尋ねたりするのも何となく嫌だな、みたいな（笑）。

村上　ははは。僕はいろんなことを説明するのって苦手なんです。わからないものはわからないし、知らないものは知らないし。そんなのしょうがないじゃない。

――一周まわってそういう「村上春樹」を演じているのかなって思うくらいに、村上さんは率直だと思います。

村上　いや、それはないですね。演じてないと思う。そこまで器用じゃないです。

――そうなんですよね。ここがやっぱり驚くべきところで、ぜひとも強調しておきたいですね（笑）。たとえば村上さんは「物語にはうなぎが必要」であり、「困ったら、うなぎに相談する」と常々おっしゃっているんですが、最初にそれを読んだとき、「ほんとは全部わかって書いているのに、またうなぎとか言ってる！　何にも決めないで、あんな小説書けるわけないじゃん！」とか思ったりしたこともあったんですけれど(笑)、違うんですね。村上さんは、本当にうなぎに相談しているのかもしれない。率直で、これは驚くべきことだと思いますよ。

村上　うーん、褒めてもらえるのは嬉しいですけど、でもねえ、僕自身はずっと、世間から嫌われていると思って生きてきたんです。

――それは意外。だってデビュー当時から、読者はすごく支持してたでしょ？

村上　一部の人は評価してくれたかもしれない。でもね、たとえば道で会って、村上さんの小説のすごいファンなんです、とか言う人がいるじゃないですか。もちろんそれは本当のことなんだろうけど、でもあと二年くらい経ったら、「村上ってもうダメだよな」とか言ってんじゃないかなとか想像しちゃうわけ。「前はよかったんだけどさ、新しいのはぜんぜんダメだよね、読めないよね」とかきっと言うんだろうなと(笑)。だいたいのところ、そんな風に思いながらずっと生きてきたんです。

――当時はそうだったとしても、じゃあ、今の状況はどうなんですか？

村上　今の状況はね、よくわかんない。そりゃ三十五、六年小説を書いてきて、今でも一応本が売れて生活できているんだから、ある程度の読者はいるんだろうなとは思うんだけど、本人にしてみると、支持されているという実感はほとんどないですね。これまでずっと長い間、自分は世の中のほとんどの人に嫌われていると思いながら生きてきたんです。嘘（うそ）じゃなくて、ほんとに。

——『ノルウェイの森』の後も、ですか？

村上　後も、ずっとです。というか『ノルウェイの森』の後の方がむしろきつかったな。そういうのが嫌だったから、日本を離れて外国に行って、わりに孤立して暮らしていました。考えてみたら、日本にいることの方が少なかったかもしれない。

——不思議だなあ。単に消費されているような売れ方、読まれ方だったら、そういうふうにお感じになるのもわかるけれど。でも村上さんの愛読者は、基本的にみんなコアな読者じゃないですか。そしてその読者はずっといるわけで。

村上　だから、有名になることに向いている人と、向いていない人がいると思うんです。僕ははっきり言って全然向いていない。その種のことで、楽しいと思ったことは一度もないですね。このインタビューの場所まで歩いてくる時も、自転車で若い男の子が追いかけてきて、村上さん、握手してください、と言ってきた。いいですよって、握手するんだけど、よくわかんないね、そういうことって、なんだかまったくの他人（ひと）

事みたいな気がする。

――それこそ、地上における自我の問題ですね。

村上　本当に他人事みたい。どう見ても普通の人間だから、僕は。演技しているんじゃなくて、本当に僕は普通の人間だし、普通の考え方を……していないかな？（笑）

――（笑）。

村上　でも基本的には、ごく当たり前の人間なんです。考え方にはちょっと普通じゃないところがあるかもしれないけど。

中上健次の思い出

村上　昔は、もっと、僕が出て来た頃は、まだ無頼派みたいな人が幅を利かせていたしね。

――そういう時代だったんですね。

村上　ゴールデン街で毎晩酔っぱらって喧嘩しているみたいなのが普通の状態で。僕が出てきた時に、一番力を持っていたのは、僕らの世代よりちょっと上の中上（健次）さん、彼がある種のイニシアチブを持っていた。中上さんっていうのは、なんていうのかな、無頼派とはいわないけど、まあ酒飲んで暴れたりとか。

――とても豪快な方だったたって、伺いました。

村上　（村上）龍も、割にやりたい放題やるタイプだし、それより上の世代だと、吉行（淳之介）さんとかは、ちょっとはずしたというか、銀座に行って遊んでてとか、そういう感じの世界だった。

――今も、文壇はあると思うんですよね。文芸誌があるし、そういう人間関係や活動を通じて存在してると思うんですけど。でも、そう遠くない昔に、はっきりイニシアチブをとろうとする作家がいたっていうのはうまく想像できないなあ。その作家の意見や顔色みたいなものがいろんなものを左右する雰囲気があったのかしら、新人作家の評価とかに。批評家がかつてそういう存在として機能していたというのは、わかるんですけど。

村上　なんていうか、ジョン・コルトレーンが六〇年代のジャズを象徴してるみたいな感じで、中上さんがごく自然に文壇の真ん中にいたというか、そういう印象があったな。

――わたしの感じる限りということになりますが、今はもう、そういった文壇的な中心っていうのはないように思いますね。日本の文学において、例えば村上さんは……モデルにならないんですよね、特異だから。だから例えば、中上健次さんは、まだ時代的にもモデルたり得たというか、何かしらのつながりを感じることができたのかもしれませんね。でも、例えば、村上さんみたいな作家になろうとしても、それはもうモデルにもならない。活動も、読まれ方も、例がないことなので。

村上　僕は何しろものすごく個人的な人間だから、今度の本でも書いたように、僕という人間が、あるいは僕のやり方が、これから小説を書こうとする人にとって何かの参考になるとか、モデルになるとか、そんなことはとても考えられないですね。

――でも、文芸業界の外においても絶えず注目されていて、現実的に最大の影響力を持っている作家じゃないですか。

村上　そうかなあ。僕はそうは思わないけど。

――いや、在り方として、ある意味で空前絶後だと思うんですけど、どうですか？――って本人に訊いてもしょうがないけど(笑)。村上さんも、文壇というか、文芸業界におけるご自身の立場みたいなものが変わってきたっておっしゃってるじゃないですか。

村上　うん、変わってきたよね。まず、今の文芸世界というか、文芸業界には、中上さんみたいな存在がいない。核になる人がいないよね。中空状態というか。その結果、多くの人がなんか「残存記憶」で動いているみたいなところがあります。僕自身はそういうものとは距離をおいていたいなと思うけど。

――やっぱり村上さんの愛読者たちをはじめ、それ以降の作家や読者も、個人主義的な姿勢が当然になったという感じはありますよね。昔のように、村上さんがデビュー当時、受けていたような抑圧の雰囲気は、まったく薄いです。わたしが鈍いだけかもしれないけれど（笑）。

村上　僕がデビューした頃に、文壇の中で一番嫌だったのは、一種のテーマ主義みたいなものですね。こういうテーマを取り上げているから、これは純文学なんだ、深いんだと、そういうものが一番嫌いだった。だから、テーマを全部とっぱらって、それでも深いもの、それでも重いものを書きたいというふうに僕は思ったんです。今は僕だけじゃなく、だんだん、物事はそっちのほうにシフトしていっているとは思う。シフトしていくこと自体は、それはそれでいいことであろうと思うんだけれど、じゃあその代わりに何ができてきたかというのは、まだ明確じゃない。

関係ないけど、僕と中上さんが初めて会った時の話は前にしましたっけ？

――はい、雑誌で対談された時のお話ですよね（註・「國文學」一九八五年三月号の特集〈中上健次と村上春樹〉で、中上、村上両氏は対談「仕事の現場から」を行なっている)。

村上　正確に言えば、それが初めてってわけじゃなかったんです。中上さんは、僕が小説家になる前に一度、僕の経営する店に飲みに来たことがありますから。たまたまですけど。でもちゃんと正面から話したことはなかった。で、そう、新宿の中村屋で会って、対談をしたんですよ。対談が終わって、中上さんと僕の二人でエレベーターに乗ってたら、彼が「これから一緒に飲みに行かない?」って誘ってきたんだけど、僕は「いいです、帰ります」って断っちゃいました。というのは、作家同士でそういうふうに付き合うのは、あまりよろしくないんじゃないかとその頃は思ってたし、まだ若くて、すごく生意気だったから。でも今から思えばあの時、一緒に飲みに行けばよかったなって思います。

あの時、僕は中上さんの著作を全部読んでから対談したんです。そしてこの人は本当に優れた作家だと思ったし、今でもそう思っているけど、にもかかわらずあの時は、とにかくつっぱりたいという気持ちが強くあった。若かったんですね。

——その対談自体はおおむね、いい対談だったんですか?

村上　わからないな。あの頃はまだ全然実力が違ってたから、ちゃんとした話になったのかならなかったのか。

——でも中上さんが村上さんをお呼びになって対談したんでしょう。気にされているというか、評価していたからじゃないのかな。

村上　あの頃は新人が出てくると、先輩作家のほうには「どんなやつか、ちょっと品定めしてやろう」みたいな、そういうところがあったと思うな。

——通過儀礼みたいな感じで。

村上　そのとき一緒に飲みにいってたらどんな話したんだろう、とか思いますね。ひょっとして殴(なぐ)り合いになったとか(笑)。

——すごくエネルギーのある方だったんですよね。

村上　でも鼻っ柱の強さでは、というか生意気さでは、若い頃の僕も決して負けてなかったんじゃないかな(笑)。

——村上さんが当時、感じていたような上下関係とか、どのイニシアチブにつくかつかないかみたいな、そういう権力欲みたいなものを持っている人はどの世界にも一定数はいると思うけど、それはもう今の作家とは共有できなくなっていますよね。

村上　だといいですね。

「頭が沸騰(ふっとう)」している時間

――あと、今度の本ですごく面白かったのが、「長編小説を書き終えた作家はほとんどの場合、頭に血が上り、脳味噌(のうみそ)が過熱して正気を失っています」って村上さんはお書きになっていて、思わず笑ってしまったんですけど、冷静に考えると、ほんとにそうだなと。「正気を失うこと自体にはとくに問題はありませんが、それでも『自分がある程度正気を失っている』ということだけは自覚しておかなくてはなりません」と続けていらして(笑)。

村上　そうなんです。ある程度正気を失わなければ、長い小説なんてとても書けないですから。

――だから「正気を失っている人間にとって、正気の人間の意見はおおむね大事なものです」とおっしゃっているんですけど、村上さんは、書いている時、自分が今、正気じゃないなってわかります？

村上　わかる。でもわかってもどうしようもない。だって頭が発熱して、どこかのヒューズが飛んじゃっているんだもん、そりゃしょうがないですよ。アドレナリンがぐいぐい駆け巡っている。何か月も何年もかけて集中して長編小説を書いてきて、それが出来上がったら、そりゃあもう手がつけられない。とにかく列車が驀進（ばくしん）しているような状態だから。

——ははは。

村上　止めろって言ったたって、止まらないよ。ゆっくり時間をかけて、距離をかけてスピードダウンしないと。そんなに急に停止するわけにはいかないじゃないですか。だからゆっくり呼吸を整えながら、だんだん止めていくしかない。

——その時はいいムードですか？

村上　もちろん。もちろん。

——頭は沸騰しながらも、心地よい沸騰だと。

村上　列車が止まって、一息ついて頭を冷まして、それから原稿を読み返してみると、「あ、ここがいけなかったんだ」「このへんが足りなかったな」という部分がだんだんわかってきます。だから、列車がしっかり止まる前に編集者に原稿を渡したりしちゃいけない。

——寝かさないとダメですか。止まる前に渡しちゃダメですよね？

村上　ダメですよ（笑）。頭が熱くなっていると、悪い部分が見えてきません。良いところしか見えない。

——何事も、正気に戻ってから。

村上　でもそこで、現実の締め切りがあったりすると、それはむずかしいことになるでしょう。

——正気になるのを待ってもらえないですもんね。作家の理想としては本当にそうあるべきですよね……そしてその環境は、ある程度自分が作るものでしょうし。

村上　そうですね。僕はレイモンド・カーヴァーに会った時に、いろんな話をして、彼の執筆方法みたいなことも聞いて、やっぱりそうなんだなって共感しました。彼もすごく細かく書き直す人だから。

自分にしかできないことを追求する

——それから、今回の本の中で、原発や社会的なことにも言及されていますね。小説家が社会的なことに対して発言する／しないスタンスって、そのときどきにムードの変化があるとはいえ、小説家は機能しなさすぎている、ものを言わなさすぎているんじゃないかと、言われることも多いです。一般的に、わたしも含めて今の若い作家は——もちろん積極的に活動し、発言している作家もいますが、小説家は物語を書く人間だからそういった社会的なこととは線を引くべきだという態度で納得している人も多い。そこには村上さんの影響もあるような気がしています。小説家は意見を言わないことが大事だ、判断を保留し、ただ観察をつづけて物語を書くことが重要なのだ、というような。

村上　そうなんだ。なんか悪い影響を与えてるみたいだね。

——いえ、村上さんが悪いとは思わないんだけども、でもそのことで、どこか楽しているんじゃないかと、例えばわたしなんかは、自分に対して思ってしまう。小説家はまず、ちゃんと物語を書くことが大事だと、村上さんがこれまで繰り返し言ってきてくれたから、その発言の「いいとこ取り」をしている気がしないでもないんです。そもそも意見を求められもしないけど、発言を回避することにある種の正当性を勝手に見いだしているというか。でも村上さんがここまでやってこられた時代の背景と、今の作家が拠（よ）っている文脈は、実はまったく違っているのじゃないか。村上さんがデビュー当時、デタッチメントを選ぶ、ということを表明したのは、実際にはとても能動的な行為であり、政治的なことだったわけですよね。

村上　そうですね。六〇年代の学園紛争への幻滅感みたいなものからきているからね。

――村上さんが、デタッチメントの姿勢をとることが、当時ではある意味、より深いコミットメントになるような選択だったわけですよね。でもわたしたちが今、身を置いているデタッチメントの姿勢は、村上さんのようなリスクをとろうとしない、ただリスクを回避するだけの「浅いデタッチメント」ではないかと。もちろんこういう問題は、最終的にはみんなそれぞれ好きに選択すればいいと思うけど、これからの小説家、今二十代から四十代にかけての作家たちは、社会とどういうふうに関係を取り結んでゆくべきだろうかと……。

村上　デビューの頃、僕が社会的発言をあまりしたくないと思っていたのは、第一に、学生運動の頃の、言葉が消耗されてまったく無駄に終わってしまったことへの怒りみたいなものが強くあったからです。これ以上言葉を無駄に死なせたくないという気持ちが強かった。いわゆる新左翼的な人たちの物言いに抵抗感があって、そういうものを回避しながら、自分の言いたいことを表現するには、いったいどうすればいいのかと。それはすごくむずかしいんですよ。僕はとても個人的な人間だから。神宮球場に行っても、東京音頭(おんど)を歌わないし(笑)。少なくとも、かつてのように言葉を消耗せずに、個人として社会的メッセージを発信するのは、簡単なことじゃないです。それをどういうふうにすればいいのか、模索してはいるんだけど。ただ、小説家だから社会的発言をしなくてもいい、というものでもない。

——ええ、そう思います。

村上　どっちかというと最近は、右寄りの作家のほうが、物言ってるみたいだし。

——そうですよね。この人、正気かなって思うようなことを言ってますよね。

村上　そのことに対する危機感みたいなものはもちろんある。でもかつてよく言われたような、「街に出て行動しろ、通りに出て叫べ」というようなものではなく、じゃあどういった方法をとればいいのかを、模索しているところです。メッセージがいちばんうまく届くような言葉の選び方、場所の作り方を見つけていきたいというのが、今の率直な僕の気持ちです。

——これまでは、スローガン的な言葉がどんどんうわすべっていって、消費されていくこと、浅はかな言葉が蔓延する状況に対する危機感みたいなものに対して、しかるべき物語を書いていくことで対峙していくということを、村上さんはやってらっしゃった。そしてもちろんこれからも、小説の中でそういう作業をお進めになると思うんですけど、今はまた、もうひとつ別の方法を模索しているということですか？

村上　そうね。ある程度直接的なことをもっと言うべきだと思う。そろそろそれをするべき時期が来ていると思う。考えていることはあるんだけど、少し時間はかかるかもしれない。

——今日は、村上さんのその言葉を聞けただけでも……。

村上　バブルの崩壊があって、それから神戸の地震があって、3・11があって、原発の問題があった。それらの試練を通して、僕は、日本がもっと洗練された国家になっていくんだろうと思っていたわけ。でも今は明らかにそれとは正反対の方向に行ってしまっている。それが、僕が危機感を持つようになった理由だし、それはなんとかしなくちゃいけないと思う。

結局、僕らが一九六〇年代後半に戦ったのは、根底に理想主義があったからです。世界は基本的により良い場所になっていくはずだし、そのためには戦わなければいけないと、だいたいそう信じていた。それはまあある意味、甘い考え方ではあったんだけど、とにかくそういう理想主義があって、機能していた。そしてそれがあっさり潰されてしまったことに対する幻滅が強かった。でも、それからぐるっとひとまわりしたんじゃないかなっていう気が、最近するんですよね。やっぱりいつまでも同じことをやっていられないし、何か新しい動きに入っていかなければいけないと。じゃあ何をするのかと言われても困るんだけど、原則的には自分の持ち場で淡々と誠実にできることをやっていくしかないよね。ただ問題は、フィクションを書くという作業と、具体的なステートメントを発することの境目をどこに置くかということで、これはなかなかむずかしいですね。

——分析や説明をすることが、そのなかのひとつとして、エッセイを書き続けることが創作に対してあまりいいふうに作用しないと、村上さんはよくおっしゃるじゃないですか、それと近い関係だと思うんですよね。個人的立場を表明して、何かについて発言していくというのはある意味で身を削ることでもあるから、持ち分が少なくなるというか。今の若手の作家も、今置かれている状況で小説も書きたいし、いろんなこともやっていきたいし、小説でしかできないことをやっていきたいと思っているんだけど、何か具体的な行動を起こさないといけないのではないか、ということをそれぞれに思っている状況だと思います。

村上　自分にできることを、できれば自分にしかできないことを真剣に追求したいというのが、僕にとっては大事な目安になります。その「自分にしかできないこと」というのを、どうやって見つけるか、そこにどうやって外部との切実な接点を見出していくか、それは簡単ではないけれど。

——それがある人にとってはデモであってもいいし、なんでもいいんだけど、とにかくそれが自分にしかできないことであると……。

村上　小説家だからね。ものを作る人って、やはり自分にしか作れないものを追求するのが何より大事になってくる。いくぶん遠まわりになるかもしれないけれど、社会的にこうするのがコレクトだからこうする、みたいなのは、発想としてちょっと違うんじゃないかと思うんです。

本との出会いから始まった奇跡

――今回、強く感じたのは、村上さんは、はじめから、三十年前と繰り返し同じことを言っていて、それは、贅肉をつけずに、規則正しい生活をして、能動的に待ち受けるのだということ、そうして、心の奥底に深く潜っていって、なおかつそこから帰ってくるだけの体力を維持することが、村上さんの考える「職業としての小説家」にとって大事なことであると。

村上　うん。なんか馬鹿のひとつ覚えみたいだけど、ずっと言ってきたのはそういうことですね。

――それってもちろん、村上さんの人生の在り方でもあるから、その意味で村上さん以外の誰にも再現できないものだと思うんですけど、読者もそこから、大きい何かを受け取れるんじゃないかという感じはすごくします。村上さんの文章の中で起きている、リズムとか物語をくぐらせた時に出るものは、読者もしっかり受け取っていて、ああいうものに近づいてみたいような、憧れみたいなものは持っちゃうと思うんですよね。だから一時、新人賞の募集をすると、かなりの応募作が村上さんみたいな文章だって言われていて……。

村上　それね、僕、よく言われるんだけど、わかんないんですよね(笑)。似ているってのがどういうことなのか。

――「村上春樹が好きなんだな……」としか思えないような小説、あったりしますよ。

村上　僕もね、ときどき「村上さんにそっくりです」と言われるものを読まされたりするんだけど、本人としてはちっとも似てると思わないですね。どこが似てるの?って感じ。

――そうですね。好きなのは伝わってくるし、ムードをなぞってはいるけれど、似ているか似ていないかでいうと、それはまた別の問題かもしれませんね。

村上　六〇年代の終わり頃、ヴォネガットとかブローティガンとか、ああいう人たちがすごく人気があって、僕ももちろん好きだったから、ああいう文章が書ければいいなみたいなことは思っていたけど、実際にはとても書けないですよね。そういう人たちの小説スタイルの、「あ、そうか、小説ってこういう書き方をしてもいいんだ。そういうのもアリなんだ」みたいな風通しの良さはずいぶん役に立ちました。でも文章そのままは真似(まね)できません。

——書けないし、またそれだと書く意味もないですよね。ということは、村上さんにしかできないような「村上マジック」があるとして、それは、もちろん書き続けていく中で磨かれてきたものがあると思うし、方法論的にもすごく洗練されてきたと思うんですが、それ以前に、そもそも書く前から、やはり村上さんの中に、原石みたいなものがあったんではないかと。

村上　たぶんあったんだろうね。まったくないということはないと思う。あくまで結果から逆算してですが。

——小説を書く以前の生活のなかで、たとえばどなたかへ宛(あ)てた手紙や会話なんかで、例の「マジックタッチ」みたいなのを作用させていたこととか、あります？　創作とはべつの、日常な感じにおいて。

村上　ラブレターを書くのはけっこううまかった気がする。説得力とか。

――やっぱり（笑）。伝え聞いた話ですけれど、中学時代、村上さんは伝説の生徒だったらしいじゃないですか。

村上　よく知らなかったんだけど、映画監督の大森一樹（かずき）くんが兵庫県芦屋市立の同じ中学校で――彼は僕の三年後輩なんですが――僕と同じ担任の先生だったんだけど、何か文芸誌とか文集みたいなのをつくったら、その担任の先生に、「そんなのダメだ、三年前に、村上っていうすごい生徒がいて、お前なんか足元にも及ばない」って言われたんだって（笑）。「ハルキさん、当時から有名だったんですよ」って彼は言ってたけど。

――たくさんいる生徒の中で、先生がそんなふうに言うなんてよっぽどですね。

村上　でも僕自身はこれといって思い当たるところがないんだけど。

――その頃は、既に書くのはお好きだったんですか？

村上　いや、そんなに好きじゃなかったな。作文なんかを書かされると、よく「うまい」って言われたけど、自分ではべつにうまいなんて思わなかったし、書いていて楽しくもなかったですね。ただ、人の読書感想文を書いてあげて、昼飯をおごってもらってたりしたなあ。書けないで困っている奴（やつ）に、じゃあ代わりに書いてやるから昼飯おごってくれって言って、さささっと書いて。考えてみれば、今と同じようなことをしていた（笑）。その代わり、受験勉強はろくすっぽしなかった。だから学校のお世話には、ほとんどなっていないような気がする。

——早稲田大学の坪内逍遙（つぼうちしょうよう）大賞を受けた時のスピーチでも、村上さん、おっしゃってましたよ、「全然、学校のお世話にならなかったんです」って（笑）。

村上　そう、だいたい自分一人でいろんなことをやってたから。学校から何かを学んだという記憶があまりないんです。個人的な取り入れの方が忙しかったね。

——もうそれまでに、あらかた読み尽くしていらしたから、勉強しなくても、世界史とか、国語とか、英語は特に。

村上　うん。そんなの本をたくさん読んで、適当にマイペースでやっていれば、大学くらい入れた。だってあの時代は、早稲田の試験ってわりあい易しかったもの。

——本当かなあ（笑）。そもそもなんで、本を読むのがそんなに好きになったんでしょうね。

村上　それは一人っ子っていうのが大きかったと思うな。外で野球したり、海に泳ぎに行ったり、もちろんしてたけど、一人でいる時はだいたい本を読んでいた。家に本がいっぱいあったし、本さえあれば退屈しなかったです。猫と本が友だちだったね。

──ある人が「職業としての小説家」になって、それを維持していくためにはまず、本を好きになるっていうところから始まるわけじゃないですか。でもその肝心の、本を好きになるっていうところだけは教えることはできない。好きになりなさいと強制することもできない。すべての偶然が一致して、本と出会わなければ、本の世界を熱烈に求めていく魂でなければ、書きつづけるというところに行かないと思うんですよね。村上春樹という人においては、その奇跡のような偶然が重なり合って、長い小説を書きはじめて、それを新人賞に送って……から始まる、その果てに、この『職業としての小説家』という一冊まで来たわけですよね。

村上　そうですね……とにかく僕がこの本で一番言いたかったのは、たとえば作家になるには、「自分が見定めた対象と全面的に関わり合うこと、そのコミットメントの深さが大切なんだ」ということなんです。そのコミットメントがどういうものなのかというのは、方向性も内容も、もちろん人によっていろいろ違うわけだけど、少なくとも「深さ」というのはどうしても必要ですね。この深さがないと、そしてその深さを支えきれるだけの胆力がないと、どこにも行けない。あとは運です。僕はたぶん運が良かったんだと思う。そうとしか考えられないから。

──村上春樹という一人の作家がこのように切り拓いていったように、それと同じではないんだけれど、それぞれの人に、コミットメントの深さによって、こうした過程がありえるし、奇跡として同じことが起こりうるんだっていうことですよね。そのために、例えばこんな方法がありえるんだって、この本は思わせてくれるんですね。

ゆくゆくはジャズクラブを……

――『職業としての小説家』の表紙カバー、すごくいいですね。カバーの村上さんを撮った写真は、アラーキー（荒木経惟）かなと思ったら、やっぱりそうだった。

村上　少し前に、「ニューヨーク・タイムズ・マガジン」の記事のために撮ったんです。「タイムズ」の依頼を受けて、荒木さんが撮ったんだと思う。

――荒木さんは、小澤征爾さんへのインタビュー集でも、お二人の写真を撮られてますよね。

村上　そうそう。荒木さんって面白いです。撮影の時、小澤さんと僕に「ちょっと、グッと寄ってみようか」とか言うんだよ。相手が女の子ならともかく、僕と小澤さんにさ、「グッと寄ってみようか」もないよねえ（笑）。

――ノセてくれるんですよね（笑）。とてもチャーミングで面白い方。荒木さんもご病気されているけれど、作品をたくさん発表されていて、うれしいですね。

村上　そういえば、荒木さんと小澤さんと二人で、ずっと癌の話をしてたなあ（笑）。

――村上さんは全然ご病気されませんよね。

村上　そういえば一度もしたことないですね。

――それもすごいですよ。

村上　寝込んだことってほぼない。馬鹿みたいだけど。

――風邪はありますか？

村上　それはたまにあります。四、五年に一回くらい。

――エッセイとかを読んでいても、入院したとかないですもんね。

村上　入院はまったくないです。ただ、フル・マラソンは毎年ひとつは走っているんだけど、タイムはちょっとずつ悪くなっているし、それは歳を取ってることの証拠なんだなって実感します。しょうがないね。でもね、マラソンのタイムが悪くなっていくっていうのは、自分が年齢を重ねていることを確認するという意味で、まあ良いことだと思うんです。そうしないと、自分の立ち位置ってよくわかんないじゃない。僕には子供もいないし、同僚もいないし、そういう定点観測の機会がないと、ちょっとわかりづらいところがある。

――そういう意味でも日々の運動と書くことの関係は……と、このままインタビューを続けていると際限なく質問をつづけてしまいそうなので、このあたりで……、今日はどうも、長時間、お疲れさまでした。これからも意欲的な作品を、心から楽しみにしています。

村上　どうも……でもいつかまた、ジャズクラブをやりたいんだよね（笑）。

――やりたいんですか！

村上　小説を書かなくなったら、青山あたりでジャズクラブを経営したいですね。ハンフリー・ボガートみたいに蝶ネクタイ締めて、ハウス・ピアニストに「その曲は弾くなと言っただろ、サム」みたいなことを言って（笑）。

――もう決まっているじゃないですか（笑）。いつからなさるんですか。

村上　明日にでもやりたいんだけど、もっと小説を書きたいからねえ。悩ましいところです。


（二〇一五年七月九日　Rainy Day Bookstore & Cafe にて）

第二章

地下二階で起きていること

二〇一七年が明けてすぐ、新潮社クラブで。前回のインタビューから一年半が経(た)っており、このあいだに書きあげられた長編『騎士団長殺し』を中心に、たっぷりとお話を伺った。きりりとした冬の庭を眺めつつ、こたつに入りながらという穏やかな雰囲気で始まったインタビューだけれど、わたしの前のめりと気合が過ぎて、気がつけば休憩もほとんどなしで四時間近くが経っていた。終わったあと、村上さんは「これあと二回もやるの、ほんとに?」と笑っていらした。おやつ、わたしチョコレート、村上さんドーナツ半分。夜はみんなでお蕎麦(そば)をいただく。

タイトルと人称はどのように決まる？

——今回のインタビューは、長編『騎士団長殺し』を中心にお話を伺いたいと思います。村上さんが書くことによってどういう体験をしたのか、書き終わったあとに、その体験がどんなものであったのか——この作品がもし一つの井戸とか穴のようなものだったとするのであれば、ふつう井戸には一人で入っていくものですけれども、今回は、ぜひ、わたしと一緒に井戸に入っていただきたいです。そして、そこで見えたものを言葉にしていけたらな、というふうに思っています。

村上　うーん、むずかしそうだけど、がんばりましょう(笑)。

——まず、何といってもこの素晴らしいタイトル、『騎士団長殺し』。最初にぜひ伺っておきたいんですけれども、このタイトルはどのようにして？

村上　「騎士団長殺し」って言葉が突然頭に浮かんだんです、ある日ふと。「『騎士団長殺し』というタイトルの小説を書かなくちゃ」と。なんでそんなこと思ったのか全然思い出せないんだけど、そういうのって突然浮かぶんです。どこか見えないところで雲が生まれるみたいに。

――それは、モーツァルト聴いていたからではなくて？

村上　じゃなくて、関係なく。あるとき、道を歩いていたのかご飯のときか、よく覚えていないけど、とにかく頭にポッと浮かんで、それがそのまま離れなくなる。『海辺のカフカ』の時も同じだったな。『海辺のカフカ』って小説を書きたいなというところから始まって、じゃ、主人公の少年はカフカ君にするしかないなあと。で、海岸付近に行かせようじゃないかと。わりに簡単なんです(笑)。

――海辺だし、みたいな。

村上　『ねじまき鳥クロニクル』も確かそうだったな。そういう具合にタイトルが先にできたものって、すごく楽なんですよね。話がそこから勝手に進んでいくから。

――そのタイトルがどれぐらいのサイズの物語になるかというのは、そのときなんとなく形としてわかるものですか？

村上　タイトルだけではまだわからない。形がわかってくるまでにはある程度時間の経過が必要なんです。時間の経過とともにそのまま消えていくものもあるし、ソリッドにどんどん固まっていくものもあるし、それればかりは時間が経ってみないとわかりません。

――じゃ、とにかく最初にその「騎士団長殺し」という言葉がやってきて、このタイトルで何か書かなくてはダメだという気持ちになって、それから「騎士団長殺し」という言葉がしばらく頭の中にあり続けるわけですね。

村上　半年か一年か二年かわからないけど。

――そんなに長い期間？

村上　そのぐらいはかかるんじゃないかな。言うなれば言葉を自分の中で発酵させていくわけだから。

――「騎士団長殺し」という言葉がやってきたとき、村上さんは具体的に何を書いてるときだったのかな。一年から二年前だったら。

村上　うーん、思い出せないな。半年前くらいかもしれない。一年くらい前かもしれない。いろんなことをしょっちゅう思いついているから、時期的なことはよくわからないな。でもとにかく『色彩を持たない多崎つくると、彼の巡礼の年』を書き終えたあとだったと思います。しかしどこから「騎士団長殺し」というタイトルが出てきたんだろうね。一見して小説のタイトルにはなりそうにない感じだし。

──一度聞いたら忘れられない不思議な強さもあって。

村上　でもそういうある種の不思議さって、タイトルには大事なんです。ちょっとした違和感みたいなものが。で、僕の記憶によれば、まずタイトルができた。それとは別に、上田秋成の『春雨物語』に入っている「二世の縁（にせのえにし）」という話が僕は昔から好きで、あれをモチーフにしたものを何か書きたいなと、ずっと昔から思っていたんです。それと「騎士団長殺し」というタイトルが一緒になって。でも「二世の縁」と「騎士団長」ってぜんぜん結び付かないですよね（笑）。それともう一つ。第一章の出だしの文章、「その年の五月から翌年の初めにかけて、私は狭い谷間の入り口近くの山の上に住んでいた」から、「エアコンがなくてもほぼ快適に夏を過ごすことができた」までの文章を、僕は既にどこかの時点で書いていたんです。これという目的もなく、そういう文章を書き留めていた。

──まったく別に、独立した形で書いていたんですか。

村上　うん。その一節がパソコンの片隅にペーストしてあった。「その年の五月から」みたいな見出しをつけて。僕はそういう文章をよく、何の脈絡もなく書くんです。ただ書いてとっておく。

──『スプートニクの恋人』の冒頭もそうでしたよね。

村上　パッと頭に浮かんで、「あ、こういう書き出しで文章を書いてみよう」と思うんです。『スプートニクの恋人』の最初の文章もそうだった。あれも書いて、それを半年か一年間ほっといて、ときどき引っ張り出しては書き直して、だんだんだんだん磨いていって、それが自分の中にうまく残るかどうかを待っているわけです。粘土の塊を壁に投げつけて、くっつくか落ちるかを見てみるみたいに。落っこちて残らないという場合ももちろんあります。

――アイディアを書き留めるということはありそうなんですけど、文章そのものを置いとくというのはちょっと珍しいかも。

村上　うん、小説のアイディアみたいなものを書き留めることって、僕の場合あまりないですね。僕は手を使って文章を書くことによって物を考える人間だから、ある程度の長さの文章を書くという作業が大事になってきます。一塊の文章をとりあえず書き上げて、そこにどんどん手を入れて直していく。そうしているうちに自分の中で何かが自動的に動き始める……というのを待っているわけだけど、それもやっぱり時間の経過が必要で、そういうのを書いてから二か月後に小説になるかというと、それはないです。半年から一年、一年から二年という歳月がどうしても必要になってきます。

だから、『騎士団長殺し』に関していえば、その別々の三つの要素がスターティング・ポイントになってるわけです。冒頭の一節の文章と、「騎士団長殺し」というタイトルと、それから、何だっけ？　そう、「二世の縁」をモチーフにするということ。この三つが別々にあって、それがひとつに結びついていくんです。三人の友達がどこかで偶然一堂に会する、みたいな感じなんだけど、そこに至るまでにはまとまった時間が必要になってきます。だから僕の場合は、長編小説というのは、ほとんどが待つ作業なんです。二年ぐらい待って書き始めて、一年か二年かけてそれを書き上げる。だから、書いている時間よりはむしろ待ち時間のほうが長い。サーファーが沖合で波を待つのと同じような感じです。

――で、書き始めると村上さんの場合、絶対に一日十枚書く。何があっても、とにかく十枚書くということをご自身に課していますよね。

村上　まあ、何があってもというわけにもいかないけど、基本的にはね、うん。

――何も決めないで書き始めると、何かに出会っていく。結果的にそうやって完成していくのは理解できるんですが、例えば今日書くときに、その「何か」に出会えるかどうかってわからないじゃないですか。先ほどの表現で言えば……お友達と巡り合えない日っていうんでしょうか。そういう日でも、必ず十枚は書くんですか。

村上　うん。一応書きます。もし友達が来てくれなくても、来てくれそうな環境を作っておいてあげないといけない。ちょっとこのへんに座布団敷いて、掃除して机を磨いて、お茶いれとこうと。そういう感じの「下ごしらえ」みたいなことをやってるわけですね、誰も来ないときには。誰も来ないから今日は怠けて昼寝してよう、みたいなことにはならない。小説に関しては僕は勤勉だから。

――じゃあ、「今日はここを書かないといけないけれど、ちょっと来そうにないな」という場合には……。

村上　そのへんの風景描写とかやってる（笑）。何はともあれ十枚は書きます。それは決まり事だから。

それで、この冒頭の文章のことなんだけど、「その年の五月から翌年の初めにかけて、私は狭い谷間の入り口近くの山の上に住んでいた」。これはまったくの一人称ですよね？　僕はこのところしばらく、純粋な一人称の長編というのを封印していたんです。そして三人称に向かって方向転換みたいなことをやっていた。でもちょうどレイモンド・チャンドラーの長編小説をこの何年間か翻訳し続けてきて、そうしているうちに、久しぶりに一人称小説をみっちり書きたいなという気持ちがふつふつと湧いてきたんです。『1Q84』みたいな長いものを、三人称で最後まで書き切ることができたし、一応所期の目標は達成した。で、そろそろもう一回、一人称で長編を書いてもいいんじゃないかって思うようになった。この書き出しって、今考えてみると、なんとなくフィリップ・マーロウっぽいですよね。

――ええ、それは最初に感じました。久しぶりの一人称小説で、一人称代名詞を何にするかというのは、作品世界のトーンを決めるじゃないですか。「私」か「わたし」なのかで変わってくるし、「僕」か「ぼく」かでも、文体そのものや作品世界のムードを決めるし、主人公の性格自体にも関係してくる。今回、漢字の「私」にしたのも、そのチャンドラーの影響でしょうか？

村上　チャンドラーの翻訳はすべて「私」にしているから、その流れというか、勢いみたいなのはたしかにあったかもしれない。それからもうひとつ、やっぱり年齢的に、「僕」という一人称で長い小説を書くのはちょっときついかなという思いもありました。

――その「きつさ」について、もうちょっと伺えませんか。きついというのは、それは読まれるとき？　それとも、ご自身が使うとき？

村上　僕自身が使うとき。日常生活でも「僕」って口にしているし、手紙なんかにも「僕」って書いているんだけれど、それが小説になると、とくに地の文になると、なんだかちょっと面はゆいなあと。

——今回の主人公は三十六歳で、「僕」でも全然問題ないですよね。これまでも同じくらいの年齢の「僕」を書いてこられてきていますが。

村上　その違和感はあくまで感覚的なものなんです。でもそういう感覚のちょっとした違いが、長編小説になると大きな意味を持ってきます。そしてまた「私」という新しい人称を使うことで、これまで僕が使ってきた「僕」とは少し差違をつけたかったということもあると思います。同じ一人称でも、これまでの一人称とはひとつ違うんだと。だから「私」という人称を使って書いてみたかったんだろうね。書き始めてみて、やっぱり見える風景みたいなものが少し違うなと感じました。

——確かに違いますね。なるほど。今回は『騎士団長殺し』というタイトルが浮かんで、あと二つの要素があって、それらが固まっていって、然るべき時間をおいて……。

村上　長編小説というのはね、ワンテーマでは絶対に書けません。いくつかのテーマが複合的に絡み合っていかないと成り立たない。長ければ長くなるほど、その要素はたくさんないといけなくて、少なくとも僕の出だしは三つあって、三つあると三角測量みたいな感じで立体的に進めていけるわけ、物事が。ところが一つか二つしか構成要素がないと、話はどこかで必ず分厚い壁に突き当たってしまいます。にっちもさっちもいかなくなる。

――これ以上は広がらないという。

村上　うん。だから、いくつかのポイントが確かに自分の中にある、ということを見定めてからじゃないと、長編には取りかかれない。そして正しい要素を三つ集めるには、それなりの時間がかかります。

――この三つがさらに別のものを……。

村上　呼んでくるわけ。さらにそれぞれがまた別の友達を呼んできて。

――どんどん三角形が広がっていくわけですよね。

村上　そのとおり。『騎士団長殺し』でいえば、画家の「私」がいて、そのスタジオにいろんな人が出入りするようになります。で、それぞれの登場人物がそれぞれの状況を抱えていて、それを話に持ち込んできて、そうすることで物語が前に進んでいくわけです。最初からどういう人が出てきて何が起きるかを決めちゃうと、そういう自発的な動きが生まれてきません。だから、とにかく最初に三つのポイントだけを設定して、何が起こるかを見る。そしてそれぞれの要素がいろんな新しい要素を引き込んでいく過程で、自発的にじわっと熱が出てくる。長編小説というものはある意味、そういう自然な発熱を見つけていく作業だと僕は思うんです。だからこそ作家は、一年とか二年、じっと我慢強く待たなくちゃいけない。これが書き始める確かなポイントであるという確信を持てるまで。

──そして、その熱に耐えるだけの体力も必要になる。だから体力を作ってから創作に入ると。

村上　うん。体力も必要です。フィジカルな力。そしていったん書き始めたら、一日十枚は書いていかなくちゃいけない。それを一年くらいはずっと続けなくちゃならない。もしそこに迷いがあったり、不確かなところがあったりしたら、とてもやっていけません。だから書き始める前に、必要なポイントがしっかり設定できたということを、自分の中できちんと確かめておく。それが何より大事なことになります。

──「私」という一人称を選択したことによって、語り手自身の性格というのも自ずと決まるような気もしますね。思考のタイプとか、そういったものまで。全体のバランス、雰囲気も変わってきますよね。今回の作品は、『ねじまき鳥クロニクル』を強く思い出させます。穴はもちろんですが、あんまり動かないじゃないですか、場所が。東京からそう遠くないんだけれども、ほかの人が入れないような、ある定まった場所での出来事ですよね。「私」が動くのは終盤になってからで、ひとところに落ち着いて物語が始まって終息していくというのは、最初から何かイメージがありましたか。

村上　たしかにそういう意味では『ねじまき鳥』に通じるところがあるかもしれない。『ねじまき鳥』の場合は路地が大事な役目を果たしますよね。その狭い行き止まりの場所が、深いところでどこかよその世界に通じている。それと同じようなことなのかな。『羊をめぐる冒険』はどんどん移動していく話ですね。でも今回の小説の場合は、いろんな人が登場してくるけれど、そういう人たちの動きを追っているうちに、場所の移動が必要じゃなくなってきたというところはあります。山の中に不思議な穴があって、主人公の住む小さな家があって、谷を挟(はさ)んだその向かいに免色(めんしき)さんの白い屋敷があって、それだけの状況が揃(そろ)っていれば、もうそれ以上場所を移動する必要がなくなってきたというか。

――必要がなかった？

村上　主人公は東京に時々出ていくし、最後に伊豆高原の療養施設に行くわけだけど、それ以外にはとくに移動の必要がないんです。それよりは人々が次々に彼を訪ねてくる。そうすることで話が進んでいく。彼はある意味では、ある時点までは「受け手」なんです。あまり動かなくていい。それに最初に長い移動の話が出てくるし。

――そうですね。物語の最初に「私」が旅に出て、帰ってくる。

村上　ええ、東北から北海道に行く話ね。その長い移動の話が最初にあって、そこから一転してひとつの場所に定着した物語が始まる。そのコントラストが物語的に大事なんです。

「悪」の形が変わったような気がする

――村上さんのこれまでのお仕事をどこかで区切ろうと思ったら、おそらく、どこででも区切れると思うんですよ。一回一回違う試みがあって、その深いところでは――ある人はそれをオブセッションと呼ぶかもしれないし、ある人にとっては村上さんの作品の分母のような重要なモチーフと思えるようなものが、共通してありますから。でもわたしの中では『ねじまき鳥クロニクル』が、村上さんの中で何かが大きく組み替わった最初の作品のような気がしています。

まず「壁抜け」という要素がそのままの形で出てきたことと、そして「悪」みたいなものの形が明確に変わり、それまでの作品とは異質のダイナミズムを持つ作品になった。それ以前の、例えば「やみくろ」などは、ただもうそこにどうしようもなく存在してしまうものだったわけですよね。ところが『ねじまき鳥』では、「憎む」というコミットメントが入ってくる。「オーケー、正直に認めよう、おそらく僕は綿谷ノボルを憎んでいるのだ」と。これはとても重要なことだと思います。

それからずっと「悪」のようなもの――ここからは便宜的に「悪」と表現しますが――が描かれ続けて、『1Q84』では「悪」の描き方、あるいは「悪」との関係性みたいなものが複層化していく。形がどんどん変わって、ビッグ・ブラザーはもう出る幕はなく、リトル・ピープルの形をとる。

村上さんは「悪」について、過去にこんなことをおっしゃっています。「悪」について書きたい、けれど個別の具体的な「悪」のひとつひとつを書くことはできても、「悪」の総体というものを捉えようとすると、いつもそれが難しいんだと。そういう視点でみていくと、村上さんの小説は「悪」の変化、変質みたいなものを書いているというふうにも読めてくると思うんですね。そして『1Q84』において、リトル・ピープルが一つの飽和点、ピークみたいなものとなって、『騎士団長殺し』では、さらに「悪」の形が変わったような気がするんです。

村上　えーと、たしかに綿谷昇を書いたときには、「悪」というものを意識して描いたという気はします。僕もそろそろそういうものを書けるようにならなくちゃ、みたいな気持ちがあって。でもそのあとは、そこまで具体的には「悪」というものを意識していないかも。『海辺のカフカ』にも『アフターダーク』にも「悪」らしきもの、「悪」に近いものは登場するんだけど、そういうのはわりに自然にすんなり出てきたものであって、とくに「悪を書いてやろう」という意識があって書いたわけじゃなかったですね。あらためてそう指摘されると、そうなのかなと思うけど。

――そうか、それらは自然に出てきた要素なんですね……はじめて『騎士団長殺し』を読んだときに、今回の物語における「悪」は、蓋（ふた）をして見えなくしてしまったようなものが、わらわらと染み出てくるような、何というか、お祓（はら）いじゃないけれども、鎮魂というか、そういったかたちで対峙（たいじ）しているように思えたんですね。これまでの「悪」は、井戸を掘っていくとノモンハンがあって、しかも、すべては現在形の生々しいものとして、倒すべきものとして存在していたわけですけれど。

村上　なるほど。

――あくまで、そういった「悪」をガイドラインにして読んでいくと、ということなんですが。村上さんは今回の作品を書いているときと、書いたあととで、何か明確に……技術とはべつの、今までになかったものを引きずり出したな、とか、今までなかったものに触ったな、みたいな感覚があったのでしょうか。

村上　うーん……そうですねえ（しばらく沈黙）。二千枚くらいの書き下ろし長編小説を書くためには、一年とか一年半、二年をかけるわけじゃないですか。何かと戦う、格闘するという強い覚悟がなければ、物語を書き進めることはできないんです。気持ち良く、にこにこ楽しく机に向かっているだけでは長編小説は書けません。で、何かと戦わなくちゃいけないんだけど、じゃあ一体何を相手に戦えばいいのかということになると、それは僕にとってはだいたいにおいてよく見えないこと、わからないことになります。昔からずっとそうで、僕は性格的に、何かを強く憎んだりとか、喧嘩をしたりとか、腹を立てたりとか、非難したりとか、誰かと現実的に争うってことをあまりしない人間なんです。かなり個人的な人間だから、腹立つことがあっても「しょうがないや」と思って、一人でやっていくタイプです。現実世界ではなかなか戦いません。そんなわけで、戦う相手を見つけるのは、小説世界にあってもなかなか難しいことになってくる。そういうのが生まれつきうまい人もいるんですよね。例えばすごく嫌なやつのキャラクターを出してきて、そいつと戦うことで小説を回転させていく人もいるし。でも、僕にはそういうことがうまくできない。

——個々の人間関係とか、手が届く範囲の対象を憎むということがないにしても、例えば戦争とか、今ここで起きている理不尽な出来事みたいなものに対する憎しみも、希薄なほうだということですか。

村上　昔はね、もちろんありました。一九六八、九年には。でも、僕らにとってはあの時期の体験というのは、失望以外の何物でもなかった。戦うという行為の中に、もう何というかな……すごく本物じゃないというか、ニセモノの要素がどんどん混ざり込んでくるんです。現実的に、物理的に何かと戦っているうちに。

——戦っていること、そのこと自体に？

村上　うん。理不尽さに対する純粋な怒りの発露であったものが、やがてムーブメントとムーブメントの戦い、数と数との戦い、党派と党派の戦い、戦略と戦略の戦い、表層的な言葉と言葉の戦いみたいなものに変わってくるわけです。そうなってくると、個人の思いなんてどこかに吹き飛ばされてしまう。戦いという行為そのものの中に呑み込まれていってしまう。そういうことに対する失望感というか、幻滅みたいなものが、僕の場合は強かった。表層的な言葉に対する不信感というのは、今でも僕の中に残っています。そういう言葉をそっくり抜きにして小説を書こうとしたら、いったん『風の歌を聴け』みたいなところに行かざるを得なかった。そうじゃない人ももちろんたくさんいると思いますが。

ただ、何かと戦わなくちゃいけないということは、もちろん僕にもよくわかっているんです。人は戦わなくては生きていけない。そうしないと誰かに利用されるだけで終わってしまいかねない。でもこの巨大な情報社会で、僕が個人的にどれだけ戦おうと決意しても、ただ消費されるだけで終わってしまうんじゃないかという思いはある。そういう諦観(ていかん)みたいなのは、小説を書いているときにもひしひしと感じないわけにはいかない。だから逆の言い方をすれば、僕にも「悪」と戦うという決意はもちろんあるわけだけど、そうなると、物語を深めるためには、自分の側の「悪」みたいなのに触れないわけにはいかないんです。そうすると、その戦いというのは単純なものではなくなってくる。今さっきあなたが言った「悪」の形を見つけるのが難しいというのは、結局そういうことじゃないかと思うんだけど。

――「悪」は「悪」だから、それが取り除かれるべきものであることはわかっていて、でも、それに対して、昔のような形で戦っていくと本末転倒になって空疎化(くうそか)していく。だからその方法が正しいとは思わない。「悪」と戦うということは、同時に自分の中にある「悪」みたいなものと向き合うことでもある、そういうことですね。

村上　うん。このところ、僕は「鏡」というとても短い小説をわりに好んで朗読しています。その昔、デビューして間もない頃に書いた話（註・『カンガルー日和』一九八三年刊所収）。

――あれですね、夜の学校の……。

村上　学校の夜警の話ね。彼は校内を夜中に警備していて、壁に何かを見る。それは鏡に映った自分の姿なんだけど、それはいわば「悪」そのもののイメージで、彼はそれを目にしてものすごく深い恐怖を感じるんです。そこに木刀を投げつけて割ってしまう。そしてあとも見ずに逃げ出す。ところが、あくる日に同じ場所に行ってみたら、そこには鏡なんかなかったという話です。それは確かに、僕が今言ったのと同じことですね。「悪」の権化のようなものを闇の中に見るけれど、それは鏡に映った自分の顔だった。でも、あくる朝になると、そこにはもともと鏡なんかなかったことがわかる。何というかな、二重三重になった幻影みたいなものね。

――自分の中で時折、何かの拍子に見えてしまうような「悪」と、外部にある「悪」みたいなものは同質というか、同根だと思いますか。

村上　呼応しているのかもしれない。

――そもそも村上さんの小説の「悪」に対する感覚は、「やみくろ」にしても、内的なものなのか外的なものなのかというのがわからないところからスタートしていますよね。

村上　うん。そうかもしれない。この「鏡」みたいな、もっとも初期に書いたものの中にもそれが出てきているから。

――ところが『ねじまき鳥』のときに、それはバットで殴れる形を持つところにまで変化したように感じたんですね。あそこでバットで殴って、血を流して対峙するのは、それまでの小説と違った見せ方だったと思うんですけど、村上さんとしては、変化したという感覚はあまりない？　もしかしたら「悪」というものに輪郭を与えることができたんじゃないか、とか……。

村上　うーん、なんだか悪いけど、僕は『ねじまき鳥』のことってあまりよく覚えてないんです(笑)。

――覚えてない？(笑)

村上　うん。もう二十年くらい前に書いたきり読み返してないから。バットで何か殴ったけなあ。思い出せない。ただあの小説の中で「動物園襲撃」の話ってありますよね。虐殺(ぎゃくさつ)の話。日本兵が動物園の動物を殺したり、脱走兵を殺したりする。あれ、たしかバットで殴るんですよね。その行為自体はもちろん「悪」ではあるんだけど、その個人レベルの「悪」を引き出しているのは軍隊というシステムです。国家というシステムが、軍隊という下部システムを作り、そういう個人レベルの「悪」を抽出しているわけです。じゃあ、そのシステムは何かというと、結局のところわれわれが築き上げたものじゃないですか。そのシステムの連鎖の中では、誰が加害者で誰が被害者か定かにはわからなくなってしまう。そういう二重三重性みたいなのは、常に感じています。

前にもどこかで言ったけど、カート・ヴォネガットが死にかけたお父さんを見舞いに行ったときに、「おまえの小説には悪人が一人も出てこなかったな」って、亡くなる前に父親が言うんですよね。そう言われて、ヴォネガットは考え込んじゃうんです。「そういえばそうだ、自分の小説には悪人は一人も出てこなかった」と。僕も「そういえば僕の本には悪人ってあまり出てこないな」って、そのとき思いました。『世界の終りとハードボイルド・ワンダーランド』を書いた頃の話だから、もうずいぶん昔の話だけどね。それ以来、「悪」とか悪人とか、僕なりにしっかり描いていかなくちゃいけないなというふうに思って、それはしばらくのあいだ僕にとってのひとつの命題みたいになってましたね。

――それから、地下鉄サリン事件の被害者の方々とオウム真理教の信者のインタビューを読んでいて印象に残っているのが、あの事件に関わった人たちはみんな、知らないあいだに別の世界に引き込まれた人たちとも言えますよね。もちろん片方が被害者で、片方が加害者であるのは明確なのですが。そこで村上さんは――例えば『1Q

『84』でいろんな宗教団体が出てきますけれど、それは現実の宗教団体について書きたかったわけではなくて、あるラインを越えてしまうことの怖さみたいなものがずっと頭にあった、とおっしゃっていましたよね。

「あなたは、今から死刑ですよ」と宣告されたオウムの人たちも、これが現実とは思ってないいんじゃないかと。彼らにとっては、リアルな現実がむしろ仮想現実のように思えて、事態がうまく理解できていないのかもしれない。その怖さについて書きたいと。

村上　そうですね。『アンダーグラウンド』を書き上げるのは本当に大変だった。そしてあれを書いたことによって、僕の書くものはかなり変わったんじゃないかと思います。たとえば被害者の遺族の人たちと話していると、彼らにとってはオウム真理教のあの実行犯たちって、もちろん留保の余地なく「悪」なんです。ある日、何の罪もない自分たちの家族を、わけのわからない理屈をつけて殺してしまったわけですから。死刑にしてほしいとほとんどの人は思っています。そんな人たちに向かって、「僕は原則的に死刑制度に反対です」なんてとても口にできない。その人たちの悲しみとか怒りとか、その深さは僕なりに理解できるから。

ただ、客観的なオブザーバーとして実行犯の人たちを見ていると、彼らもやはり罠（わな）

に嵌まった人たちだなという気がするんです。罠に嵌まるのは自己責任だといわれればそれまでなんだけど、でも、そうじゃない。罠というものは、嵌まるときはすぽっと嵌まっちゃうんですよね。それは僕自身についても言えることだし、僕のまわりの人たちを見ていてもわかる。人生は危険な罠に満ちていると思います。ぞっとするようなことが人生にはたくさんある。

でもそのように説明して世の中を説得しようとしても、そんなことほとんど不可能です。「罠というものは、嵌まるときはすぽっと嵌まっちゃうんですよね」とすらっと言っても、多くの人はたぶんうまく実感できないでしょう。その構文をいったん物語という次元に移行させなければ、ものごとの本質は伝えきれないんだな、と僕はあの本を書いていて実感しました。

だから、さっき川上さんが言った『ねじまき鳥クロニクル』が転換点になっているということでいえば、『アンダーグラウンド』と一組のセットでという気はしなくはないですね。書かれたのは『ねじまき鳥クロニクル』の方が少し前ですが。実際『アンダーグラウンド』を書いているときに、現実に生きている人の怒りとか憎しみとか、困惑とか迷いとか、それから失望とか、後悔とか、そういうものを目の前にして、それも命をかけてそう感じている人たちを見て、強く胸を打たれるものがありました。

それはその後の小説に反映されているはずだし、またされていてほしいと思います。

地下へ降りていくことの危うさ

——では、具体的にはどんなふうに物語を作っていくのでしょう。その重要なポイントのひとつは、異化することにあると思うのですが。

村上　うん。それはずいぶん大きな質問だなあ（笑）。

——この質問はもっとあとのほうでしようかと思っていたんですけれども、ときどき、物語を書くっていうことが一体何をしていることなのか、わからなくなるときがあるんですよ。村上さんは小説を書くことを説明するときに、こんなふうに一軒の家に喩（たと）えることがありますよね（次頁イラスト参照）。一階はみんながいる団らんの場所で、楽しくて社会的で、共通の言葉でしゃべっている。二階に上がると自分の本とかがあって、ちょっとプライベートな部屋がある。

村上　うん、二階はプライベートなスペースね。

——で、この家には地下一階にも、なんか暗い部屋があるんだけれど、まあ、ここ

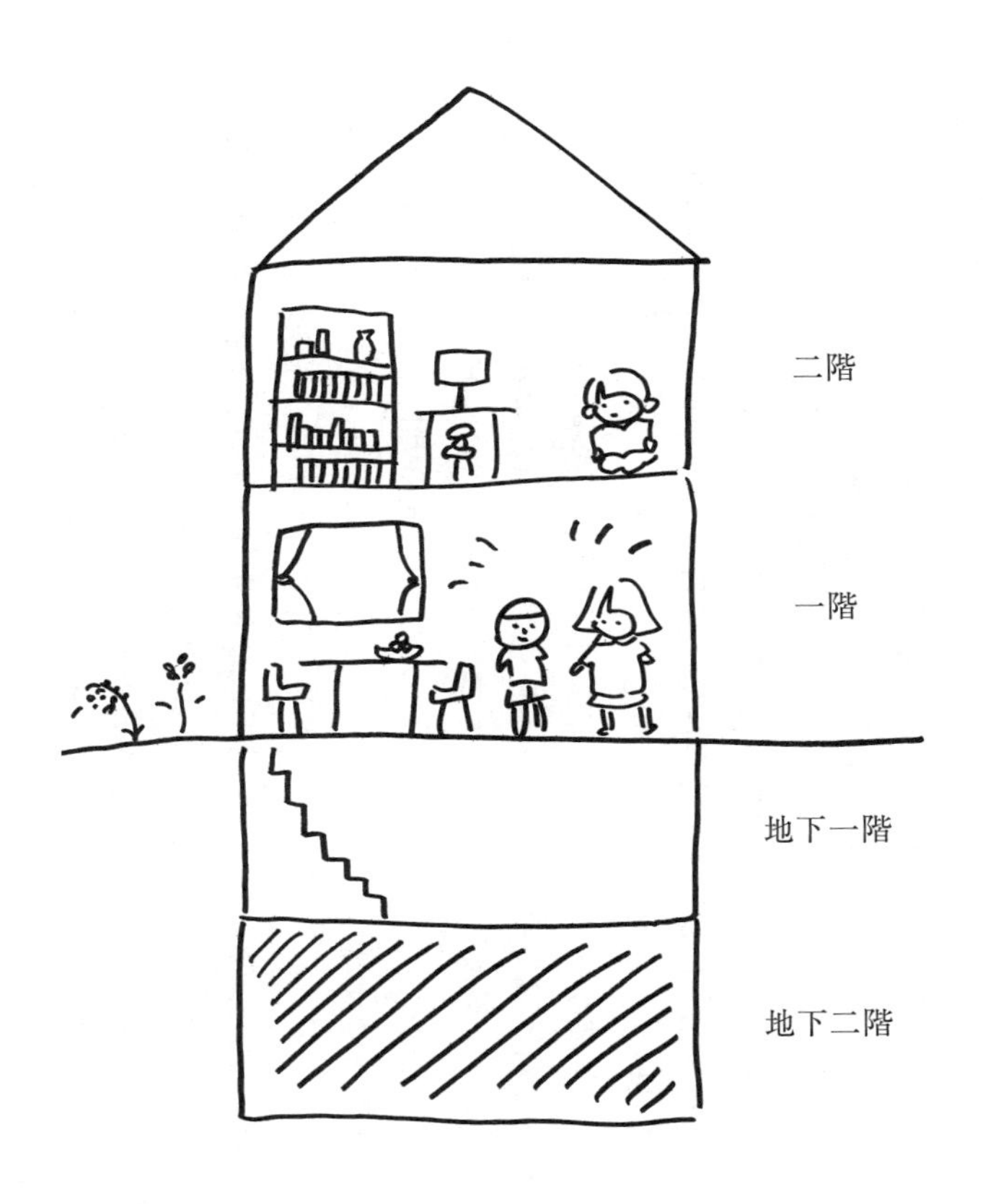

イラスト：川上未映子

ぐらいならばわりに誰でも降りていけると。で、いわゆる日本の私小説が扱っているのは、おそらくこのあたり、地下一階で起きていることなんだと。いわゆる近代的自我みたいなものも、地下一階の話。でも、さらに通路が下に続いていて、地下二階があるんじゃないかという。そこが多分、いつも村上さんが小説の中で行こうとしている、行きたい場所だと思うんですね。

この家の喩えは、とてもイメージしやすいです。そこでぜひお訊きしたいことがあるんです。村上さんは物を書くのは自分自身を知るためでもある、とおっしゃっていますよね。自分自身の中にはまだまだ闇みたいなものがあって、まだ全貌が見えない。だから、これからもまだまだ時間がかかると。地下二階に降りていくことは、今回の『騎士団長殺し』で言えば、「顔なが」に導かれて地下の世界に入っていく体験と響き合っているようにも思うんですけど、地下二階に行く途中で、必ず地下一階にあるものを見ることになります。そこには、例えば親とか兄弟とか、あるいは別の人間から受けた仕打ち、いわゆるトラウマみたいなものもあるわけですよね。

村上　うん、たぶんそうでしょうね。

——ですよね。自分自身の意識に密接した問題が地下一階にはあって、それはわりに共有されやすかったりもする。わたしたち作家は、物語を読んだり書いたりすることで、それぞれが抱えている地下一階の部屋を人に見せ、人に読ませています。これが、自分自身のための作業として、それらを味わったり、地下の部屋を見るだけなのなら、まだわかるんですよ。自分を理解するとか、自分を回復するというだけならね。でも、それを人に見せて読ませるというのは、すごく危険なことをしているようにも思うんです。

村上　なるほど。

——さらにそこから地下二階に降りていくこと——それも含めて、フィクションを扱うということは、とても危険なことをしていると思っているんです。というのは、まず一つに、なんというかな……やっぱり、フィクションというものは実際的な力を持ってしまうことがあると思うからです。そういう視点で見ると、世界中のすべての出来事が、物語による「みんなの無意識」の奪い合いのような気がしてくるんです。

例えば宗教の教義というのは物語の最たるもので、あなた方にとってその物語がすごく大事ですよ、真理ですよということをたくさんの人に思わせることによって、物語が実際的な動きを持ってくる。村上さんの作る物語がある。あるいは時代が生むさまざまな物語がある。人々の日常はこの「無意識」の奪い合いで、でも、みんなそれでいいと思っている。自分たちの生み出す物語は何かしら善的なものを生み出すと思っている。誰もそれを戦いとは思ってないかもしれないけれども、とにかくわたしにとっては、どちらにも転びうる、解釈されうる、非常に危険なものを扱っているという感覚があります。オウム真理教だって物語があったわけですよね。もっというと、「物語なんて、小説なんて、そんなの嘘だしくだらないから読まないよ」と言いながら自己啓発本を読んでいる人たちも、自己啓発という名の物語を読んでいるわけです。

村上　トランプ大統領がそうですよね。結局、ヒラリー・クリントンって、家の一階部分に通用することだけを言って負けて、トランプは人々の地下室に訴えることだけを言いまくって、それで勝利を収めたわけ。

――なるほど。

村上　何ていうかな、デマゴーグとまでは言わないにせよ、古代の祭司みたいな感じで、トランプは人々の無意識を煽り立てるコツを心得ているんだと思う。そしてそこではツイッターみたいな、パーソン・トゥー・パーソンのデバイスが強力な武器になっている。そういう意味では彼は、その論理や語彙はかなり反知性的だけど、そのぶん人々が地下に抱えている部分をとても戦略的に巧みに掬っている。

論理的な世界、家の喩えでいうと一階部分の世界がそれなりの力を発揮しているあいだは抑え込まれているけど、一階の論理が力を失ってくると、地下の部分が地上に噴き上げてくる。もちろんそのすべてが「悪しき物語」であるとは言えないけれど、「善き物語」「重層的な物語」よりは「悪しき物語」「単純な物語」の方が、人々の本音により強く訴えかけることは間違いないと思います。麻原彰晃の提供した物語も、結果的には間違いなく「悪しき物語」であったし、トランプの語っている物語もかなり歪んだ、どちらかといえば「悪しき物語」を引き出していく要素をはらんでいるのではないかと僕は感じている。

——では、その物語を作っている当の本人、まあ、本当に彼が作っているのかどうかも定かではないんだけれども、何らかの磁場の中心にいる麻原なりヒトラーなり、あるいはトランプは、自分たちが作り出している物語が悪しきものだという認識はあると思いますか。

村上　それはわからない。トランプに関しては、僕はまだよくわからないです。しかしヒトラーにしてもスターリンにしても、自分が「悪しき物語」を作っているという意識は本人にはなかったんじゃないかな。自分がこしらえた大きな物語に自分が呑み込まれていくことによって、その同化性からゆがみが生じてきたのかもしれない。それはもう歴史が判断するしかないことだけど。

──興味深いのは、やはり彼一人では物語が作れなくて、物語というのはいろんな人がいろんな物語を持ち寄って、一つの物語になっていくことでもある……。

村上　うん、それは集合的なものだからね。

──それを例えば河合隼雄先生は、『影の現象学』の中で集合的無意識とおっしゃっている。ナチスドイツの所業は、そうした集団に生じた影を外部に肩代わりさせた結果であると言っておられて、その話を思いだします。

村上　日本の戦後もそうだけど、多くのドイツ人たちも戦争が終わった時点で、自分たちも被害者の側にまわってしまうことになります。自分たちもヒトラーに騙されて、心の影を奪われ、そのおかげでひどい目に遭わされたんだという、おおむねそういう被害者感覚だけが残ることになります。日本の場合もそれと同じようなことが起こっている。日本人は自分たちだって戦争の被害者だという意識が強いから、自分たちが加害者であるという認識がどうしても後回しになってしまう。そして細部の事実がどうこうというところに逃げ込んでしまう。そういうのも「悪しき物語」の一つの、何というのかな、後遺症じゃないかと僕は思います。結局、自分たちも騙されたんだというところで話が終わっちゃうところがある。天皇も悪くない、国民も悪くない、悪いのは軍部だ、みたいなところで。それが集合的無意識の怖いところです。

それが僕の洞窟スタイルだから

村上　で、僕は思うんだけど、集合的無意識が取り引きされるのは、古代的なスペースにおいてなんです。

――古代的なスペース。

村上　古代、あるいはもっと前かもしれない。僕が「古代的なスペース」ということでいつも思い浮かべるのは、洞窟(どうくつ)の奥でストーリーテリングしている語り部です。原始時代、みんな洞窟の中で共同生活を送っている。日が暮れると、外は暗くて怖い獣なんかがいるから、みんな中にこもって焚火(たきび)を囲んでいる。寒くてひもじくて心細くて……、そういうときに、語り手がでてくるんです。すごく話が面白い人で、みんなその話に引き込まれて、悲しくなったり、わくわくしたり、むらむらしたり、おかしくて声を上げて笑ってしまったりして、ひもじさとか恐怖とか寒さとかをつい忘れてしまいます。

僕はストーリーテラーってそういうものだと思う。僕に前世があるのかどうか知らないけど、たぶん大昔は「村上、おまえちょっと話してみろよ」って言われて、「じゃ、話します」みたいな(笑)。きっと話していてウケて、「続きどうなるんだよ」「続き明日話します」といった感じでやってたんじゃないかなというイメージが、僕の中にあるんです。コンピュータの前に座っていても、古代、あるいは原始時代の、そういった洞窟の中の集合的無意識みたいなものとじかにつながってると、僕は常に感じています。だから、みんな待ってるんだから、一日十枚はきちんと書こうぜ、みたいな気持ちはすごくある。で、自分の前で聞き耳を立てている人たちの顔を見ている限り、自分は決して間違った物語を語ってないという確信は持てます。そういうのは顔を見ればわかるんです。

——それは、自分自身の顔ではなくて、聞いている人たちの顔?

村上　うん、まわりにいる人たちの顔を見てればわかる。そういう手ごたえが必ずある。で、それを利用しようとさえ思わなければ、それは「悪しき物語」にならない。

——例えば、『村上さんのところ』とか、おやりになるじゃないですか。その前は『そうだ、村上さんに聞いてみよう』みたいな。ああいったものをときどき、ふっとやってみようと思われるのは、それはやっぱり、みんなの顔を見るという行為でもあるわけですか。

村上　そうそう。あれはまさに「洞窟化」です。みんながメールをくれて、ひとつひとつに僕が個人的に答えていく。言うなれば、みんなの顔を見て、ああ、この人はこういうふうに思ってるんだなとか、僕の小説をこんな風に受け取っているんだな、とか実感するわけです。そして事実関係にちょっと思い違いみたいなのがあったら、「いや、それはそうじゃなくて、こうじゃないですか」みたいに、とにかく声を掛ける。一対一で手作業のやりとりをする。そういうことをたまにやりたくなります。実際には大変な作業なんですけど、そういうコミュニケーションが時として必要になります。

で、そこで何より大事なのは語り口、小説でいえば文体です。信頼感とか、親しみとか、そういうものを生み出すのは、多くの場合語り口です。語り口、文体が人を引きつけなければ、物語は成り立たない。内容ももちろん大事だけど、まず語り口に魅力がなければ、人は耳を傾けてくれません。僕はだから、ボイス、スタイル、語り口ってものすごく大事にします。よく僕の小説は読みやす過ぎるといわれるけど、それは当然のことであって、それが僕の「洞窟スタイル」だから。

──「洞窟スタイル」……！

村上　うん。目の前にいる人に向かってまず語りかける。だから、いつも言ってることだけど、とにかくわかりやすい言葉、読みやすい言葉で小説を書こう。できるだけわかりやすい言葉で、できるだけわかりにくいことを話そうと。スルメみたいに何度も何度も嚙める(か)ような物語を作ろうと。一回で「ああ、こういうものか」と咀嚼(そしゃく)しちゃえるものじゃなくて、何度も何度も嚙み直せて、嚙み直すたびに味がちょっとずつ違ってくるような物語を書きたいと。でも、それを支えている文章自体はどこまでも読みやすく、素直なものを使いたいと。それが僕の小説スタイルの基本です。結局そういう古代、あるいは原始時代のストーリーテリングの効用みたいなところに戻っていく気がするんだけど。

――世の中に、世界に本当にもう数えきれないぐらいの大小の「悪しき物語」、「善き物語」、それらが混ざった物語みたいなものがひしめきあっている。平和で穏やかに暮らしている人たちもいるけれど、でもいっぽうで戦争はなくならないし、今も絶えず血が流れている。そして小説家、あるいは芸術家は物語を作りだしている。このような世界において、一つでもいい物語を増やしていくということに、意味があると思いますか。

村上　もちろん。というのは、僕もかなりたくさん本を読んできたけれど、本当にいい物語って少ないんです、意外に。これだけいっぱい本が出てるけれども、まあ、人によって自分の心を打つ話って、それぞれ違ってくるわけであって、一人の人間が一生のうちに巡りあえる本当に素晴らしい物語というのは、心の核心にまで飛び込んでくる小説というのは、それほど数多くないような気がする。だから、そういうものを書こうと人が努力することには、とても大きな意味があるんじゃないかな。

――誰かにとって自分の生み出す物語がそのように、人生でいくつも出会えない善い物語の一つになるかもしれないというのは、それは世界の悲惨さとはある意味で独立に、素晴らしいことであると。

村上　そうなんです。で、そういう素晴らしい物語を読んで、自分も何か書いてみたいと思う人が出てくるかもしれないし、それは一種の増殖作用みたいなものだから。

――最初から人を騙す目的で作られる物語もあるとは思うけれど、もしかすると芸術に関していえば、最初は善い物語であることをまずは志向して生まれてくるものなのでしょうか……でも、やっぱり怖いのは、当の本人たちも、ヒトラーも、もしかしたらそのときには、自分たちは本当にいい物語を作ってるんだという実感があって、それを信じていたかもしれないと思うと、それは物語のすごく厄介なところですよね。

村上　リンカーンが言っているように、ものすごくたくさんの人間を一時的に欺くことはできるし、少ない数の人間を長く欺くこともできる。しかしたくさんの人間を長く欺くことはできない。それが物語の基本原則だと僕は信じています。だからヒトラーだって、結局は十年少ししか権力を持ち続けられなかった。麻原だって十年も続かなかったですよね。とにかく「善き物語」と「悪しき物語」を峻別（しゅんべつ）していくのは、多くの場合、時間の役目なんです。そして長い時間にしか峻別できないものもあります。

――たしかに、単体でみるとあまり続かないような「悪」って、常にありますよね。常にあって、なくならない。

村上　うん、人は基本的に心のどこかでそういうものを求めているから。というのも、善なるものというのは多くの場合、理解したり嚙み砕いたりするのに時間がかかるし、面倒で退屈な場合が多いんです。でも、「悪しき物語」というのはおおむね単純化されているし、人の心の表面的な層に直接的に訴えかけてきます。ロジックがはしょられているから、話が早くて、受け入れやすい。だから、汚い言葉を使ったヘイトスピーチのほうが、筋の通った立派なスピーチより素早く耳に入ってきます。

――だから、できるだけ善なるもの、長く形を変えてでも生き延びていくようない物語、みんなそれぞれ違う顔をしてはいるんだけれど、その人生で一回か二回出会えるかどうかわからない物語を世界に置いていくことでもあるのかもしれませんね、小説を書くってことは。村上さんの文章が読みやすいというのは、みんなにわかる洞窟スタイルでやっているからだと。

さて、『騎士団長殺し』の具体的な話に入っていきますが、今回もやっぱりすごく、すごく奇妙な体験を主人公がするわけですよね。

村上　うん、そうですね。なんかついついそういう話になってしまう（笑）。

――それについてもう今まで村上さんは、世界各国のいろんなインタビュアーから、「あのストーリーはどういうことなんだ。ハルキは初めから全部わかって書いているのか？」といった感じで散々訊かれていますよね。すると、「でも、僕にもわからないんだ。それが何であるかわからないんだ」とお答えになる。時には、小説を書くという体験を「プログラミング」と「ゲーム」という言葉で比喩されていますね。

村上　うん、そういうアナロジーを使って説明することもあります。わかりやすいから。

――自分がプログラミングをして、そのプログラミングをしたことを忘れてプレーする、そして、ゴールまでたどり着けるかどうか自分でもわからない。これは一種の至福を与えてくれると村上さんはおっしゃるんですけれど、この場合のプログラミングに相当するのって、小説のプロットのようなものでしょうか。

村上　違う。そうじゃないです。

――そのプログラミングについてもう少しお話を聞かせてください。

村上　ゲームのアナロジーでいえば、プログラミングする側とプレーする側が、自分の中で完全にスプリット（分断）されているということです。チェスでいえば一人チェスで、こっちで駒を打って、それを忘れて対戦者側に行って、「うーん」と考え込んで駒を打ち、またこっち側に戻ってきて次の手を考える。そういう風に、意識を完全にスプリットできれば、一人でチェスが愉しめます。それはものすごくエキサイティングなことです。

このあいだ、うちにあるバッハの「ゴルトベルク変奏曲」をいろんな演奏家で聴き比べてみたんです。十五枚くらいのディスクを。で、グレン・グールドの演奏って、他の奏者のものとは圧倒的に違うんですよね。実に孤絶しているっていうか。どこが違うんだろうってずーっと考えてきたんだけど、やっとわかったのは、普通のピアニストって右手と左手のコンビネーションを考えながら弾いているじゃないですか。ピアノ弾く人はみんなそうしてますよね。当然のことです。でもグレン・グールドはそうじゃない。右手と左手が全然違うことをしている。それぞれの手が自分のやりたいことをやっている。でもその二つが一緒になると、結果的に見事な音楽世界がきちっと確立されている。でもどうみても左手は左手のことしか、右手は右手のことしか考えてない。ほかのピアニストって必ず、ごく自然に、右手と左手を調和させて考えています。彼にはそういう意識はないみたいに見える。グールド自身の演奏を比べても、一九五五年の録音のほうが、その右手と左手のスプリット感はより強いような気はします。

——なるほど。それは一九八一年の録音にはあまり感じられない？

村上　もちろん死ぬ前のやつも、ものすごいスプリット感はあるんだけど、古いほうはそれぞれが全く好きなことやっていて、でも合わせてみると、きちっとプログラムされている。グールドがプログラムしているんじゃなくて、自然にプログラミングされてる感じです。自然体というか、天然というか。あの人の、そういうスプリット感というのは僕も感覚としてよくわかる。

——彼自身はそのことに気づいているんでしょうか。右と左が違うことをしているって。

村上　本人がどこまでわかっているかはわからないけど、とにかくそういう乖離（かいり）の感覚は、乖離されながら統合されているという感覚は、人の心を強く引きつけます、何かしら本能的に。でも、危ないといえば危ない。

——それはどのように危ない？

村上　一口では言えないけど、そこには何かしらあやういものがある。でもそういうのは、地下に降りていくときには役に立つでしょうね。

――みんなには何かちょっと違和として感じられるけど、地下に降りていくときには、その感覚が役に立つ。

村上　うん、すごく役に立つと思う。そこで何をつかめばいいか、何をつかんじゃいけないかということが、ある程度さっとわかるから。だから、小説が……僕はとにかくプログラム無し、プラン無しで話を書いていくわけだけど、その暗がりの中で自分が何をつかめばいいのか、何をつかんじゃいけないのか、そういうことはだいたいわかるんです。僕に小説家としての才能がどれくらいあるかとか、そういうことはまったくわからないけれど、そういう能力とか技術とかがある程度自分にあるということは感じるんです。グレン・グールドさんにはもちろん及びもつかないだろうけど、ひとつの傾向として。

僕は芸術家タイプではありません

ていくわけですよね。

──それがあるから、村上さんの場合は、書いていきながら物語が、その先ができていくわけですよね。

村上　暗がりの中で話が自然に伸びていく。

──そのときにその然るべきもの、『ねじまき鳥』の場合なら、例えばバットが出てきたということですね。「僕の中から出てきたバットなんだから、これはもう、何かしら小説的な必然性を帯びてくれるだろうという信念がある」ということになる。

村上　そんなこと言ったかなあ?

──はい。「新潮」に掲載された「メイキング・オブ・『ねじまき鳥クロニクル』」で。この文章には、深く胸を打たれました。これを読んで、『ねじまき鳥クロニクル』が村上春樹という作家にとっても本当に重要な「異化」そのものだったんだなと、あらためて感じました。「この小説に意味がなかったら、僕の人生に意味がない」とまでおっしゃっている。

村上　本当に?　全然覚えてない。すごいこと言ってたんだなあ。ずいぶん力が入っていたんですね。

──四十代というのが小説家にとって本当に大事な、収穫期にしておそらくピークということをおっしゃっていて。もちろん『ねじまき鳥クロニクル』という小説を書いたのは村上さんで、これは村上さん以外の誰にも体験できない感覚のはずなのに、でもここで村上さんが言っていることが、わたしには本当によくわかったんです。ピークを自覚することとか、この作品にこめられた力とか。そういうものをありありと、本当に自分のこととして読めてしまった。不思議なんですけれど。

村上　確かにそれは、僕が地下二階のほうに降りていくということを意識した……最初かどうかは知らないけど、そういうのを意識し始めた頃のことじゃないのかな。

——バットが出てきて、井戸があって、あるいは加納クレタといった登場人物たちが出てきますよね。牛河さんとか屋敷とか、そういったものが、次々に出てくる。それらが少しずつみんな役割を持って物語を進めてくれるんだ、とおっしゃっていますが、その感覚もすごくわかるんです。すごく良くわかる。

また、村上さんが好んで引用される、チェーホフの銃の話があるじゃないですか。「物語の中に拳銃（けんじゅう）が出てきたら、それは発射されなくてはならない」という文章です。その銃と、村上さんの中から出てくるバットというのは、例えばそのときはバットなんだけど、おなじものと言えるでしょうか。ちょっと違いますよね？

村上　ちょっと違うかな。チェーホフの拳銃のたとえには、ドラマツルギーの基本原則みたいな普遍性があるけど、僕の物語に出てくるバットは、もっと偶発的な、ランダムなものです。でもその当時、僕の言ってることは、あまり理解されてなかったんじゃないかな。だから今、川上さんがその発言を読んで感動したというのを聞いて、かなり意外だったけど。

――そういう感じはありますか。

村上　うん。その当時の日本の文芸世界は、もっとかなり違うところにいたような気がする。

――例の家の喩えだと、地下一階での話ってこと？

村上　当時の文芸世界、というか文芸業界でいちばん幅をきかしていたのは、いわゆる「テーマ主義」だったと思います。そして僕はそういうものにはほとんど興味を惹かれなかった。

――何について書くというところから始まって。

村上　だから、『ねじまき鳥クロニクル』なんて、この小説のテーマは何なんだと言われたら、まったく答えられない（笑）。なんか馬鹿みたいです。

――いわゆる「物語」が軽んじられていた時代ということでしょうか。

村上　そう。集合的無意識がどうのこうのなんて、ほとんど「なんのこっちゃ」です。小説作品が、前衛か後衛かとか、右か左かとか、前か後ろかとかね、そういう図式の中でしか捉えられなかった時代だった。だから『ねじまき鳥クロニクル』みたいな小説に対する風当たりは、今よりずっと強かったですね。僕はだいたい日本から逃げ出していたから、わりにラクではあったけれど。

——村上さんのいうところの「古代的なスペース」を現代の小説の中に持ってくることができるという話をどう理解すればいいか、みんなきょとんとしてしまった側面もあるのでしょうか。でも昔だったら、例えば紫式部でいうと、生霊（いきりょう）が本当にいるんじゃないかと思われているような時代がおそらくはあったわけですよね。生と死がシームレスに行き来するような感覚が。そしてそれは今もって有効ですよね。それを現代に持ってくるというのは……イデアじゃないけれども、何かを想起させる作用だとお考えですか。

村上　うん。それはある種の神話性ですね。英語でいう myth。河合先生の言う「集合的無意識」のルーツということで、あらゆる国のあらゆる民族の神話には、たくさんの共通するものがあります。そういう神話性が各民族の集合的無意識として、時代を超えて脈打っていて、それがまた地域を越えて世界中でつながってる。だから、僕の小説がいろんな国で読まれているとしたら、それはそういう人々の地下部分にあたる意識に、物語がダイレクトに訴えかけるところがあるからじゃないかなと考えています。別に意図してやっているわけじゃなくて、僕としてはそういう風にしか書けないからそうやっているだけなんだけど、結果的にそういうことになっているんじゃないかと。だから結局、さっき言った古代とか原始時代の洞窟での語り部的なものと、そういう神話性とは、やはりどこかでつながっているんじゃないかな。

――例えばヨーロッパにおける神話の形って、いわゆる聖書とギリシャ神話みたいなものの二本立てで、自分自身と神話世界がはっきり分かれていますよね。でも日本人の感性としては、たとえば魂が自由に行き来できたりする。

村上　うん、日本人の感覚では、あの世とこの世が行き来自由なわけです、ほとんど。ご先祖様がちょっとうちに帰ってきたり、そのへんの部屋の隅にいたり。お盆が終わると「ああ、お疲れ様でした」といって見送ったりとか(笑)。なんかそういう行き来自由なところがあります。融通無碍(ゆうずうむげ)というか。たとえば小野篁(おののたかむら)という人は、伝説によれば、この世と地獄とのあいだを井戸を通って毎日行き来していたそうです。昼間は役所で働いて、夜になると井戸を抜けて地獄に行って、閻魔(えんま)大王の裁判の助手をしていて、朝になると別の井戸を通ってこの世に帰ってきたということです。公務員のバイトみたいなもので(笑)。その井戸はたしか今でも残っているはずです。でもギリシャ神話なんかになると、黄泉(よみ)の国と現実の世界ってものすごくはっきりと隔てられています。自由に行き来なんてできない。

――行って帰ってくるまでが……。

村上　そう、手間がかかって大変です。とくに一神教の人たちにはそういう、生死の世界を分ける感覚は強いかもしれないですね。それが日本人の感覚では、あっちの世界とこっちの世界がかなりルーズに、非論理的につながっていて、その気になればわりに行き来自由です。そういうことに対して、西欧の人たちは「不思議だな」という感覚はいちおう持つみたいです。でも根本的にはそれほど違わない。「こっち」があり、「あっち」があるという点においては。

――手続きの違いはあるけれども、その存在を抱えているんですもんね。あっちとこっちというものを。

村上　うん。それは言い換えれば意識上の世界と、意識下の世界ということになります。でも僕は小説を書いてるときは、こっちの世界とあっちの世界って、とくに分けて考えているわけじゃないんです。いったん地下二階に足を踏み入れると、そこからはあっちもなく、こっちもなく、行き来が自由になってきます。もちろん交通整理のために一定の論理と規範はなくてはならないわけだけど、出入りそのものがフリーパスでなければ、物語は前に進んでいかないですよね。

――それでね、それに関連して言うと、村上さんは「小説家にとって、小説に登場するシンボルやメタファーというものは、そのまま現実として機能する」とおっしゃっているんですね。それはさっきおっしゃったことと多分、同じことですよね。それをうまく物語に取り込むことができれば、読者にとっての現実としても機能すると。

村上　そんなこと言ったっけ？

――ええ、おっしゃっています。村上さんにとって、ごく自然なものとして出てくるシンボルとかメタファーを、どんどん言葉に置き換えていく。そうやって置き換えられた小説を読むことで、読者であるわたしもさらに置き換えていく。村上さんの小説に出てくる「騎士団長」とは、わたしにとっての「これ」なのではないかとか、「顔なが」とはこうなんじゃないかとか。小説に描かれているのは、わたしにとっての「あの体験」であり、「この人」なんだ、みたいな感じでつながっていって、それが読むたびに変わっていくことで、村上さんの言う「スルメを噛むような」豊かな物語になるんだと思うんですね。

さっきのお話でいうと、村上さんのスタイルは本来の古代的な物語とは違う、いわば「古代2・0」みたいな「洞窟スタイル」ですよね。その中で主人公は、いわゆる不思議なものに直面したときに、ちゃんとためらって戸惑います。近代的自我みたいなものを持ちながら地下に入っていくんですよね。そこが古典文学とは違いますよね。

村上　そうですね。そう言われてみれば、そのとおりかもしれない。

――起きていることはみんな、すべて全部現実として受け止める。でも、ちゃんと、ためらっている。たとえばマジックリアリズムの小説は、不思議を不思議として可視化させないで進んでいきますよね。登場人物みんなが、その不思議に対して催眠にかかったようにして物語が進んでいくのだけれども、村上さんの小説の場合は、ちゃんと覚醒している。起きながら夢を見る、じゃないけれども、覚醒していることが大事なのではないか。

村上　うん、あのね、もう一度確認しておくと、僕の文章というのは、基本的にリアリズムなんです。でも、物語は基本的に非リアリズムです。だから、そういう分離が最初から前提としてどんとあります。リアリズムの文体をしっかりと使って、非リアルな物語を展開したいというのが僕の狙いだから。何度も繰り返すようだけど、『ノルウェイの森』という作品で、僕は最初から最後まで、リアリズム文体でリアリズムの話を書くという個人的実験をやったわけです。で、「ああ、大丈夫、これでもう書ける」と思ったから、あとがすごくやりやすくなった。リアリズムの文章でリアリズムの長編を一冊書けたら、それもベストセラーが書けたら、もう怖いものなしです

（笑）。あとは好きにやりゃいい。

で、これでもう何でも好きなこと書けるんだと思って、そこからしばらくして『ねじまき鳥クロニクル』を書き出したわけだけど、ある程度の精度を持つリアリズム文体の上に、物語の「ぶっ飛び性」を重ねると、ものすごく面白い効果が出るんだということが、そこであらためてわかったんです。

で、もう一つ言っておきたいのは、僕自身はまともな考え方をして、まともな生き方をしている、ごく当たり前の人間だということです。どちらかといえば普通の人です。少なくとも自分ではそう思っています。ところがいったん小説を書き始めると、次から次へととんでもないものが現れてくる。話がどんどんわけのわからない方にいってしまう。そういう自分自身の中の乖離・分離みたいなのもあるわけです。僕はどう考えてもいわゆる「芸術家タイプ」じゃない。生活も基本的にちゃんとしているし、とくに変なこともしないし、人並みに常識も具わっているし、ごく当たり前にわりに穏やかな日常生活を送っています。でも、机の前に向かって小説を書き始めると、自分の中で何が起こっているのかよくわからないみたいなことになってしまう。まあ、僕の小説の主人公も大体それと同じことを経験しているわけですが（笑）。

――そのリアリズムの文体を使ってリアリズムの物語を書こうという目的があって

『ノルウェイの森』を書いたら、とても多くの読者に受け入れられた。それは読者にとっては、もしかしたらすごく幸福なことかもしれないと、わたしは思います。初めにまず『ノルウェイの森』を読む人って、圧倒的に多かったわけですよね。

村上　数からいえばそうなると思いますね。

――リアリズムの、つまり、自分たちの知っている現実の話を読んだ。そのあと、村上さんのほかの作品を読んでいくと、その読書体験はリアリズムから非リアリズムへという順番になるわけじゃないですか。羊とか出てくるし。それもすごく大きかったかもしれませんね。自分の中でリアリズムから非リアリズムに行く方法を、村上さんの本を読むことで、読者もそのコツを学んでいけたような気がするんですよね。

村上　『ノルウェイの森』は僕としては意欲的に、いつもとは違うことをやってやろうと思って書いたんだけど、「文学的後退だった」とか、そういうふうにいろいろ言われましたね。

――「文学的後退」って便利な言葉だな（笑）。そのあと、『ダンス・ダンス・ダンス』があって、本格的な異化が炸裂する『ねじまき鳥クロニクル』につながっていくんですけれど、でも『ノルウェイの森』以前から、リアリズムの文体で非リアリズムの物語を書くことは、例えば『羊をめぐる冒険』でもすでに、ある程度はじめていたことでもあるんですよね。

村上　少しはやっていたけど、まだまだ下手だった。

——どっちかというと非リアリズムのほうが勝っていたというか、リアリズムの文体という印象は……。

村上　一冊の本の中に、「本当はここはもっとこう書きたかったんだ」という部分がいくつかあります。でもまだ実力がなくてそこが書き切れなかった。だから「まだちょっとここのところは書けないな」という部分はなんとかうまく迂回し、ここもダメだなっと思ってまたなんとか迂回し……というようなことを当時はあちこちでやっていたわけです。もちろん、そういう迂回の動きの効果、面白みみたいなのはなくはないんだけど、本人にしてみればやはり納得はいかない。

——ここは書けないというのは、どういう意味においてですか。

村上　純粋に技術的に書けない、ということです。

——ディテールじゃなくて、これを書きたいんだけどどうまくいかないって感じですか。

村上　もちろんディテールが書けないということもあります。ゴルフでいえば、本当はこういきたいんだ、というフェアウェイ的な道筋が頭の中にあるんだけど、そこにボールをうまく通すことができない。思ったところにボールを落とすことができない。そういうテクニックがまだ備わっていないというか、技術的な、あるいはメンタルな死角があるというか。とにかくできない。

——初期三部作の頃に書けなかったものって、今でもよく覚えてますか？

村上　とても単純なことだけど、例えば三人で会話をするというのが、なぜかうまく書けなかったんです。ブロックされていた。

——それが『ノルウェイの森』でできるようになったという、有名な話。

村上　そう。『ノルウェイの森』で初めてそれができた。たしかそうだったと思うな。二人で話すのはできるんだけど、三人で話すのはできなかった。

——主人公に名前がなかったし。

村上　そうですね。登場人物が名前を持っていないと、三人で話すのはすごく難しい。そして登場人物にうまく名前がつけられなかった。だから、初期の僕の小説って、必ず一対一の会話なんですよね。それから大きなアクションを伴うシーンとか、そういうのも難しかったね。

——アクションも難しかった？

村上　うん。あと、セクシュアルなシーンを書くのも難しかったような気がする。

――本当ですか（笑）。

村上　たとえば『羊をめぐる冒険』とかって、そういう描写はほとんど出てこないですよね。

――確かに、「我々は性交した」ぐらいですね。

村上　で、『ノルウェイの森』でそのあたりを一生懸命書こうかなと。

――一生懸命書いて、三人で会話もして。

村上　いやあ、もう嫌だな、恥ずかしいなと思いながら、がんばってセックスシーンをいっぱい書きました。一回書いてしまうと気が楽になって、それからは「村上はエロ作家だ」とか言われるようにまでなってしまった（笑）。今でもほんとは恥ずかしいんだけど。

ノープランで小説を書き上げるためには

――これまでお話を伺っていると、村上さんって、「やみくろ」は何であるとか「羊」は何であるってことをとくに考えずに書いているということなんですけれど、でも、それが読み手に渡ると、言葉にできないような個人的な体験に重なったり、たとえば「羊は近代そのものである」とか、「五反田君のこういう振る舞いは資本主義そのままのメタファーだ」という読み方をする人も出てくる。作品の中にいくつものラインがあって、そのときそのときで「代入」できる要素の数が多いんですよね。とにかくみんな、深読みをするでしょう。

村上　小説を書いていると、いろんなものが出てくるじゃないですか。バットだとか、騎士団長だとか、鈴だとか、いろんなものが次々に出てくる。それは脈絡もなくフッと出てくるんだけど、「ああ、こんなものは出してきて失敗だったな、使い道なかったよな」と思って、戻っていって消すとか、そういうことはないですね。一回出てきたものは必ずどこかでまた出てきて、話の中に組み込まれていく。それが何を意味するかとか、いちいち考えている余地はないですね。考え出すと足が止まってしまう。

――すると、出てきたものを使って書き上げたときに最後に「だからこれはこうなったんだ」とか、「これは自分にとってこういう意味を持っていたんだ」みたいな答え合わせをすることもない？

村上　ない。「あ、なるほどね、こういう使い道があったんだな」とあとで膝を叩くだけ。とんとんと。

――使い道だけ？

村上　うん、使い道だけですね。

――自分で解釈したり納得したりすることは、まったくない？

村上　ない。頭で解釈できるようなものは書いたってしょうがないじゃないですか。物語というのは、解釈できないからこそ物語になるんであって、これはこういう意味があると思う、って作者がいちいちパッケージをほどいていたら、そんなの面白くも何ともない。読者はガッカリしちゃいます。作者にもよくわかってないからこそ、読者一人ひとりの中で意味が自由に膨らんでいくんだと僕はいつも思っている。

――それが村上さんの小説にとって大切なことであるのはわかるんですけれど、でもそれはそれとして、実はこれが何を表しているとか、そのつながりが本当はこういう意味なんだ、みたいなこと、村上さんの中にはない？

村上　ない。それはまったくないね。結局ね、読者って集合的には頭がいいから、そういう仕掛けみたいなのがあったら、みんな即ばれちゃいます。あ、これは仕掛けてるな、っていうのがすぐに見抜かれてしまいます。そうすると物語の魂は弱まってしまって、読者の心の奥にまでは届かない。

書いている人だって正解みたいなのは持ちあわせてないいんだという、そのもやっとした総合的なものを、読者がもやっと総合的に受け入れるからこそ、そこに何かそれぞれ自分なりの意味を見出すことができるんです。だから「村上さん、この部分の意味はこうですよね」と読者が僕に尋ねて、僕が「いや、それは違います。これはこうなんですよ」と断言することはできません。僕としては「なるほどね、そういう見方があるんですね」みたいなことしか言えない。なんだか河合隼雄先生みたいだね。「いやあ、そらおもろいですなぁ」って(笑)。

――いまの作家も、村上さんと同じように何も決めないで書き始めて、自分で最後、何を書いたか理解していないんです、というような例はけっこう多いと感じているんですが。でも、村上さんの小説と読者がしているような体験にはどうもなっていないような印象がある。

村上　それはグレン・グールドばりに右手と左手をバラバラにやってみて、出来上がったものが全然音楽になってないのと同じ(笑)。

――先を決めない、物語や言葉の自発性に身を委(ゆだ)ねる、というふうに言えば、そんなふうに書いている作家のほうが多いと思います。

村上　そうなの?

――ええ。それがいいか悪いかは別として、ノープランで書いている人が多いという印象がありますね。わからないままに書くからいい、って。「登場人物のこの人とこの人がどうなっていくのか、書きながらわくわくしていました」とか、本当によく聞きます。純文学ってプロットとかあまり重要視されないし。

村上　そうなんだ。知らなかった。

——ええ、インタビューとか対談を読んでいるとそういう書き手が多いという印象を持ちますね。そういえば数年前、ジョナサン・サフラン・フォアと話したときも、彼もおなじようなこと言ってましたね。最初から何も考えないことが大事で、考えて書くことほど不毛なものはないと。でもわたしは、それは一概に言えないでしょうと話しました。なぜなら、まず小説は自由なものだし、それに、頭のなかにある構造とかイメージの設計図を、技術で文章という形に変えていくという建築的な達成とか美しさのようなものがあって当然だとも思うからです。

話を戻しますと、村上さんと同じ姿勢で物語を書き始める人はたくさんいるのに、変な話を書く人だってたくさんいるのに、どうも村上さんにおいては特有の現象が起こるみたいです。村上さんという存在が一つの井戸だとしたら、中に入っているものが他の作家と全然違うとしか言いようがないですよね。だから出てくる道具も違うし、そして……やっぱり、どれだけ奇妙な話を物語の自発性にまかせて書いたとしても、やはり多くの作家は、結果として地下一階の領域にしか、コミットできていないのかもしれない。

村上　そこから下に降りていくのはやはり簡単ではない。僕もそこに降りようとするときには、そんなに具体的な準備はしないけれど、時間だけはたっぷりおきます。時間をおくのってすごく大事なんです。地下二階に真剣に降りて行こうと思ったときにいちばん大事なのは、正しいタイミングを捉えることです。そのときが来るまでじっと待たなくちゃいけない。決して急いじゃいけない。もし原稿の締切りなんかがあったら、そこまで待てませんよね？

——うん、待てない。

村上　だから、とにかく締切りを気にせず、好きなだけ時間をかけられる態勢を作らなくちゃいけない。さっきも言ったけど、執筆に時間をかけることももちろん大事だけど、執筆の前に時間をおくことも、同じくらい大事です。で、僕の場合は、翻訳なんかをしながら、あるいはたまにエッセイを書いたりしながら、一年か二年ぐらいじっと待ちます。すると「騎士団長殺し」というタイトルと、その他のいくつかのポイントが浮かんでくる。そしてある日、「よし、今だ。今から書かなくちゃいけない」という、スターティング・ポイントが訪れるんです。そこからやおら書き始める。まだ準備が整ってないときに、「さあ、行ってください」といわれても、それは行けない。いくらうまいサーファーでも正しい波が来なくちゃ乗れません。今が時だという正しいポイントをつかむことが何より大事なんです。

さっき川上さんが言った、プランなしで書いていて、どこにも行ってないという人たちはきっと、その「今が時だ」という時がつかめてないんだよね。もう一つはたぶん、文体が出来上がっていないんじゃないかな。文体というのはすごく大事だから。自分の文体を持たずに地下深くに行くことはできない。それはすごく危険です。文体は命綱のようなものだから。

――個人的には、ノープランで書き始めて作者本人が自分でも最後まで何を書いたのかわからないという作品は大抵、ちょっと独り言みたいになっているんですよね。

村上　それは当然のことですね。言いたいことを直接言わないというのが小説の基本だから。

――で、よしんば、よしんばだって(笑)、地下二階に行けたとしても、そこで見たものを読者と共有するためには文体が必要ですよね。

村上　もちろんです。僕はもう四十年近くいちおうプロとして小説を書いてますが、それで自分がこれまで何をやってきたかというと、文体を作ること、ほとんどそれだけです。とにかく文章を少しでも上手なものにすること、自分の文体をより強固なものにすること、おおむねそれしか考えてないです。ストーリーみたいなものは、そのたびに浮かんできて、それに合わせて書いていますが、そんなのは結局向こうからやって来るものであって、僕はそれをただレシーブしているだけです。でも文体は向こうからは来てくれません。自分の手でこしらえなくちゃならない。そして日々進化させていかなくちゃならない。

――進化。ということは、文体は完成するものではない？

村上　完成するものではないですね。

――変化していくもの？

村上　うん。文体はどんどん変化していきます。作家は生きているし、文体だってそれに合わせて生きて呼吸しています。だから日々変化を遂げているはずです。細胞が入れ替わるみたいに。その変化を絶えずアップデートしておくことが大事です。そうしないと自分の手から離れていってしまう。

――ここを書かなければならないときに、それが自在に使えること。

村上　そうそうそう。文章というのはあくまでツールであって、それ自体が目的ではない。ツールとして役に立てばいいんです。だから完成形なんてあり得ない。僕も、昔は書けなかったものごとが今ではわりに自由に書けるようになりました。今は書きたいものはもうだいたい書けるかな。

――書けないもの、ありませんか。

村上　書きたいものはだいたい書けると思います。迂回する必要もあまりなくなってきた。ただ、今ここで時代小説を書けとか言われると、ちょっと困る（笑）。いろいろ準備も必要だし。

――時代考証とか（笑）。

村上　うん、専門用語も必要だし。ただ、現代のシチュエーションで、いわゆる僕の書いているような物語世界で、技術的に書けない状況があるかというと、多分たいていのことはなんとかなるんじゃないかな。まあ、ずいぶん長く書いてきたからね。

みみずくと作家のキャビネット

――今回、絵が出てきましたよね、主人公の職業。あれはやっぱり絵描きでいくと決めていたのでしょうか。画家の主人公は初めてですね。

村上　二年か三年前にアメリカのタフツ大学に行って、名誉文学博士号をもらったんですよ。そのときにスーザン・ネイピアという日本語科の先生がいて、彼女のご主人とパーティで話してたら、彼、アメリカ人なんだけど、現役の肖像画家なんです。そのときに彼といろんな話をして、肖像画家ってなかなか興味深い職業だな、というのが頭の中にぼんやり残っていました。それで今回、主人公の職業を何にしようと考えていて、肖像画家なんて悪くないかもなと思って書き始めたんですが、そのあとに、「そうだ、そういえば、スーザンのご主人って肖像画家だったよな」と思い出した。僕の記憶ってだいたいそんな風に混濁(こんだく)しているんです。

——今回の作品は、「騎士団長殺し」というタイトルの絵を見つけたところから始まるんですけれど、まずは彼の職業が画家だってことが大きいじゃないですか。

村上　大きかったですね、うん。

——「騎士団長殺し」という絵を発見するのが、他の誰でもなく「私」なのは、彼が画家だったからですよね？

村上　そうなんです。ただ、実際に小説を書き始めるまで、主人公が画家だというのは、僕はわからなかった。『騎士団長殺し』というタイトルがあって、最初のパラグラフと「二世の縁」という二つの要素があって、そこから書き始めて、さてこの人の職業は何にしようかなと思ったんですよね。「その年の五月から翌年の初めにかけて、私は狭い谷間の入り口近くの山の上に住んでいた」というのが書き出しで、はて、なんでこんなところに住んでいるんだろうと。それで、肖像画家だったら面白いかなと思って。

——では「騎士団長殺し」という言葉が絵のタイトルだとわかったのはいつですか。

村上　それはずっとあとのことです。ずっとあと(笑)。穴を開いたあとで。

——それはマジですか。

村上　マジで。

——穴を開くまで、「騎士団長殺し」は、まだ単なる言葉だった？

村上　まずは『騎士団長殺し』ってタイトルが頭に浮かんで、それから書き始めて、書き始めてすぐに、主人公は肖像画家にしようと決めたのは確かです。それで彼が、屋根裏から一枚の絵を見つける。そのタイトルは「騎士団長殺し」であった。そういう流れですね。ああ、これでなんとか話をもっていけそうだなと、そのときにやっとわかった。

——冒頭の書き出しがあって、小田原の山の上に一人で住む男がいる。

村上　小田原の奥まった山の上に一人で住んでいるから、普通の勤め人ではない。たぶん自由業者だろうと。しかし職業が小説家っていうんじゃ、あまりにもつまらないですよね。だからここは画家にしよう。それもちょっとひねって肖像画のスペシャリストということにしようと。それで話が流れ出す。

——それで、その家の中に絵があると。絵があるほうが先なんですね、きっと。

村上　うん、どっちだっけな。忘れたよ、なんか。

——忘れた?(笑)

村上　僕はそういうことってすぐに忘れちゃうんです。忘れたらわりに簡単に記憶を捏造(ねつぞう)したりする(笑)。わざとじゃないんだけど。でもおおまかなところはあっていると思います。

——主人公が小田原の家に住むと決めたときに、もう穴を開くっていうイメージがあった?

村上　そうです。とにかく「二世の縁」はもう最初から大事な要素として組み込まれていたから。穴は開かれなくてはならない。それははっきりしていました。

——村上さんの場合、いろんなものが偶発的に出てくるけれど、それを書いていくうちに各々が力を帯びて、一つの流れを作っていく。それはわかったんですけれど、それにしても結果的にすべてが有機的につながりを持って読者が読めてしまうというのは、それを狙っていないと言われても……。

村上　うん。でもね、みみずくは本当にいたんです、うちに。

――ほら、またこんなことおっしゃるし(笑)。

村上　みみずくは前の家に住んでいたとき、屋根裏があって、そこに住みついていたんです。すごくかわいかったな。そのときから、みみずくをいつか小説に出さなくちゃなと思っていました。それを今回はっと思い出して。

――でも、そのはっと思い出して出した「みみずく」の存在が、どうしようもなくこの物語の円環を担う要素になっているじゃないですか。何か一つの「大きな円環」の中にわれわれもいたんだと読者に思わせる重要な存在です。

村上　長い小説を書いていると、しばしば不思議なことが起こります。僕の力が及ばないところを、場の力がうまく処理してくれる。そうとしか思えないことがちょくちょく起こるんです。僕らはそういう場の力を信じてやっていくしかない。そういう気がしますね。

――小説の中の様々なものの意味について村上さんに聞くことに、意味はないってことは、よくわかっています。でもやっぱり聞きたいので聞きますけれど、この『騎士団長殺し』という絵があって、ナチスの高官暗殺未遂事件があって、同じ頃に画家の弟さんが自殺してしまっている。それが絵の隠されていた場所と同じく、屋根裏で起きている。反転した穴のようなその場所で、みみずくはそれも見ていますね？　すべてを同時的に機能させるために、みみずくはこの小説に存在しているんですよね？

村上　いたかな、みみずく。みみずくは見た(笑)。

――いますよ、それは！　だって、みみずくは、『騎士団長殺し』という作品において――例えば『ねじまき鳥クロニクル』における「ねじまき鳥」と同様の意味と機能を持った、重要な存在だと思います。時制や論理を超える物語には、いわゆる神の視点とは異なる、何にも関与しない超越的な存在が物語内に必要で、みみずくは正にそれそのものです。

村上　いつも言うことだけど、作家にとって必要なのは抽斗(ひきだし)なんです。必要なときに必要な抽斗がさっと開いてくれないと、小説は書けません。みみずくもそのひとつかもしれない。

――ええ、キャビネットがいると。

村上　手持ちのキャビネットが小さな人、あるいは、仕事に追われて抽斗の中身を詰める時間のない人は、だんだん涸(か)れていきますよね。だから僕は何も書かない時期には、一生懸命、抽斗にものを詰めていくことにしています。いったん長編小説を書き出したらもう総力戦だから、役に立つものはなんだって使います。抽斗は一つでも多い方がいい。

——村上さんは以前、『ねじまき鳥』に井戸が出てきて、そのあとに井戸を書いていないことについて、確か古川日出男さんに「もう井戸については書き尽くしたという感じですか」という質問をされて「いや、同じことばっかりやってるとみっともないから（笑）」っておっしゃっていました。でも、今回も、「穴」が出てきましたよね。

村上　そういえばそうだ。また穴の話ですね。でもそんなこと言ったら、ブルーズシンガーは同じコード進行で毎日歌ってるわけじゃないですか。しょうがないじゃん、ねえ（笑）。と思うしかない。

——出てきたけれど、これは前と同じだ、まずいな、変えよう、みたいな気持ちにならない？

村上　僕の場合、昔書いたことってほとんど忘れちゃってるから、そんなに気にならないというところはあります。「二世の縁」は土の中から即身仏を掘り出す話で、そこを起点に小説を書きはじめたわけだから、必然的に穴が出てくる話になってしまう。だから、これはもうしょうがないだろうと。やっぱり人間には思考パターンがあってね、どう変えてみたって、同じようなシチュエーションって必ずどこかに出てくるものだし、そのたびに少しずつ違う書き方をすればいいんじゃないか、と僕は思うけど。

——書き方を変えればいいということですか？　同じものが出てきても？

村上　うん。角度を変えたり、描き方を変えたり。道具立てが同じじゃないかと詰め寄られたら、まあ確かに同じなんだけど、でも、僕の感覚としては同じじゃないんです。そのたびに新しい。アップグレードされているとまでは言わないけど。しかし僕はなぜか穴とか井戸とか、そういうものに惹きつけられるところがあるみたいですね。自分でも不思議だけど。

——前回は井戸に潜っていく、それが自分の中を潜っていくことそのものになっていて。

村上　「壁抜け」ですね。

——そう、『ねじまき鳥』のときね。そこで彼は動物園にいた、おそらくナツメグの父親に会い、いろんなものをすべて現在に引き寄せます。ノモンハン事件も含めて、すべてを現在形でありありと体験する。それは村上さんご自身の読書が、例えば——子どものときに十九世紀の小説を読んで、その物語自体を自分の体験として引き寄せていたという経験が大きいのではないかと思うんです。そういう意味でいうと、ノモンハン事件のような戦争を、小説の材料としてではなくて、体験として描くっていう感覚でお書きになっているんですね。

村上　うん。ただの引用ではなく、もっと自分自身に深くコミットした何かとして描きたいとは思っています。

――『ねじまき鳥』のときは、そうやって井戸に降りていくことによって、歴史と自分がはっきりダイレクトにつながった感覚があったと。そして今回も穴が出てくるんだけれども、石室ではなくて終盤の療養施設のシーンで、四角い穴に逃げ込んだ「顔なが」を追って、さらにすごく奇妙なところに行きますよね。地底の世界。ここについてもうちょっと聞きたいんですけれども、大丈夫ですか?

村上　たぶん大丈夫だと思うけど。

水先案内人は三十代半ばがいい

――では続けます。そのシーンで出てくるものって、とにかくメタファーに満ちています。穴じたいもメタファーだし、「顔なが」自体も本人がメタファーだと言っている。「じゃあ、暗喩(あんゆ)の一つも言ってみろ」と言われたりして、でも気(き)の利いた暗喩が言えないんだよね（笑）。

村上　かわいそうだね。

――あそこ、笑いました。今回は一人称が「私」だから、それこそチャンドラーじゃないけど、ハードボイルドな雰囲気があるので、あんまり笑っちゃいけないのかな、っていう雰囲気もあったんですけど、ときどきちょっと、真顔で面白いことを言うシーンが出てくるんですよね。基本的には真顔の小説だと思うんですが。『ねじまき鳥』の主人公、岡田亨（とおる）は三十歳で、彼自身、すごくモラトリアムな感覚がまだ強い年齢なんですよね。社会と自分というものがあって、まだ社会に文句を言っていられる立場というのかな。だから、比喩なんかでも、いろいろ面白いこと言うんです。でも今回の「私」は、三十六歳よりちょっと上の感じがします。

村上　そう言われたらそうかもしれない。あまり意識しなかったけど。

――ちゃんと「私」って言うような人。『ねじまき鳥』のときはダイレクトに外部にあったものが、今回は「私」がメタファーの中に入っていって、そこで自分自身と出会う、みたいな。それこそ、このインタビューの冒頭で話題となった、自分自身の「悪」みたいなものを直視していく。それに負けないように、集合的無意識の「奪い合い」みたいなものが自分自身の中で起きているわけですよね。二重メタファーの

「悪しき物語」に奪われないように、いいものを思い出すのよ、イデア的なものを想起するのよ、と念じるわけです。この奪い合いの中で、最後にポーンと抜け出すんですよね。ここは、やっぱり出産のイメージを引き寄せますよね。

村上　たしかに。

――ということは、やっぱり書きながら、「あ、これちょっと出産っぽいな」みたいな気持ちがあったとか、そういうこと……？

村上　それは思います。書きながら、そういう考えは浮かぶ。でも、「これは出産のメタファーだな」とか考え出したりしたら最後だから。

――ええっ！　そう思ったら最後なんですか？

村上　うん。「これは出産であり再生である」みたいなことを書き手が考え出したら、もう最後です。頭を使って考えるのは他の人にまかせておけばいい。それは僕の仕事じゃない。

――でも、ちらつきますよね、それはやっぱり。

村上　ちらっと思うことはあるけれど、思うくらいはしょうがない。でも話をなるべくそっち方向に持ってはいかない、少なくとも言葉にはしない、それが鉄則というか、基本方針です。さっきも言ったように、意図的に誘導された道筋というのは必ず読者に見破られます。

――でも、ちらっと感じはする？

村上　もちろん感じはする。そういう考え方もあるだろうなという風には考える。

――でも、それに納得してはいけない、真理であると思わないことが大切なんですね。

村上　もちろん。できるだけそういうところからは目を逸らせるようにして、次にとりかかる。考えるために足を止めちゃいけないんです。とにかく前に歩き続ける。自分にあまり考える余裕を与えないことが大事なんだ。

――なるほど。

村上　で、さっきの年齢のことだけど、よくいわれるんです。「どうして村上さんは自分と同じ年代の人の話を書かないんですか」と。

――そうですね。一作ぐらいですよね。「ドライブ・マイ・カー」ぐらいでしょうか、主人公では。

村上　でもあれ、短編だし、三人称でしょ。長編小説だと……。

――いないですね。

村上　いないね。僕にもどうしてなのかよくわからない。でも、僕が今、たとえば六十八歳の人の話を書いても、きっとみんな「リアルじゃない」って言うんじゃないかな（笑）。

——確かに（笑）。じゃあ、おそらく村上さんの考える三十六歳の実感みたいなものが、村上さんにとっては、一番何かを入れやすいものなのかな。

村上　語りやすいんです。そういう目で世界を見て語るのが、僕にとってはわりに自然な感じがする。もちろん、それと並行して『海辺のカフカ』の「ナカタさん」みたいな年齢の人も出てくるし、今回の「免色さん」みたいな年齢の人も出てくるし、あちこちに焦点を合わせながら物語を書いてるという実感はありますけど。

——でも、軸になるのはやっぱり……。

村上　僕が主人公として書きたいのは、基本的には普通の人なんです。通常の生活感覚を持った人。しかもいろんな意味あいで、まだ自由な立場にある人。誰しもある程度の年齢になってくると、いろいろ現実がつきまとってくるでしょう。でも、三十代半ばぐらいだと、まだ……。

——中間にいますよね。

村上　そう。まだ人生の中間地帯に留まっている。たぶん物語にとっての「水先案内人」みたいな人を、僕は主人公として必要としてるんだと思うんです。それが五十代、六十代になると、いろいろと人生のしがらみみたいなものがくっついてくるから、どうしても動きが遅くなってしまう。

――そうですね。若過ぎても案内はできないし。最後のモラトリアム期間というか。

村上　もう若くはないし、まだ中年の域にも達してない。ある程度自分というものを持ってるけど、まだ凝り固まってはいないし、迷いもある。どこに進むのかも自由。例えば今回の主人公の「私」にしても、肖像画を描き続けるのか自分の描きたいものを描くのか、まだ選べるわけじゃないですか。そういう「どちらにも傾ける」可能性を持った存在を、僕は小説的に必要としてるんだと思うな。

――じゃあ、ご自身の実年齢と、小説で必要としている主人公の年齢が離れていくわけですね。ではそのとき、「現代の三十六歳というのはこのように考えるものだ」みたいなことを、そのつど考える必要はない？

村上　必要としないですね。

――そこはもう普通に書けてしまう。

村上　僕も三十六歳だったときはあるし、そのときのことはわりに自由に思い出せます。ただ抽斗を開ければいいだけ。一番楽しかったのは『海辺のカフカ』を書いてるときだったな。

――十五歳の田村カフカくん。

村上　もちろん、十五歳の男の子の目線みたいなのを意識して書いていたわけじゃないんです。そんなことはできっこないから。でも僕が十五歳だったときにどんな匂いを嗅いでいたとか、どんな空気を吸っていたかとか、どんな光を浴びていただとか、そういうことはわりによく思い出せるんです。精神的にどんなだったか、何をどう考えていたか、というようなことはほとんど思い出せないんだけど、フィジカルなことはわりによく覚えていたな。風の肌触りとか、音の聞こえ方だとか、そういうものがありありと身体的に蘇ってくる。プルーストじゃないけど。そういうフィジカルな記憶を辿りながら物語を書いていくのは、すごく楽しいことでしたね。もう一度そういうことが体験できる。

――わたし、春のある日に、中学一年生の村上さんが、生物の教科書を忘れて家に取りに帰るっていう、短いエッセイが好きで。もう絶対覚えてらっしゃらないと思うけど(笑)。

村上　あ、覚えてる。「ランゲルハンス島の午後」。

――そうそう。で、『ふわふわ』というエッセイでは猫の話を書いていらして、そのときの情景描写とか、質感とか、わたしは今でも自分の体験みたいに残っています。

感覚の中に自分自身が存在しているような、あの感じ。そういうものについては村上さん自身もちゃんと覚えているんですね……じゃあ、さっきの話に戻りますけど、メタファーというのも、自分で認識したら終わり？

村上　終わりです。それはシンボルでもメタファーでもなく、シンボルやメタファーのかたちをとった何かなんです。そこにいちいちラベルをつけていたら、その生命が失われてしまう。

——村上さん自身にもわからない、次から次へとどんどん出てくるメタファーを総動員させたような物語は、おそらくものすごく脈絡のない話になるじゃないですか。村上さんのこの作法というか、コツを知らない人が読むと「何だ、この話は」みたいに感じてもおかしくないのに、なぜそれに読者がついてこられるのか……。

村上　どうして読者がついてきてくれるかわかりますか？

——それは？

村上　それはね、僕が小説を書き、読者がそれを読んでくれる。それが今のところ、信用取引として成り立っているからです。これまで僕が四十年近く小説を書いてきて、決して読者を悪いようにはしなかったから。

——「ほら、悪いようにはしなかっただろう？」と（笑）。

信用取引、時間を味方につけること

村上　そう。つまり「これはブラックボックスで、中身がよく見えなくて、モワモワしてて変なものですけど、実は一生懸命時間をかけて、丹精(たんせい)込めて僕が書いたものです。決して変なものではありませんから、どうかこのまま受け取ってください」って僕が言ったら、「はい、わかりました」と受け取ってくれる人が世の中にある程度の数いて、もちろん「なんじゃこら」といって放り出す人もいるだろうけど、そうじゃない人たちもある程度いる。そうやって小説が成立しているわけです。それはもう信用取引以外の何ものでもない。つまるところ、小説家にとって必要なのは、そういう「お願いします」「わかりました」の信頼関係なんですよ。この人は悪いことしないだろう、変なこともしないだろうという、そういう信頼する心があればこそ、本も買ってくれる。「どや、悪いようにはせんかったやろ?」と関西弁でいうとちょっと生々しくなるけど(笑)。

――それはいわゆる「この本を読んだら感動できる」とか「泣ける」といった、共感を約束するものではないじゃないですか。
村上　全然。
——まったく違いますよね。
村上　うん。感動なんかできない、泣けもしない。むしろ、なんだかワケがわかんなくなるかもしれない。
——何かを見ようと思ったら、ちゃんとこっちも差し出す必要があるというか、何かを一方的に享受（きょうじゅ）するようなものではなくて、危ういものでもあり……。でも、例えば百万人いる村上さんの読者の中で、どれぐらいの人が本当に地下一階を越えて深くまで一緒に降りていく読書をしているのかといえば……。
村上　そこまでは僕にもわからない。見当もつかない。
——もし五十万人ぐらいの人がね、ちゃんと地下二階まで降りて、物語をあるレベルで受け止めていてくれたら、もうちょっとほかの本も売れてもいい気がするんですよね（笑）。
村上　「なんか変てこなものだけど、この人（村上さん）が悪いものじゃないと言うからには、悪いものじゃないだろう」と引き受ける。これが僕の言う信用取引なわけです。集合的無意識がここでは描かれている——みたいなことまではわからなくても、でも、ここにはなんかそういうのがあるな、ということくらいは、本を読む人にはだいたいわかるんです。そういうのがある本とそういうのがない本の違いも、だいたいちゃんとわかる。「ここには何かがあるし、それは決して悪いものではない」ということをある程度の数の読者と僕は多分、お互いに理解し合ってるんだと思う。というか、僕としてはそのように思いたいです。

――うん。わたしもはじめて読んだときに思った。やっぱりあのとき、信用取引が成立しましたものね、十代半ば頃。

村上　それはすごく大事なことなんですよね。だから僕が一番好きなのは、読者からの手紙で、「今回の村上さんの作品、私はすごくガッカリしました。ぜんぜん好きになれなかった。でも、次の本も必ず買いますから頑張ってください」っていうやつ（笑）。これって最高の読者ですよね。なぜかというと、信用取引がしっかり成立してるから。そういう読者は、例えばそのときに「この本つまらないな」と思っても、何年か経って読み返したら、「これ、そんなにつまんなくないじゃない」というふうに思い直してくれるかもしれない。そういう可能性があるんです。面白くないと思っても、次の本も買いますよというのは、その信用取引がまだ成立している証拠なんです。

――なるほど。

村上　その信用取引を成立させていくためには、こっちもできるだけ時間と手間をかけて、丁寧に作品を作っていかなくちゃいけない。読者というのは、集合的にはちゃんと見抜くんです。これはちゃんと手間をかけて書いているものだとか、これはそうでもないとか。手を抜いて書かれたものは、長い時間の中ではほとんど必ず消えていきます。僕らは時間を味方につけなくちゃいけないし、そのためには時間を尊重し、大事にしなくちゃいけない。

——その信用取引の中には、手渡されたブラックボックスをそのまま家に置きっぱなしの人もいれば、開けて覗き込んで、自分の中の何らかの回路が影響を受けて、そこからわたしみたいに物を書き始める人間もいるわけですね。

村上　そういうことです。共感の度合いや質はもちろん人それぞれ違うわけだから。

——そのときに村上さんは、受け取り手に本を比喩的に渡すときに、相手の顔を見たら、これはいいものだと受け取られているに違いないと、なんとなく自信が持てると。

村上　もちろん比喩的にですが、そういうものを感じます。

——でも、やっぱりこのブラックボックスというものは相当危険な場所だから、読者はそこで自分の知りたくなかったことに出会うこともあるだろうし、いろんなものに巻き込まれていく可能性もあるわけですよね。

村上　例えばサリンジャーの『キャッチャー・イン・ザ・ライ』を愛読して、ジョン・レノンを射殺した人がいますね。そういうことは時として起こります。物語というのは生き物です。僕らは生き物をこしらえているんです。その生き物はあるときには、人の抱える暗黒部分をつついて目覚めさせたりもする。それは怖いといえば怖いことです。でも、それはサリンジャーのせいじゃないんです。

――犯罪者になるのはもちろんそのせいじゃないし、それは無数にある構成要素の一つであったりするんだけれども、マーク・チャップマンがサリンジャーを愛読していた、みたいなことが起こる、というか、あとになってわかる。それも含めて、物語を書く、ブラックボックスを渡すという行為は――百パーセントの娯楽を書いているって自覚している人は別かもしれないけれど、いわゆる消費とは違う届きかたを理想として文学とか物語をつくるには、やっぱり覚悟がいりますよね。もちろん、小説が善的に機能することを願ってはいても、必ずそういう危険性を孕（はら）みますよね。

村上　ある種の危険性を孕んでいないと、物語が機能しないというところはたしかにあります。古代から延々と続いている装置だから、それが人の心の地べた（アーシー）的な部分を掘り返すのは、ある程度やむを得ないことかもしれない。でもまあ、いままでのところありがたいことに、僕の書いた小説に関して「実害」のようなものはまだ報告されていません。

ただ、僕の本を英訳してくれているテッド・グーセンが送ってきたトロントの新聞によると、トロントの書店で盗まれる本は村上春樹が圧倒的に多いんだって。書店の店主はみんな、そうこぼしているということです。それに似た話は以前、サンフランシスコの新聞で読んだことがあります。僕の本がいちばんよく万引きされるんだって。

──お金のない、若い子が万引きするってことかしら？

村上　わからない。とにかく万引きが圧倒的に多いみたいです。僕の本を盗んでいく人が。

──転売目的とかもあるのかな。

村上　それだったら、もっと売れる作家がいるわけじゃない。ベストセラーの作家がね。不思議なんですよね。

──でも、ちょっと今の話は、なんかある意味で「物語」の本質的なものを感じるというか。

村上　僕の本が、ある種の犯罪性と結びついてるということなのかなあ？　昔アビー・ホフマンという人が『この本を盗め』という題の本を出して問題になりました。

いまでもアマゾンでホフマンを検索すると「この本を盗めならアマゾン」というのが出てきます。笑っちゃうけど。

――アマゾンでどうやって盗むねんと(笑)。

地下一階の「クヨクヨ室」問題

――今回のインタビューの準備で『若い読者のための短編小説案内』を再読したのですが、作家がその作品をどう読むかということは、それはそのまま、自分がお書きになるときのポイントでもあるわけですよね。そう考えると、村上さんは、作家がどこでこの物語を、小説を異化しているかってことに、すごく注意していらっしゃる。

村上　そのとおりだと思います。

――読んでいきますとね、異化ポイントが村上さんの関心の中心ですね。あとは、その作家の自己のあり方。その二本立て。どのように異化しているか、どのように自己を扱っているか。それは村上さんの小説のなかでも無意識のうちに大動脈の二本になっていると思います。お書きになる段階で。

『若い読者のための短編小説案内』の中で、村上さんは吉行淳之介や小島信夫、安岡章太郎、庄野潤三といった作家の小説を論ずる際に図を書いています（次頁）。丸を二重に描いて、外側に外界とかがあって「外圧」がかかる。内側の丸の中が「エゴ」で、その中間に「セルフ」がある、みたいな図解で。村上さんは、例えば「考える人」の二〇一〇年のロングインタビューのときにも、「自我というものに興味が持てない」と、けっこう詳しく語っていらっしゃいます。この点についてさらにちょっと聞きたいことがあるんです。さっきの家の喩えでいうと（115頁）、エゴって多分ここなんですよね。地下一階の部分。

村上　うん、たぶんそういうことになります。

――いわゆる近代日本の、たとえば私小説は、だいたいここに入ってくるわけですよね。クヨクヨね。地下一階の「クヨクヨ室」と名付けましょうか（笑）。で、この村上さんは、自分に興味がある。小説を書くことは自分を知ることでもある、とおっしゃっていて、では村上さん自身のエゴというものは、地下に降りていくときにどういう扱いになるんですか。

村上　なるべく近寄らないようにしてる（笑）。

――近寄らないようにしてる？　でも、最初のほうでも話題に出ましたが、地下二階に降りていくには、地下一階の「クヨクヨ室」の横を通らないと行けなくないですか。

村上　目を伏せて通る（笑）。なるべく素早く。

『若い読者のための短編小説案内』（文春文庫）より

――この家の図をね、すごく苦し紛れに「エゴ」と「セルフ」の二重円の図に使うとしたら、地下二階ってどこに相当することになります?

村上　どこにあるんだろうな。そういうところまで考えてなかったですね。

――そうか、もしかしたら直接つながっているのかな。

村上　というか、僕が『若い読者のための短編小説案内』で取り上げた、いわゆる「第三の新人」の作家の作品には、そういう「地下二階」的な要素はあまりなかったような気がします。兵隊にとられ、戦争に巻き込まれて、けっこうひどい目にあわされて、戦後の空っぽの荒廃の中にほとんど丸裸で投げ出されて、肺病なんかまで患って、その中でなんとか生き延びていかなくちゃならないという、いうなればぎりぎりのところで書かれている作品が多いんです。だから屈託みたいなのはあっても、内面的にぐじゅぐじゅしているような暇がない。そしてまた軍国主義から解放され、今からは民主主義みたいなことで、なんだか妙にからっとしている。そして政治的にはほとんどしらけている。僕はそういう感覚が好きで「第三の新人」を取り上げたんです。日本近代文学史の中でほとんど唯一(ゆいいつ)、僕が積極的に評価しているグループです。

――地下二階がなかった?

村上　地下二階どころか、地下一階の部分さえろくになかった。そういう視点そのものがなかったというか。地上で生きていくだけでけっこう大変だったんでしょうね。社会の外圧と自分との関係を調整するだけで精一杯だった。自我なんて贅沢品だ、みたいな趣もある。そういうのもなかなか悪くないのかもしれないですね。ややこしくなくて。だからたぶん単純な図式で作品を説明することが可能だったんだと思います。

もっとも僕があの本の中でとりあげた小島信夫さんの「馬」「抱擁家族」と丸谷才一さんの「樹影譚」だけは、地下二階に通ずる不思議な要素を持っています。安岡章太郎さんの「蛾」にもそういう要素はあるかな。

――村上さんが過去の名作、例えば十九世紀の小説だったり、初期のヴォネガットや、ブローティガンの『西瓜糖の日々』がいいと思ったのも、彼らの自我の扱いですよね。自我のすっ飛ばし方がすごくクールだった。

村上　そのとおりです。そんなものにはほとんど目もくれない。

――自己というものは常に、内包しているものよりもずっと上にあって、すっ飛ばし方がいいということは、たぶん、この「クヨクヨ室」を経由せずに、別のところに行けるということなのかもしれませんね。

村上　そうかもしれない。僕がそういう、近代的自我みたいなものになるべく関わり合いにならないようにしてるというのは確かです。目を伏せているかどうかはともかく。そのへんとは違う場所で勝負をしたいと思っている。

――地下一階はもはやダメなもの？

村上　ダメとは言わないし、そういうものが現実的にいろんな問題を起こしているのは確かなんだけど、今さらそこを解き明かそうとしても無益だという気がする。それはもう明治以来、近代文学がほぼやり尽くしてしまっているから、もはや手のつけようがない。だからとりあえず取っぱらってしまっている。

――そこから始まったわけですね、村上さんは。

村上　そう。だからその階はできるだけあっさりと通り抜ける。顔が合ったら、いちおう会釈くらいはしておいて、まあ敬して遠ざける。

――なるほど。

村上　僕がいわゆる文芸業界から、何ていうのかな……長いあいだわりに白い目で見られてきたのはたぶん、そこをすっ飛ばしてきたからだと思います。そのあたりを取り上げてぐじゅぐじゅ書かないのは、文学的に不誠実だというふうに思われてきたんじゃないかな。

――でもね、村上さん、太宰治とか、今でもすごい人気なんです。

村上　そうなんだ。

——でね、もちろん太宰が扱っている自我の問題の中には、当時の戦争とかいろんな要素があったりするし、文章そのものに惹かれているという場合も大いにあるんですけれど、いわゆる太宰のように自我を扱った小説がすごく好きな人たちも、同時に村上さんの小説も好きだったりするんです。「これは自分のことだ」という共感とともに、おそらく、おなじくらい大切に、重要なものとして読んでいる。

村上　それはね、太宰の時代には、そういう自我のあり方を描くことが必然だったからです。そして彼がその時代にそういうスタイルをとって小説を書かなくてはならなかったという「必然性」は、今でも発熱として生きている。

——その「必然性」じたいは有効なわけですね。

村上　作家というのは時代の空気を吸って生きているものだから。でも、今の人がそれやるのはおそらくあまり有効ではないんじゃないかと思います。特別な例外を別にして。

——そうですね。それらのどの部分が有効で、どの部分が無効であるかについては、わたしも自分なりに理解できると思います。

「渥美清と寅さん」では困りますからね

――話が少し戻って、さっきの信用取引のことなんですが、「ね、悪いようにしなかったでしょ？」ということの積み重ねで、今回の本もみんなが手に取ってくれると。それはすごくわかる。でも、例えば、空から鰯が降ったり、石を動かすと白く輝く光線が放たれたりとか、なんだかわけがわからないことが起きているけれど、それが機能していると読者に感じさせるのは、文体の力ですよね。これまで築き上げてきた信頼もあるんだけれど、読者はそれぞれパラフレーズして自分の中に置き換えていく、機能させていくという作業があるわけですよね。で、その作業の結果に、読者本人も驚いている。

村上　読者本人？

――そう。読者も驚いてるし、主人公の「私」も、「こんなことがあるのか」みたいに驚きながら不思議な出来事の世界に入っていくんですよね。スッと勝手に行かないで、読者のメンタリティーをちゃんと共有している。「いくら不思議なことが起こるといってもさあ」と、戸惑いながらも、巻き込まれていく。それは水先案内人として、読者を自覚させているんでしょうね。

村上　そうですね。そういうシチュエーションはある意味、『羊をめぐる冒険』からほとんど変わってない。僕の小説はよく「巻き込まれ型」といわれます。でも長編小説って、古今東西どれをとっても、だいたい基本的に「巻き込まれ型」の話なんです。主人公はとてもニュートラルな存在であるのに、いやニュートラルな存在だからこそ、どんどん物語の引力に引っ張られて、いろんなところでいろんな特異な、不思議な体験をします。そして読者は、主人公（語り手）が基本的に真っ当な人であるということを理解しているんです。そこが大事なことだと僕は思う。こいつは決して変なやつではないと。それなりにきちんとした考え方を持っている普通のやつです。だからこそ読者も彼の視点を借りて、「ちょっと変な物語」あるいは「波瀾万丈の物語」についていけるんだと思います。

長編小説にはそういう一種の、何ていうのかな、「受け入れ態勢」みたいなものが必要になってきます。それがないと、長編小説は成立しない。例えばフランツ・カフカの小説は、『城』にしても『審判』にしても『変身』にしても、主人公はわけのわからないひどい目に遭わされますよね。でも読んでいて、状況のあり方はよく理解できないにしても、主人公の感じている気持ちみたいなのはありありと実感できます。

それから、ディケンズの『オリバー・ツイスト』にしたって、オリバー・ツイストというまっすぐな少年が、いろんなひどい目にあいながらも一生懸命生きているな、ということがひしひし伝わってくるから、みんな物語に共感できるんです。『白鯨』だって『グレート・ギャツビー』だってそうです。主人公がニュートラルだから、まわりの変な人たちのキャラクターもリアルに生きてくる。そういう共感作りというか、少なくとも受け入れ態勢みたいなのがないとやっていけない。

——そこにも信頼が必要になってくるわけですね、まずは。

村上　あとそれから、読者の多くは、作者が一人称で書いてる場合、その主人公と作者である僕とのスタンスをわりに重ねて考えますよね。

——ええ、それはありますよね。だから、それがまた村上さんの信用取引に大きな影響を……。

村上　だからこそ僕は、だんだん三人称のほうに行きたいなと思っていたんです。いつまでも一人称を使っていたくなかった。そこからしばらく離れたかった。

——そういう理由もあったんですか。

村上　うん。あまり僕と役柄を一体化されても困るなというのがあった。渥美清と寅さんみたいに。ショーン・コネリーとジェームズ・ボンドみたいに。

——それもあったんですね。初めてお聞きしたような。

村上　かもね。海外のインタビューでも、よく聞かれるんです。「主人公は村上さんと重なっているのか？」って。重なっている部分もあるけれど、多くは重なってないと答えています。僕の小説の主人公というのは、とくに一人称の場合は、僕がこうであったかもしれない姿なんだ。つまり仮定法過去みたいなものだと。

——英文法で一番ややこしいやつ（笑）。

村上　僕らの人生って、途中でいっぱい枝分かれするわけじゃないですか。あっちに進もうか、こっちに進もうかって、そこで僕らは選択しなくてはならない。で、僕は実際にはこっちに進んできたわけだけど、もし僕があっちに進んでいたら、今はこうなっていたかもしれないね、という仮説的存在の僕があります。そういう仮説の僕が、僕の小説の中の主人公である場合が多いかもしれないと説明することがあります。

——その意味で、村上さんと関係した何かではあるけれど。

村上　ある部分では結びついている、もちろん。そうしないと小説は書けないですからね。そうね、例えば、僕はわりに嫉妬心が薄いんだけれど、考えてみれば、僕の小説の主人公も嫉妬する場面ってほとんどありませんよね。それはやはり自然にそうなってしまいます。

――村上さんの作品で嫉妬が登場したのって、『ダンス・ダンス・ダンス』で、ユミヨシさんがスイミングスクールに通っていますよね、ユミヨシさん、覚えていますか？

村上　なんかそこは漠然と覚えてるな。

――ユミヨシさんがスイミングスクールに通って、そこで、スイミングスクールの先生に手取り足取り教えてもらっているシーンを「僕」が想像して嫉妬しているんですけれど、全然嫉妬になってなくて（笑）。

村上　なっていないかも。

――「ひとつ嫉妬というものをしてみるか」みたいな感じで嫉妬している。「僕」本人も言ってるんですけど、滅多にないことで、それでだんだんその嫉妬の対象がわかんなくなってくる。結局、スイミングスクール自体に嫉妬するみたいになっていって（笑）。

村上　そうそう。なんとなく覚えてる、それ。スイミングスクールに嫉妬するんだ。

――こういう嫉妬もあるんだと思って、わたしはずいぶん楽しみましたけど（笑）。嫉妬についていえば、『ねじまき鳥クロニクル』の中で牛河も語りますね。こちらは憎しみについての話の流れで出てくるんですけれど。

村上　そうだっけ。

――「それは自分が欲しくて欲しくて欲しくてどうしようもないもの、死んでも手に入れられないかどうかわからないものを、いとも簡単に手に入れてる人を見たときに湧き上がる感情ですよ」みたいなことを牛河が言います。これは確かにそうですよね。すごくちゃんとした嫉妬の説明だし、嫉妬の一つの原理を表現しているなと思ったんです。そういうのもないですか、あんまり？

村上　あんまりそういうのないな。そういう面では、僕と小説の主人公の「僕」には、それなりに共通している部分はあります。あくまで部分的にということだけど。

免色さんに残された謎

――今回は、免色さんが「私」に嫉妬していますね。

村上　そうですね。免色さんにすれば、「私は望んだものを全部手に入れたけど、手に入れられるものしか結局は望まなかったんだ」ということになる。もちろん主人公はそんなことを言われてびっくりしてしまう。自分がうらやましがられるなんて、彼には思いも寄らないことだから。

——なるほど。では、ちょっとその流れで登場人物の話もしたいです。名前ってすごく大事ですよね。

村上　名前は大事です。

——『騎士団長殺し』というタイトルが浮かんで、三つの要素が揃って、さあ書き始めるぞってなったときには、技術もあるし、体力もあるから、「これは行けるな」っていう感覚が最初にあるわけですよね。

村上　それまでずっと溜めを作っているから、書き出したら最後までもっていけるという自信はある。

——そこからまた、頼もしい友達が集まってくるみたいに、登場人物の名前も決まってくるんでしょうね。免色。メンシキ。とてもいい名前です。

村上　あっという間に出てきたですね、あれは。

——これはどこからきたんですか。

村上　何の根拠もない。

——……。

村上　人に名前をつけなくちゃいけなくて、谷の向かい側に住んでる人の名前を何にしようかなって。普通の名前じゃ困る。田中とかさ、安田とかじゃ困るわけじゃない。で、考えていたら、パッとメンシキって浮かんだ。

――漢字の組み合わせが浮かんだのかしら。音かな。

村上　どうだっけな。漢字が先だったか、響きが先だったか、そのへんはよく覚えてないけど、とにかくすぐにメンシキさんになった。

――免色って、これもメタファーを言語化したらちょっとつまんないのかもしれないけど、免色渉(わたる)ですよね、名前が。そして免色さんって、最後までほら、はっきりわからないじゃないですか。この小説においてどういう役割で、性格もつかみどころがないし。

村上　そうですね。謎の人です。この人、どこまで信用していいのかもわからない。

――それもわからないし、善悪みたいなものがもしこの小説の中にあるとしたら、それがすごく本当に繊細かつ微妙なグラデーションとして、それこそ「顔のない男」の乳白色の霧みたいな感じで免色という人物に表現されているのだと思います。とにかくここに登場してくる人物全員で、何というか……奪い合ってはいないんですけど、始終、何かを移動させているみたいな雰囲気がずっとあるんですよ。みんなで「弔い」をしているような雰囲気もあるし、全員で、そう、雨田具彦(あまだともひこ)の最期(さいご)を、こっちの世界から死の世界に送り出すための「儀式」をしているようにも読めるわけです。新しく生まれてくる何かに対する準備のようにも見える。そして川が流れているじゃないですか、「顔ながら」を追って穴に入ったあとの世界で。あの川に、もし名前を漢字でつけるとしたら、これはもう「免色」以外にないだろうと思ったんですよね。

村上　免色川か。そういえば名前がないんだね、あの川。

——名前は渉だし、この「免色」という漢字は、見ていて何かを不安にさせる字面なんです。

村上　そうなんだ。

——ええ。わたしの単なる感覚の話なんですけれども、これはもう、あの川そのものの名前ですね、免色って。あと、白い車の男が出てくるじゃないですか。

村上　白いスバル・フォレスターの男。

——あの人は主人公の「私」の中の、オルター・エゴみたいなもので。

村上　オルター・エゴ、うん、そういうふうに取れるとも思う。

——悪を自分の中に認識したときに、ああいう姿になるともいえるわけで。それにしても、免色さんは、最後までよくわからない人物ですよね。

村上　わからないね。でもこの小説を改めて考えてみると、話は免色を中心に動いてるんじゃないかという気がしてくるんです。ふと。

——なるほど。

村上　それ以外の人はある程度リーズナブルというか、それぞれに世間的にみてとくにおかしくない生き方をしているわけです。例えば秋川笙子（しょうこ）さんにしても、あの女の子、何ていったっけ？

——まりえです。何ていったっけって（笑）。秋川まりえです。

村上　そう、まりえにしたって、それから雨田の息子にしても、お父さんにしても、それぞれにまあ理解可能な生き方をしているんだけど、免色だけは、彼がどういう人間で、何を考えて、どういう生き方をしているのかが、よく見えてこない。

——書いていても、わからないってことですね。

村上　わからない。だって、彼はどうとでも転べるんだもの。本当に得体の知れない存在なんです。僕にだって得体が知れない。だから、彼を中心にいろんなものが動いているという印象が僕にはあります。長い物語には、どうしてもそういう説明不能な存在が必要になってきます。

——屋根裏で絵を発見したのは「私」だし、彼のその職業、その芸術性みたいなものが引き寄せたことでもありますが、免色は自分の肖像画を描かせることによって、あっちとこっちの通路みたいなものを、ある種の儀式によって開通させています。人の顔を描く、そして完成させる、あるいは完成させない、ということが、その儀式のひとつの重要なポイントにもなっている。

村上　そう、免色によって話が開かれていくんです。主人公の「私」を開くのと同時に、物語をも開いていく。彼がいなければ開かれないはずのものが開かれていく。あの穴にしたって、結局、彼が業者を呼んで、石をどけさせて開くわけだから。ある意味では彼は、トリックスターとまではいかないけど、どういえばいいんだろう、話を動かしていく人。ジェネレーター。彼がいないと物語が転がっていかない。

――禍々（まがまが）しいものに転じる可能性のある石室を開くんだけれども、でも結局、「私」が降りて行った地底世界で川にぶつかったとき、重要なヒントを与えてくれていたのも免色さんです。そして最後、穴から物理的に救い出すのも免色さんですよね。そういう働きをする登場人物は、今までの作品で言うと、例えば『ねじまき鳥クロニクル』の赤坂シナモン。

シナモンは主人公の岡田亨を穴からすくい上げるし、極度に洗練された人物であるという点では免色さんと似通った部分があるけれども、どちらかというと、シナモンもこっち側の人間だったわけですね。幼いときに損なわれて傷ついて。だから、主人公と力を合わせて穴から抜け出したという感じがするんだけど、じゃあ免色さんと「私」がしたことって何だったのかと言われると、それがよくわからない。

　穴とか肖像画とか秋川さんとかまりえとか、結局、物語に出てくる一連のものは彼が始めたことで、見方を変えれば、すべてが免色の右手と左手の中にあるようにも見える。やっぱりそういう意味でも、免色が物語の中心だったりするんでしょうか。

村上　そうね。でも面白いことに、免色さんは騎士団長の姿を見ることを許されてない。そういう資格を与えられていない。

――ええ。与えられたのは二人、「私」と秋川まりえです。騎士団長にちゃんと反応できるのは二人だけ。

村上　だから、騎士団長を連れて主人公が免色邸に招待されるわけだけど、免色にはそれが見えない。見ることができないように設定されている。

――それは何を意味しているのか。

村上　それはなかなか大事なポイントかもしれない。この小説の中で。どうしてなのかは僕も知らないけど。

――本当に知らない？（笑）

村上　本当に知らない（笑）。でも、わかるんですよ。物語的に、彼に騎士団長の姿が見えてはいけないということはよくわかる。でも、それがどうしてなのか、その理由は僕には説明できない。

——本当はできる?

村上　できない。いや、しようと思えばできるだろうけど、それは真実を全部伝えたことにならない。七十パーセントぐらいしか伝えたことにならない。そして七十パーセントを伝えるぐらいだったら、何も言わないほうがいいです。小説にそのまま語らせておけばいい。

僕のイデアはそれとは無関係です

——では騎士団長とイデアについてお聞きしたいのですが、騎士団長は自分はイデアであると名乗りながら「私」の前に顕(あらわ)れたわけですよね。いわゆるプラトンのイデアでいうと、悪のイデアというのは存在しないんですよね。イデアというのは絶対に善いものなんだと。

村上　知らなかった。

——ほ、本当かなあ（笑）。わたし、このためにプラトンの『饗宴』と『国家』を、もちろんざっくりとですが、おさらいしてきたんですが……。

村上　すげえ。嘘みたい。

——だって副題みてくださいよ！　イデアとメタファーって書いてるし……一応、一般教養でプラトニズムはやったけれど、その話になってもついていけるようにと思って。すごく字が小さくてつらかった。それで、イデアは善のものなんですね、全部。悪のイデアってものは存在しないと。あと、洞窟の比喩。プラトンも洞窟なんですよ。

村上　あ、それは知ってる。たしか有名な比喩だよね。中身はよく知らないけど。

——村上さん……あのですね、原稿を書いていて、イデアっていう単語を村上さんが打つ、こうやってキーボードで「イデア」。イデアってまあ有名な概念じゃないですか。そしたら当然、「ちょっとイデアについて調べておこう、整理しよう」みたいなこと、考えませんか？

村上　ぜんぜん考えない。

——それは本当ですか。

村上　うん。ほんとにそんなこと考えない。僕はただそれを「イデア」と名づけただけで、本当のイデアというか、プラトンのイデアとは無関係です。ただイデアという言葉を借りただけ。言葉の響きが好きだったから。だいたい騎士団長が「あたしはイデアだ」と自ら名乗っただけのことですよね。彼が本物のイデアかどうか、そんなことは誰にもわからない。

——いわゆるプラトンから始まるイデア概念と『騎士団長殺し』のイデアが無縁だなんて、そんなことを誰が想像するでしょう。イデアっていったら、イデアでしょう。わたし、おさらいしてきたのに……。

村上 いや、本当におつかれさまです。

——本当ですか。

村上 うん、嘘じゃなく。もっときちんと理路整然と、イデアについて説明できたらよかったんだけど。

——でも、この作品のイデアをね、もしプラトンのイデアを念頭においても読めてしまうんです。

村上 そうなんだ。

——ええ。しかも洞窟つながり。

村上 それで思い出したんだけど、エゴとセルフって話を『若い読者のための短編小説案内』で書いたって話を、さっきしたじゃないですか。あのときはユングってまったく読んだことなかったんです。今でもほとんど読んでないけど。で、河合先生にあの本を見せたら、「ああ、面白いですな」って言ってたけど、考えてみたら全然違うんだよね。ユングの考えている「エゴ」と「セルフ」と、僕の考えている「エゴ」と「セルフ」。たまたまその用語が一致していただけで。ほんとにたまたまなんです。

――わたしは今、村上さんの自由さに震えています。

村上　だから、僕がイデアという響きで考えている概念と、プラトンの言うイデアとはかなり違うものだと思う。ただ、騎士団長とは一体何ものなのかを表すときに、「イデア」以外の言葉がうまく浮かばなかったんです。魂とか霊とかスピリットとか、いろいろあるんだけど、どれもしっくりこない。でも「イデア」だけはなぜかピッタリ合ったんです。それから、「顔なが」のときも、どういう名前にしようかとあれこれ考えたけど、ここは「メタファー」という表現が一番馴染(なじ)んだんです。それ以外に合うものがなかった。イメージというか、響きというか、いずれにせよかなりアバウトなものです。だから、細かい定義みたいなことを聞かれても、僕もすごく困るんだ（笑）。

――むしろ、「定義とかないから」という。

村上　そう。だけどね、字のイメージ、音の響きというのは小説にとってすごく大事なんです。時としてそれが何より優先する場合があります。人の名前と同じで。

――『騎士団長殺し』は、イデアとメタファーの、集合的無意識の奪い合いとも読めるわけだし、そのイデアという定義をもしこの場で、暫定的に代入してみても面白いんですよね。プラトンのイデアというのは、簡単に説明すると今この世界に存在しているものは仮の姿であって、すべてのものに本当の姿、イデアがあると。

村上　へぇー。それは知らなかったな。

――本当なのかなあ。不安になってきた(笑)。

村上　全然知らなかった。プラトンなんてまず読まないもの。

――不安なまま話を続けますと、わたしたちの現実世界には、たとえばそこにコーヒーカップ、あるいは村上さんの本がある。また色々な概念がある。でもそれらは似姿で、善なる天上の世界にはそれらのイデアというものがあって、それこそが真実であると。天上には光源があって、イデアが洞窟の壁に投影している影をわたしたちは見ているに過ぎない。これが洞窟の比喩ですね。

村上　すごい変な考え方。

――これがプラトンのほんとにざっくりイデア論です。そう、わたしたちが今見ているのは、洞窟に映った影にすぎないけれど、じつは我々は、昔は善なる世界にいて、物や概念の真なる姿、イデアを知っていた。

村上　なるほど。

——でも、わたしたちは汚れのために、この影の世界に落とされてしまった。ところが、ある物をある物として認識することができたり、美しいものを見たときにそれが美しいとわかるのは——まあ、それって言葉があるということでもあるんですが——それは、天上で触れていたイデアを思いだしているんだと。愛や美しさを直観できるのも、かつてそれを知っていたからだと。想起説。

村上　なるほど。すべては本物の幻影に過ぎないんだ。そういえばマーヴィン・ゲイの古い歌に「Ain't Nothing Like the Real Thing（本物に勝るものなし）」というのがあったけど。

——これ読んでいる人、「川上も村上さんが知らないっていうのを真に受けちゃって、くっくっ」って笑ってるんだろうか……ともかく、これがいわゆるプラトンのイデア論。で、ふつうに考えたら、「悪」についてもイデアがあるだろうと。ここに殺人とか血とか戦争という言葉を入れたら、戦争にもイデアがあるし、血にもイデアがないとおかしいんだけれど、それに対してプラトンは、そんなものはないと断言した。イデアというものは、百歩譲っても「悪いイデア」という言い方は絶対しなくて、

「善なる状態がない」という言い方しかしないんですよね。真実は善なるものなのだと。だから、悪いものは存在しないんです。この理屈はよくわからないけど(笑)。でも、こういうイデア論的なものを代入して『騎士団長殺し』を読んでみるとですね、考えさせられるわけです。善を殺すとはどういうことかとか、なぜそもそも雨田具彦が殺すべきものとして描いた「騎士団長」がイデアを名乗ることができるのか、とか。でも、村上さんはまったくそういうことは意識せずに。

村上　ぜんぜん意識してないですね。でもね、僕は意識についてはわりによく考えるんです。人間の意識というものが登場してきたのは、人間の歴史の中でもずっとあとのことなんです。それより前にはほとんど無意識しかなかった。で、そういう無意識中心の世界で、人々は個人ではなくむしろ集合的に判断を行って生きていた。でも都市が生まれ、より高度な組織やシステムが出来上がっていくにつれて、「無意識」でやっていたことが、だんだん「意識」の領域に格上げされていくわけです。格上げというか、よりロジカルになっていく。そうしないと、システムが有効に維持できないから。

それと同じことだと思うんです。人々が昔は無意識の中でだいたい全部処理していたことが、意識のもとで処理しなくてはいけなくなってくる。それにつれて言語体系も整ってくる。無意識の世界で、人々は何を拠り所に生きていたかというと、預言なんです。古代的な社会には、巫女がいた。あるいは呪い師的な役割を持つ王様がいた。あの人たちは無意識の社会の中でさらに無意識を磨いて、避雷針が雷を受けるみたいに、いろんなメッセージを受けとってそれを人々に伝える。普通のそのへんの人々は自分の意識なんか必要なくて、そんなもの使い途すらなくて、ただ預言に従って無意識の世界で生きていればよかったわけ。その方が楽だったし。そしてメッセージを受けとれなくなった王様は殺されて、新しい王様が迎え入れられた。ただ、社会が「意識」化するにしたがって、そういう巫女的存在がだんだん力を失っていくんです。空気が変わって、うまく雷を受けられなくなる。イデアというのはそれに近いものかもしれないと僕は思う。本当に純粋なものって無意識の中にしかないんだけど、でも僕らはもうそれをうまく目にすることができないから、そのかわりとして、意識に投影されたものを見るしかない。今のプラトンの話を聞いてると、そのことを思い出しました。

——なるほど。

村上 彼は古代の無意識の世界からやって来たのではないかと僕は想像します。意識以前の世界から。そういう面では、今のプラトンの話と通じてるところはある。

スピリチュアリストと小説家との違い

――村上さんが小説、とくに長編小説を書くということは、今日も何回も出ている「地下二階」に降りていくことなんだけれども、別の言葉で置き換えると、何をする行為と表現できると思いますか？

村上　今の話でいうと、雷を受けるんだと思う。

――雷を受ける。ある意味で、雷を受けてるんだと思う。ある意味で、巫女的に？

村上　巫女的なもの。メディウム（霊媒）というか、多分、ほかの人よりは電気を受けやすい体質で、多かれ少なかれそれを受けて、人々にそのメッセージを伝えているんじゃないかなと思う。ある意味では。一種の避雷針みたいなものかな。

――うん、ある意味では。

村上　だから、作家として才能があるかと聞かれても、そんなのはわからないし、また僕にとってはどちらでもいいことなんですよね。それよりは、そういうメッセージを受ける能力、あるいは資格を持っているか持ってないかというほうがずっと大事なことになります。それは芸術的才能とはちょっと違うものだろうね。

——物語る力が強ければ強いほど、いろんな人を引き込むことができるから、雷を受ける機会も増えて……。

村上 だから、時どき変なものまで受けちゃうということもあるかもしれない。それに避雷針であり続けるためには、それなりの体力が必要になってくる。

——アースが必要だし、それに、受けたものを「善き物語」として読者に手渡す、そのための文体と、「悪いようにはしない」という善き心が必要だと。

村上 そういうものを受ける能力が自分にあるのかもしれない、と感じ始めたのは、いつ頃だったかな。よくわかんないけど、たぶん……『世界の終りとハードボイルド・ワンダーランド』を書いたときかな、あのときは、「世界の終り」の話と「ハードボイルド・ワンダーランド」の話とを別々に、章ごとに順番に書いていって、なぜかわからないけど最後には一つになるだろうという確信があったんです。そういう確信を持てたのは、たぶん「何かを受け取る力」があったからじゃないかと思う。あのときもプランをつくらないでどんどん書いていって、最後にピタッとひとつに合っちゃったわけ。あれは気持ちよかったな。

——よくそんな恐ろしいことを(笑)。

村上　そのときに、僕の書き方は普通の人とはちょっと違うのかな、ということを初めて感じて、それはどうしてだろうと考えたのを覚えています。

――例えばわたしの知り合いで、本人がスピリチュアリストな人もいるし、スピリチュアルな人をものすごく盲目的に信じる人もいて、彼らは独自の物語を作っています。この現象とその結果には意味があって、あなたが今受けているその困難というものには、例えばあなたの前世とか前々世の因果があって、みたいな物語を示して、それを共有しようとするんですよね。不安を抱えた人たちを相手に、それでお金もらう場合もあるわけです。

村上　そうですね。ひとつの物語ではある。それもまた、ひとつの物語の形式ですよね。

――でも、やっぱり、わたしはそれに対して「善きもの」であると感じることができません。それはわたしの個人的な見方ではあるんですけれども、でも、わたしたちが小説を書いていることって、ちょっと遠方から引いて見ると、そんなに違わないとも思う。彼らと。

村上　一番の問題は、それが自発的であるかないかということですよね。

――自発的というのは？

村上　例えば占いをする人がいますよね。そういう人たちがもともとある種の特別な能力を持っているというのは、たぶん間違いないところだと思うんです。でもそれを職業にして、誰かが相談に来て答えなくちゃいけないときに、メッセージがまったく降りて来ないと商売にならないですよね。そこで何が問題かというと、それが自発的なものじゃなくなる場合があるということです。いつもいつも雷がうまく落ちてくるわけじゃないから。そしてそういうちょっとしたごまかしみたいなことをやっているうちに、それなりの「営業」のテクニックができてくる。でも小説家というのは、締切りさえ作らなければ、自発的に好きなように小説を書いたり書かなかったりできるわけです。そうでしょう？　自分で「雷受け」をコントロールすることができる。そこが職業的占い師、霊能者と、小説家との根本的な違いじゃないかと思うけど。

——なるほど。ある意味で嘘をつくことになり、いわゆる本当の霊性を帯びたものではなくなってくる。

村上　本人にもそれはわからないんじゃないかな。そのへんの違いは微妙だから。

——見分けがつかなくなってくるのは危険かもしれない。

村上　すごく危険です。意識と無意識の境目がだんだん見えなくなってくる。小説家にも、人によっては同じようなことが起こっているのかもしれない。

——そうかもしれない。

村上　だから、僕がいつも言うのは、作家は自発的であれと。若い頃は、締切りに追われて頭はすっからかん、もうアイディアも何もないけど、とにかく机に向かってワーッと書いているうちに、何かが来るみたいなことがあるんですよね。ビリビリッて。そうやってなんとかやり過ごしていける。

――そうですね。

村上　そういうことができちゃうんです。若いうちは。でもいつかは、締切り前になっても一向に何も来てくれないということが起こり始めます。雷がすっと落ちてこない。でも締切りはあるから、なんとか無理して話をひねり出して書いてしまう。それはとても危険なことだし、不誠実なことだし、そういうことを続けてダメになっていった作家を少なからず見てきました。若いときは、「小説なんて、締切りが来てから書きゃいいんだよ」ってみんな言ってるんですよ。でも、それがうまくできなくなる、ある時点から。

――さっきの話でいうと、占い師とかスピリチュアリストも、基本的には避雷針的な役割をしていて、ある種の霊性を帯びているということになる。まあ、芸術家全般についてそう言ってもいいと思うんですね。客を食い物にしてやろうとか、悪しき心を自覚してやっている人たちは別として、占い師や芸術家は、基本的には営利目的ではなくて、「受け取る力」をつかって何かを生み出そうというサイクルの中にいるわけですよね。小説家も原理的には同じものを持っていて、わたしたちは言葉を使いますが、やはり小説家にもある種の霊性みたいなもの、スピリチュアルなものが必要ということですよね。うーん。

村上　そう言っちゃうと身も蓋もないんだけど（笑）。でも、そういう能力がない人は小説を書くことができないというのは確かかもしれない。多かれ少なかれ、ある程度はね。もちろん雷を受ける頻度が低くても、それを別の力で補うことはできるし、いろんなやり方はあると思うんだけど、そういう能力がまったくない人は、小説を書くのは無理でしょうね。どれだけうまい文章を書こうが、小説は書けないね。もし書けても読み手を見つけられない。だからいつも言うんだけど、あまり頭のいい人って小説が書けないんですよ。

――ステートメントになっちゃうとおっしゃいますよね。

村上　そうそうそう。頭の良すぎる人が書いた小説は枠組みが透けて見えることが多いです。読んでいても、正直あまり面白くない。理が勝っているから、一方通行のステートメントになってしまう。批評家はいちおう褒めるけど、読者はつかない。でも、もちろんあんまりバカでも書けない。

――バカでも書けないし、賢過ぎても書けない。

村上　兼ね合いが難しいところですね、本当に。そういう点、僕は恵まれているのかもしれない(笑)。

ポジティブな終結でありたい

――村上さんはあくまで一つの見方として、『騎士団長殺し』は免色さんを中心にした話になっているんじゃないか、みたいな感じをおっしゃいましたが。

村上　もともとそういう話にするつもりはまったくなかったんです。谷の向かい側に住んでるただの変わったお金持ちの人だったのが、話が進むにつれて、だんだん何だかわけのわからない力を帯び始めてきた。だからこそ、まりえも免色の屋敷に惹かれるんですね。もちろん死んだ母親が免色の元恋人で、免色が彼女の本当の父親かもしれないという可能性は、どこかに周縁的に漂っているわけだけど、それは別としても、彼女は免色という人物とあの屋敷にじわじわと引き寄せられていきます。

僕はこの話を長く書いてきて、何度も何度も書き直して、そのあいだに僕なりにだんだん納得できる登場人物が描けてきたなという感触はあります。昔書いたものは、人物によってはちょっと作り物っぽいところがあった。それに比べると、本物の血肉が少しずつついてきたかなという気がする。

――昔書いたものはそんな気がした？　作り物っぽい？

村上　人物によっては、ちょっと向こうが透けて見えるかなという気が、今になってみればしますね。まだそこまで描き切る力がなかったということもあるし。あとやっぱり、その登場人物の立体性というか血肉のつき方は、ちょっとした動作とか、ちょっとした言葉とか、そういうちょっとした描写によって……。

――印象づけられていくものですよね。形作られていく。

村上　そう。それはやっぱり、何度も何度も書き直しているうちにだんだん決まっていくものだし、そこまで行くには作家としての経験も必要になります。場数を踏んでうまくなっていく。場数を踏まないとうまくなれないものもあります。

――今回の小説のなかで面白いのは、主要な場面場面で、登場人物たちが「騎士団長殺し」の絵を再現していることですよね。屋根裏部屋で絵を発見するシーンは、「騎士団長殺し」で「顔なが」が穴から顔を出している構図だし、療養施設の雨田具彦の部屋でも同じようなことが再現されていて、入れ子状になっている。それにこの物語自体、雨田具彦の生涯の生き直しというか、ある種の念のようなもの、彼が言葉にしなかった体験みたいなものを、登場人物全員で「生き直している」という感じがします。これって村上さんが言った、「何だか知らないけど、読者の中で機能している」ということだと思います。わたしの中でも機能しているんですよ。雨田具彦が死ぬために、一人の人間が死ぬためには、これだけ様々な人やものが召喚されなければならなかった、というふうに読みました。わたしは、息子の雨田政彦が好きなんですよ。

村上　うん、いい人ですよね。この人が出てくると、僕もちょっとほっとします。夏目漱石(そうせき)の小説に脇役(わきやく)として出てきそうな感じもあります。そういう人ってけっこう大事なんだよね。

――政彦さんはいいですよね。つらいこともたくさんあっただろうに。そして「私」がそのことを深いところで理解していることにも、ぐっときます。彼が最後のほうで、「人が一人死んでいくというのは大がかりな作業なんだ」と言うシーンが印象深くて。人はいつだってたくさん死んでいるけれども、本当はすごいことで、その内部で何が起きているかってことは誰も体験したことがないんですよね。死んだ人は教えてくれないから。一つ一つの死に、もしかしたらこれだけのことが召喚されていてもおかしくないと。見えないだけで、知らないだけで、人ひとりが死ぬっていうことはもしかしたらこれだけのことが起きることなのかもしれない。そのようにわたしもまた召喚されているのではないかと思ったときに、この物語がわたしの中で現実味を帯びてくるんです。その意味でわたしは『騎士団長殺し』という小説を読んだんだ、と思いました。

それで最期は、具彦が微笑むわけですよね。ウィーンで本当は何があったのか、それはもちろん明確にされないし、言葉にできるようなものでもないんだろうけれど、最期に彼は、何かを見届ける。騎士団長が殺されるところを、本来そうあるべきだったものを見届けたときに、微笑みを浮かべます。一つの救いが、そこで書かれます。『ねじまき鳥』のラストも、村上さんはずっと、主人公の岡田亨を溺死させるつもりで書いていたのに、最後の最後で「救わなきゃダメだ」って思ったとおっしゃっています。それもすごくわかるんですね。しかし物語というものは、どうして救いを最後に求めるんでしょうね。それはどうしてだと思われますか、村上さん。

村上　確かね、『ねじまき鳥』を書いたときは、その前にジャック・ロンドンの『マーティン・イーデン』という長い小説を読んでいたんだけど、その最後に主人公が水死するんです。

――そうおっしゃっていましたね。

村上　そういうイメージを僕も書きたいなあと思って。で、最後に主人公は死ぬことになるだろうと、（僕にしては珍しいことなんだけど）書き始めるときに漠然と予定していたんです。でも最後の瞬間になってやっぱり、「これは殺しちゃダメだ」と思ったんです。だから殺さなかった。それは正しい判断だったと今でも思ってるけど。

――それは、物語が善なるものを帯びるために必要とすることなのでしょうか。

村上　長編小説というものは、最終的にはポジティブなものを残していかなければダメだと僕はそのときに思ったんです。もし仮にそれが悲劇的なエンディングであったとしても、それは次の段階にしっかりと繋がっていくものでなくてはならない。『ねじまき鳥クロニクル』は、あそこで主人公が死んだら、ポジティブな物語でなくなってしまうよな、という感覚がありました。だからたぶん生かしたんだと思う。

――なぜポジティブなものでなければならないと思われますか。

村上　長編小説を書くのはもちろんのこと、読むのだってすごい作業なわけじゃないですか。そのすごい作業を終えた人に対する、ある種の報酬というかね、そういうものがどうしても必要になってくる。

――はい。

村上　うん、ある程度そういうものがなければダメなんです。あそこでもし『ねじまき鳥』の主人公が死んじゃったとしたら、その結果きっと、まわりのいろんな人が傷つくことになりますよね。それはポジティブな終結ではない。言うなれば、モラリスティックな意味合いにおいて。

――それはもう村上さんの中で一つの指針としてある？　希望というか。

村上　そうですね。ハッピーエンドにしなくちゃならないというわけでもないんです。というか、僕の小説の場合、ハッピーエンドってあまりないんじゃないかな。『羊をめぐる冒険』だって最後はなんとなく寂しい終わり方だし、それから、『世界の終りとハードボイルド・ワンダーランド』だって主人公は最後は、あの世界に残るわけですよね、影と別れて一人で。決してハッピーな終わり方ではない。だけどそれでもやっぱり、人々はこの世界で生き続けていくだろうという、ある種の信頼感みたいなものが読者の中に生まれます。生き残ること、あるいは生き残った人たちに希望を与えること。それは物語にとって大事なことです。少なくともある程度の長さを持ったフィクションについて言えば。

たとえばジョセフ・コンラッドの『ロード・ジム』でジムは最後に死にます。それはもちろん悲劇的なエンディングなんだけど、でもジムの死は、ジムの生よりもむしろ、読者に救済の感覚みたいなものを与えます。それが大事なんだ。
『騎士団長殺し』の最後のほうで、まりえの免色に対する警戒心がだんだんなくなってきて、一緒に住むことになるかもね、みたいな感じになって、最初に読んだ人のなかには――今の時点で読んだ人ってまだ少ないんだけど――それはまりえらしくないんじゃないかという意見もありました。でも、僕は、そういう可能性があっても別にいいだろうという気はするんです。

――いえ、わたしもすごくいいと思う。彼女が「昔のことだから、あまり覚えてない」みたいなことを言うでしょう？　たった数年前のことを昔だと。素晴らしいと思った。というのはやっぱり、そこに彼女自身の時間が流れていることがすごくありありと感じられたし、三十代とか四十代の大人と、十代の彼女とでは、まったく時間の流れ方が違うんです。

村上　十代の女の子というのは、わりにすっと変わる。

――その否応（いやおう）ない感触が、あの台詞（せりふ）で見事に表現されてます。

村上　だから、僕はそういうのも、すっと変われちゃうということも、ある種の救いの可能性みたいなものじゃないかという気はする。

――形を変えていくってことですよね。

村上　免色さんはこれからどうなるんだろうとか、それはわからないですよね。作者である僕にだってわかりません。ただ想像するしかない。でももう主人公にとっては、そういうのは過ぎ去った世界での出来事になっています。それは「私」の物語の中には入っていきません。免色さんと笙子叔母さんとまりえがどうなるかというような話は、また別の物語になってしまう。

——最後に、「騎士団長はほんとうにいたんだよ。きみはそれを信じた方がいい」という文章で結ばれているんですけど、あれは、人に到底信じてもらえそうにない体験をしてきた「私」とまりえが、それでも、確かにあのとき、騎士団長というものを僕たちは見た、それは確かなことであって、「私」は騎士団長というものを、何か「善きもの」の予兆としてみているんですよね。結果的に助けてくれているわけですし。そして自分を信じるように、騎士団長を信じる。その結果として、「むろ」というお嬢さんが生まれる。

村上　そうです。そこに流れ込んでいく。

——それは生物学的な因果を超えたところで、これは自分にとってすごく大事な人である、そこを飛び越えたものとしてその存在を信じられるという、ほとんど無理筋ともいえるような強い意志が最後に示されるじゃないですか。これもやっぱり、ハッピーエンドというのとも違うけれど、われわれには信じるという大きな力がある……ということなんでしょうか……って聞くのもなんか変ですけど(笑)。でも何か、そういうものとして、最後に描かれていますよね。

村上　うん。僕はこの今の小説の終わり方は、自分としてはわりに気に入っているんだけど、読んだ人の中にはなんか、「え、これでおしまい？」という感じを持つ人もいるみたいですね。

――それは具体的に、「まだ続きがあるんじゃないの？」というか。

村上「こういうふうにして終わっちゃうわけ？」という感じね。「そのあとどうなるの？」という(笑)。そのへんの収め方はむずかしいところですよね。僕の小説はだいたいにおいてそういう終わり方が多いんです。でも僕にしてみれば、長編小説を書いているときには「ここで終わらせなくては」というはっきりした感覚が常にあります。だから迷いはない。

――この物語は、一度開いて始まってしまったことを、もう一度閉じようとする話でもあるじゃないですか。見なければ見ないで済んでいた世界が、ある契機から始まって、でも、それはこのままにはしておけなくて、災いとか、いろんなものが起きてくるから、それを騎士団長に助けてもらいながら、まりえと「私」がまた円環を閉じるんだっていう話。でもこの小説、村上さんの中で珍しいと思ったのは、いちばん最初に、「もう一度結婚生活をやり直すことになった」と「私」が過去をふり返るところから始まりますよね。

村上　そうです。

――あれって、妻がいなくなったというところから始まって、最後はどうなるんだろう、結末がわからない、という方法もあったと思うんですね。読者的にもカタルシスを味わえるでしょうし。「全部終わったことなんだけれども、実はね」みたいな感じで物語が始まったのは、それも自然な流れで出てきたんですか。

村上　そうです。あれは最初から書いておくべきことなんです。最初に結論を書いておく。それはネタバレとは違って、こういう物語なんだけど読んでくださいという、一種の口上みたいなものです。作者の宣言。あるいは読者への挑戦。そこにテンションが生まれる。それは最初から決めていました。

――では、「顔のない男」が出てくるプロローグは、書いている途中で遡って、冒頭に登場させた感じでしょうか。

村上　そうです。最初はプロローグ自体がなかったんだけど、あとになってそういうものが何か必要かなという気がして、遡って付け加えました。というのは、僕が最初に書いた冒頭の、「その年の五月から翌年の初めにかけて……」という文章は、物語の出だしとしてちょっと物静か過ぎるかなという気がしたからです。その前にプロローグを置いたほうが緊張感が生まれるだろうと。物語の始まりってやはり大事だから。上下巻共に三十二章って決めて書いていたんだけど、まあプロローグくらいは加えてもいいだろうと。

——一回最後まで読んで、もう一度プロローグに戻ると、まだ終わってないぞという、不穏さが生まれる。これは「私」が絵を描くことをやめられないということの表れでもあるし、一回開いてしまったものはそうそう簡単には閉じないよ、という意志のようにも見える。今は閉じたように見えるけれども、いつでもそれは開かれるものであるという。

村上　地下世界への入り口は、いつかまた口を開くかもしれない。

——閉じることができなかった。だから、あくまで対症療法でしかない、そのときそのときで対処していくものなんだなという予感がします。結局、ペンギンのお守りも返してもらえませんでしたしね。

村上　「顔のない男」の肖像を描くことができれば、ペンギンのお守りは返ってくるだろうけど、むずかしいかもしれない。でも、それは彼の人生の大きな課題になるかもしれません。そしてその課題が彼を変えていくことになるかもしれない。物語は続くんです。そこにはポストヒストリーがあります。僕がそれを書く書かないは別にして。

あと今回の小説に関して言えば、僕はこれまで油絵って一度も描いたことがなかったんです。だから油絵を描く作業のディテールがわからなくて、だいたい全部想像して書きました。それであとで専門家に読んでもらって、ここは変だとかアドバイスを受けて、細かいところを書き直しました。でも、それほどたくさんの間違いはなかったですね。

——具体的な順序とか?

村上 うん、それから道具の使い方とか、そういう細かい具体的な部分は、実際に絵を描いたことのない人にはわかりません。本当は実際に油絵を習って、何か描いてみればよかったんだろうけど、そこまでなかなか暇がなくて……。でも大筋でいえば、小説家が小説を書くことを、画家が絵を描くことにそのまま置き換えたらあとはだいたい想像力だけで書けちゃうんです。

——原理的には同じ。

村上 ほとんど同じことです。テクニカルな意味で、やっている作業が異なるだけで、作品をこしらえるにあたって、何を見て、どこに焦点を絞って、どのようにイメージを立ちあげ、どのようにそれを展開していくか、順序とか、技法とか、創作意識とか、そういったものは、小説家が小説を書く行為と本質的に変わりはないです。だから、主人公がキャンバスに向かって絵を描く作業を描写するのは、前もって予想していたほど大変ではなかった。

――免色さんが初めて絵を描いてもらうときに、肖像画を描くこととモデルとして描かれることは、お互いの一部を交換することだといった話をするあたりから、彼ら二人が、入り混じっていく感覚があるんですよね。お互いに不安定に惹かれていく状態が始まっていって、それもやっぱり、本を読む、本を書くということに置き換えられますよね。

村上　うん。そういう「交換」みたいなことに関していえば、免色さんと「私」の関係って、なんとなくホモセクシュアルっぽい要素もうかがえなくはないですよね。免色さんにそういう性的傾向があるかどうか、僕は知らないけど、そういう「求め」みたいなものが、潜在的に漂っているような気がしなくはない。これは作者のというよりは、あくまで僕の個人的意見ですが(笑)。

――政彦との会話とは違いますものね。

村上　なんとなく艶(なま)めかしいところがある。免色さんは主人公に対して、間違いなく何かを求めている。たぶん自分にはない何かを。とくに穴の底に一人で置き去りにしてもらうところなんかは、そういう求めみたいなのが感じられなくはないですよね。

書くことで村上さん自身は変化しますか？

――では、今日は最後にこの質問だけして終わりたいと思います。村上さんの小説には、例えばモチーフとして、繰り返し出てくるものがありますよね。井戸のようなものです。それはもう、出てくるものだからしょうがないとお話しされていましたが、それとは別に、小説全体の構造を見たときに、「失われたものを、もう一つの世界で取り戻す」という動き、運動みたいなものが常に描かれている。それは最初の作品からずっとあると思います。作品ごとにディテールとかモチーフとか人間関係を変えながらも、毎回お書きになっている。これを三十八年続けてこられてきて、何か変化みたいなものを感じたりしませんか。

村上　というか、そういうことを意識したこと自体がない。

——えっ……？　それは、「失われたものを取り戻す」ことを俺はやってるんだって、そもそも意識したことがないってことですか？

村上　ない。まったくない。

——そ、それは……でも、みんなに指摘されるでしょう？　インタビューでも、どこでも。

村上　うーん、どうだろう。昔は、『羊をめぐる冒険』とか『世界の終り』の頃は、そういう意識は少しはあったかもしれないけどとにかく今はないですね。

でもそう言われてみれば……（しばらく沈黙）、そうだな確かに今回の小説は、妹のコミとの関係をなんとか取り戻そうとしている話なのかもしれない。「私」と妹はかつて、どこまでも完全な関係を持っていた。ほとんど無意識な状態で、無垢な楽園状態で。それが彼女の死によって失われてしまって、等価とは言わないけれど、そこに有機的に結びつくはずのものを彼は探し求めている。そうか、今そう言われて気がついたけど。

——えっ、今、はじめて気がついた……？

村上　奥さんのユズとの関係の中に、彼はそれを見出そうとしたけど、結局うまくいかなくて、奥さんはほかの男の人と恋人の関係になってしまう。それで「私」は一人になって、山の中に籠るわけだけど、それに匹敵するものを見つけることがなかなかできない。

——最後に地底世界に入っていって、コミが失われたことをもう一回直視することによって、ようやく洞窟の狭い穴を抜けて石室の中に出ることができる。穴から引っ張り上げられたときに、ユズに対するフィルターみたいなものが彼の中に一つなくなっているんですよね。そうすることで、もう一度、本当の意味できちんとユズに出会えたという話でもあるし……。

村上　そこに「むろ」という新しい可能性が生まれてくる。たしかに、そう言われてみればそうかなと思うけど、今そうやって質問されるまで、そんなこと考えつきもしなかったな（笑）。

——わたしはいったいどうしたらいいんだろう（笑）。物語として、もうこうなるしかあり得ないという必然的なラインがあって、それこそ「顔なが」を追って地底世界に入って、何度も主人公が巡り巡っていく中で、コミを失った洞窟が出てくる。どう考えても、そのラインは見えるものじゃないんでしょうか。

村上　いや、本当にそんなこと考えもしなかった。物語の流れそのもののほうに頭がいってるし、その流れについていくのが大変な重労働で、それ以外のことはあんまり考えられないんです。実際の話。考えていたら書けない。

――そ、そうだった、意味を見ないようにするし、その意味で足を止めたら最後なんだった。

村上　いったん書き上げたあとで書き直すときは、個々の文章を磨いたり、いろんな出来事の整合性みたいなのをすり合わせていくことで頭がいっぱいだし、そういう物語の構造的なことっていちいち考える余裕がない。

――村上さんは、こうやって一作一作書いていくごとに、何回も地下二階に降りてるわけですよね。三十八年かけて、イメージ的には地下室がいくつも増えていってる感じ？　それとも地下を広げている感じでしょうか。地下の二階の空間を。

村上　いや、広げているとか深めているとかいうよりは、そこには常に変わらない世界がある。それは広さとか深さとか間取りとかを持たない世界なのかもしれない。世界自体は変わらないけれども、やっぱりそこで、より多くのいろんなものを目にとめて、捉(とら)えられるようになっているかな、という感じはあります。

――じゃあ、場所は変わらないんだけれど、そこにあるものがよく見える。よく見られるようになったってことでしょうか？

村上　うん、そうですね。そこにあるものは、時によって形を変えることはあるんだけど、結局は同じものなんです。例えば『世界の終り』では地下鉄の構内。「やみくろ」のいるところ、それから、『羊をめぐる冒険』では北海道の山荘。羊男が出てくるところですね。そういういろんな形をとってそれは現れるわけだけど、その世界自体の成り立ちや質感は変わりません。そういう世界が主人公を迎え入れていく。あるいは誘い込んでいく。『ねじまき鳥クロニクル』で主人公は、井戸から壁抜けしてその世界に入り込んでいきます。つまり、自ら意図してそこに入り込めるようになったということなのかな。

――村上さんは避雷針的な役割をして、ある意味で霊的なものや、いろんなものを受けて物語を書くんですよね。そのことによって、村上さん自身は変化しますか、書くことによって。

村上　多分してない（笑）。

――しない？　より自分を深く知ることができたとか。

村上　そういうのはないと思う。

――ない？　よく、「自分を知るために小説を書いている」って言葉をおっしゃっていましたが、それはあくまでも比喩（ひゆ）なのでしょうか。書くことは地下深くに降りていくことでもあるけれども、書くことによって自分自身が……すごく卑近な例でいうと、何か物を書くときって、鮮烈な体験がベースにあったりしませんか。例えばですよ、母と自分との関係について小説を書くとか。父でもいいけれど。それは作家自身にとってみれば、それらの関係を克服する行為だったりもするわけじゃないですか。

村上　そうなの？

――例えば、の話ですよ。そんなにびっくりしましたか？　今の。

村上　かなりびっくりした（笑）。

――あ、そこですよね。その違いがあるんだ。

村上　そんなこと、まったく考えたこともなかった。

――村上さんのデビュー作って、それはもちろん村上さんの感覚とイコールではないんですけれど、一種の「治癒」みたいなことでも論じられたじゃないですか。書くことと、治癒行為。

村上　そうだったかな。治癒ね。

――だから、その治癒の捉え方を拡大解釈していくと、例えばトラウマみたいなものを小説に書くと、それを相対化できる。そうすれば、問題が自分の中でまた変化して、違う自分になれるとまでは言わないけれど、何かしら書くほうにも変化が起きるというか。書くという行為には、そういう治癒的行為のようなものは、多かれ少なかれ、含まれていると思うんです。村上さんは、そういうことはあまりない？

村上　もし治癒的なものがそこにあるとしたら、それはこういうことじゃないかな。つまり、さっき仮説としての「僕」が、僕の小説の主人公であるかもしれないと言ったでしょう。本物の僕じゃなくて、こうあったかもしれない、仮の姿としての「僕」。人間はいろんな選択肢を選んできて、こうして今の自分になっているわけだけれど、もしある時点で違う選択肢を選んでいれば、今のような自分になっていないかもしれないわけですよね。そういった「もう一人の別の自分」になれる機会って、現実生活にはありません。でも小説の中では、もしそういう人になりたいと思えば、なれるわけです。今ある自分ではない誰かに、オルタナティブ・セルフに僕自身がなれる。そういうのは一種の治癒行為にあたるんじゃないかとは思うけど。

――その場合、何を癒(いや)していることになると思う？

村上　それはこっちの道を選んできたことによって自分の中に生じた変化、ひずみみたいなものをアジャストすることです。もうひとつの道を選んだ僕の体の中に入ることによって。つまり同化と異化を交換するっていうか。

——そこには、たとえば後悔のようなものが関係していたりするんでしょうか。

村上　後悔ってあんまりないですね。ただの物理的変更。ちょっとゆがみが生じるとか、そういうのを正すことができる。もうひとつの可能性を体験してみることで。それは小説家としての僕にとってはけっこう大事なことであって、僕が治癒というのはたぶん、そういうことを言ってるんじゃないかと思います。最近は治癒とか治療というような言葉はほとんど使わないですけどね。いずれにせよそれは、トラウマを書き換えてスッキリするとか、そういうことではまったくない。そういうことはあんまりしたくないです、正直言って。

——それは、自我の、つまり地下一階の話なんですよね。

村上　そう。そういうことをやっちゃうと話が俄然つまらなくなってしまう。そういうのって読者はわりに敏感に気づくんです。ああこれ、自分の実体験をなんとか相対化しようとして書いてるんだなとか。それでは物語が浅くなってしまうし、そういうのは僕はあまり好きではない。

「自分を知るために小説を書いている」、そんなこと言ったったっけなあ？　言ったかもしれないけど、覚えていない。というか、とくに自分のことなんか知りたくない、と最近は思うようになってきたような気がします。今更知ってもしょうがないだろう、みたいに。ほんとに。

（二〇一七年一月十一日　新潮社クラブにて）

第三章

眠れない夜は、太った郵便配達人と同じくらい珍しい

『騎士団長殺し』は絵画にまつわる作品でもあるので、絵に関係のある場所もいいですよねえ、ということで、画家、三岸好太郎のアトリエに。とても寒い日で、ストーブ三台に囲まれる。吹き抜けの天井近く、壁の高いところにそこからは降りられない穴のような扉があって「顔なが感ありますね」と言って盛りあがる。童話に出てくるような暖炉のある食卓、ソファ、椅子とアトリエのなかをぐるぐる移動しながらインタビュー。写真撮影も。裏にはよく手入れされたイングリッシュ・ローズ・ガーデンがあって、小さな白いばらがひとつだけ、何かを思いだすみたいに咲いていた。

文章さえ変わり続けていけば、恐れることはない

——『騎士団長殺し』は、あてもなく書いておいた文章が、その始まりでした。今回の一人称の「私」には、その頃ずっと訳していたチャンドラーの影響が入っているかもしれないと伺って、ああ、納得だな、その雰囲気わかる、と思ったんですけど、やはりいちばんに思い浮かべるのは『グレート・ギャツビー』です。

今日はまず、『ギャツビー』との関係から聞かせてください。地形や家の描写、免色さんの造形や、「私」との距離、関係性……ニック・キャラウェイとジェイ・ギャツビーとの関係を思い起こさせます。それは当然、意識されて？

村上　もちろん、それは始めから意識しています。

——そのあたりの話をちょっと伺えますか。

村上　言うまでもなく、谷間を隔てて向こう側を眺めるというのは、『ギャツビー』

の道具立てをほとんどそのまま借用してるし、それから免色さんの造形も、ジェイ・ギャツビーのキャラクターがある程度入っています。裕福な謎(なぞ)の隣人ギャツビーは、入り江を隔てた向こうの緑の明かりを毎晩眺めます。誰でも知っている有名なシーンですね。そして免色さんも同じように毎晩、谷を隔てた家の明かりを眺めます。一人孤独に。これはいわば本歌取りというか、フィッツジェラルドに対する個人的なトリビュートのようなものですね。ですから「私」という一人称の語り手がある程度、『グレート・ギャツビー』の語り手であるニック・キャラウェイのようなポジションになるであろうことは、当然意識していました。

——それは最初からイメージが?

村上　実際に話を書き始めて、谷間を隔てた向こう側に住むそういう人物を設定した時点で、「あ、これはギャツビーだよな」と思いました。最初からそうしようと考えていたわけじゃないんだけど。

——後から「あ、これはギャツビーだ」と。

村上　うん。ああいった立地があって、谷があって、その向こうに大きなお屋敷があるというシチュエーションが出てきて、それで「ああ、そうか、これはギャツビーだな」とはっと気づいたんです。

――これまでの作品を書くときにも、ご自身の文化的なキャビネットの中にいろんな要素が入っているから、思いがけないものが出てくることがあったと思うんですけど、今回はよりによって『グレート・ギャツビー』。村上さんにとって、ものすごく特別な小説です。

村上　僕が『ギャツビー』を訳したのは六十歳になる少し前で、チャンドラーの『ロング・グッドバイ』も同じぐらいの時期だったけど、そのあとだっけ？

――チャンドラーがあとです。

村上　あとですよね。『ギャツビー』を実際に自分の手で、一語一語丁寧に日本語に訳していくというのは、ただ読むというのとはぜんぜん違うんです。自分の中の溜まり方が違います。小説の細部が澱のようにしっかりと自分の中に溜まっていきます。そしてそういう沈殿が僕を具体的にインスパイアしていく。自然に刺激して前に進めていく。だから、『ギャツビー』と『ロング・グッドバイ』を訳したのは、自分が考えていた以上に大きいことだったかなという気がします。

――自分の中の特別な作品にそういう形でもう一回出会い直すというのは、作家としては嬉しいことですよね。

村上　うん。『ギャツビー』という小説はもう、自分の骨格の一部みたいになっています。だからそういうものを自分なりに換骨奪胎（かんこつだったい）して使うことができるというのは、すごくエキサイティングなことなんです。逆にいえば、「使い回し」といってはなんだけど、そういう枠組みや仕掛けの移行、転用ができるというのも、文芸名作の重要な条件のひとつかもしれない。そういうことが可能であるからこそ、クラシックと呼べるんだということです。

――この週末に『グレート・ギャッツビー』を読み返してみて、「あなたがいつかのお昼、デイジーを自宅に招待して、そのとき自分も顔を出させてもらえないだろうか」というくだりがあって、そういう細部もすごく響き合っていて。

村上　そうですね。そのあたりの対応はもちろん自分でも意識してやっています。書きながら心の中でちょっとだけにこりとする、という感じで（笑）。

――いいですね。これまでの作品でも、そういうふうに意識的に何か自分の特別な作品を、わかる人にはわかるみたいな感じで書かれていますよね。

村上　これまでもいくつかの作品では、そういうことをやっています。遊びというか、いわばトリビュート的に。僕は思うんだけど、人が人生の中で本当に心から信頼できる、あるいは感銘を受ける小説というのは、ある程度数が限られています。多くの人はそれを何度も何度も読み直しては、じっくり反芻（はんすう）します。小説を書いてる人も書いてない人も、そういう自分にとって本当に重要な意味を持つ小説というのは、一生のあいだにせいぜい五冊か六冊だと思うんです。多くても十冊くらいじゃないかな。そして結局そういった少数の書物が、僕らの精神性のバックボーンになっています。小説家の場合は、そのストラクチャーを何度も何度も反復し、リフレーズしてパラフレーズして、意識的に、あるいは無意識的に自分の小説の中に組み込んでいきます。それが結局、僕ら小説家のやっていることなんじゃないのかな。

ホルヘ・ボルヘスっていますよね。あるとき彼が詩を書いて、友達の前でそれを読んだら、「おまえ、五年前にそれとまったく同じ詩を書いてるよ」って指摘されるんです。でもボルヘス本人はそんなものを以前書いたことをすっかり忘れてしまっている。それについてボルヘスはこう言います、「詩人が書きたいことというのは、一生のあいだに五つか六つしかない。私たちはそれを違う形でただ反復しているだけなんだ」と。そういわれてみると、たしかにそうかもしれないなと思う。僕らは結局、五つか六つのパターンを死ぬまで繰り返しているだけなのかもしれない。ただ、それを何年かおきに繰り返しているうちに、そのかたちや質はどんどん変わっていきます。広さも深みも違ってきます。

——おそらくそのときに作家が恐れるのは、自己模倣の可能性ですよね。後退しているんじゃないかとか、同じことを繰り返しているのではないか、という感覚。同じ五つか六つのパターンを繰り返して、それでも前進していると感じられるのは、どういうところで感じられるのでしょう。

村上　文章です。

——文章？

村上　そう、文章。僕にとっては文章がすべてなんです。物語の仕掛けとか登場人物とか構造とか、小説にはもちろんいろいろ要素がありますけど、結局のところ最後は文章に帰結します。文章が変われば、新しくなれば、あるいは進化していけば、たとえ同じことを何度繰り返し書こうが、それは新しい物語になります。文章さえ変わり続けていけば、作家は何も恐れることはない。

——文章さえ変わり続けていけば、恐れることはない。

村上　うん、何も恐れることはない。文章が停滞してれば、同じことのただの繰り返しになるけれど、文章さえ更新されていれば、血肉をもって動き続けていれば、すべてが違ってきます。

——村上さんは、文章の中で一番大事なものはリズムだとおっしゃっていますが、それはリズムを突き詰めていくということでもあるんでしょうか。

村上　そうですね。響き、リズム、そういうものが自分の中で、前とは違っているという確信がなければ、やっぱり怖いんじゃないかな。文章が違ってくれば、同じ話でも進む方向性が変わってきます。作家はそうやって前進していくしかない。

――村上さんが『スプートニクの恋人』を書かれたときに、「広告批評」のインタビューで、この作品では比喩(ひゆ)を意識的にたくさん使ったと。それまでの自分自身の好きだった文体を総ざらいして、「こういう文体の小説はもうこれで書き納めだ」みたいなことを意識したとおっしゃっていたんです。

村上　うん、あのときは、文章スタイルを一度がらっと変えてみたいという気持ちはありました。

――ではそこで一回、それまでのいわゆる村上さん的な文体を全部やり尽くして、極みまで行ったということですね。『スプートニクの恋人』までは、文章が前進する過渡期でもあったわけですか？

村上　そうそう。とにかく僕的な文章、あるいはそれまで「村上春樹的文章」とされてきた文章を、つまり比喩をたくさん使った軽快な文章みたいなのを、とにかくやれるところまでとことんやって、「もうこれはいいや」と思って、そのあとに違った文体が出てくるといいなって。そのあと『海辺のカフカ』に行くんです。で、『海辺のカフカ』という小説は、それまでの文章を使っていては書き切れない話です。違う文体を引っ張ってこなくちゃいけない。そうやってちょっと違う文体を試し試し使っていると、星野君とかナカタ老人とか、これまで書いたことのないようなキャラクターが自然に登場してくるわけです。でもそこに至るまでには、ある種の総ざらいみたいなことをいったんしておかないとだめなんです。

『ノルウェイの森』幻のシナリオ

――デビュー、二作目のときには、まだ小説というものがよくわからなくて、自分のスタイルを身につけるのに時間がかかったとおっしゃっています。そこから『スプートニク』まで長い時間をかけて、さきほど村上さんがおっしゃった「僕的な文体」を作り上げていったわけですよね。それを一旦（いったん）総ざらいして次の文体に行くときに、具体的に作家ができることは、どういうことがあるのでしょう。

村上　もちろんそんなに簡単に文体を総ざらいして、新たなものをつくって、みたいなことはできません。そんなに急に、これまで使っていない筋肉を使うことはできないから。ただ気持ちとして、新しい方向性に文体を転換して行こうということです。新しい文体が新しい物語を生み、新しい物語が新しい文体を補強していく。そういう循環があるといちばんいいですね。

——書き手にもよるけれど、自分の文体って何だろうとか、何らかのシグネチャーが入っているような文体を獲得するのは、やはり基本的には難しいことじゃないですか。その文体がいいものなのかどうかという見極めも含めて。村上さんの書いた文章だってことをわからせつつ、次のフェーズに持っていく、それを読者と共有するというのは、なかなかできることじゃないと思うんだけれども。

村上　僕は文章を書くのが好きなんです、結局。いつも文章のことを考えている。いつも何かしらの文章を書いている。いつもいろんなことを少しずつ試している。文章というツールが自分の手の中にあるだけですごくハッピーだし、そのツールのいろんな可能性を試してみたいんです。せっかくそういうものを手に入れたんだから。

——絶対に足が止まりませんよね。停滞せずにずっとシームレスに動いていて、近くで見ていてもその変化ってわかるんだけど、ちょっと引いて見たときに、つまり何年かあとに見たときに、ちゃんとこう、有機的にグラデーションがついている。

村上　この前も言ったけど、僕は『ノルウェイの森』で、リアリズム小説を書き切るという実験をやりました。『スプートニク』は、これまでの文体の総決算をやってしまおうと思って書き始めました。それから『アフターダーク』では、ほとんどシナリオ的な書き方をしました。そういうふうに、「少し短めの長編」ではいつも自分なりの実験みたいなことをやっています。今回はこういうことを試みてみよう、という挑戦をやっているわけです。『多崎つくる』も僕としてはわりに実験的というか、いうなればグループを描く小説です。そういうものは以前には書いたことがなかった。あれぐらいの長さの小説って、書き手としては一番実験がしやすいんです。

　短編だとある程度のまとまりが必要になってくるし、長い長編だと生半可なことはできない。中途半端に実験的なことをやると収拾がつかなくなりますから。でも『スプートニク』とか『国境の南、太陽の西』とか、それから『アフターダーク』、『多崎つくる』、あのぐらいの一冊本だと、そういうわりに突っ込んだ実験ができます。感覚を思い切って解放し、新たなシチュエーションを試してみることができます。だから、僕にとってはすごく大事な容れ物なんです。でもあのサイズの小説って、おおむね読者の評判がよくないんですよね。

——心当たりはありますか？（笑）

村上　わからない。なんでだろう（笑）。短編は短編で、ある程度評価してもらえるし、長い長編は長編として評価してもらえるんだけど、あの中くらいの小説というのは、少なくとも出した時点では、なぜか酷評されることが多いみたいですね。手を抜いているとか、これまでと同じだとか、あるいは逆に新しいことをやろうとして失敗しているとか。

——やっぱり短編と長編の中間的な存在になるから、読者はもっと大きな物語に対する萌芽(ほうが)みたいなものを期待して、不完全燃焼な感じがあるのかな。

村上　わかんない。僕は個人的にはそういう小説にひとつひとつ愛着があるし、外国では不思議なくらい評判がいいんですけどね。

——短編小説の読んだあとの切れ味、爽快感(そうかいかん)みたいなものと、分冊本の長編小説のダイナミズム、どっぷり嵌(は)まる体験というもの、村上さんの読者はその両方知っているけれど、短めの長編の場合は、自分がどういうふうに作品と向き合っていいのか、ちょっと戸惑うのかもしれませんね。

村上　読者カードには、もうなんか批判的な意見ばっかり書かれていて、担当編集者はものすごく暗くなってましたね。あれは気の毒だったな(笑)。でも、僕はあまり気にしなかった。というのはある程度時間が経(た)つと、不思議に再評価みたいなのが出てくるんです。「実は好きでした」とか、カミングアウトしてくる人もいる。あとになればなるほど、だんだん評価が高くなっていく。

――「実は好きでした」って、不思議な感想。何に遠慮しているんでしょうね（笑）。最初から言えばいいのに。

村上　あるいは何か読む人の居心地の悪い部分を刺激する、みたいなところがあるのかもしれない。それが反発を買うのかな？　でもそういう短めの長編小説でしかできないことって確実にありますし、僕の方にはそれなりの手応え（てごた）えみたいなのがきちんと残っているから、評判が良くなくてもべつに心配はしません。頭にあるのは、「さあ次に行こう」ということだけです。

――でも、村上春樹という作家の何かをつかもうと思ったときには、ミドルクラス、四、五百枚の作品のなかに、大きな手がかりというか、大事なものがあるとも言えますよね。

村上　うん。そうかもしれない。そのサイズの小説が節目みたいになって、その成果が次の長編につながっていくということは確実にあります。だから僕はよく艦隊に喩（たと）えるんですが、でかい戦艦があって、それから巡洋艦があって駆逐艦があって、さらにもっと小さい船とか潜水艦が艦隊を組んでいる。一番でかい戦艦というのが僕にとっての大長編なわけですが、それだけに動きが不自由になります。で、短編というのは小さい船で、小回りはきくけど、火力なんかはやはり足りないところがある。そういうときに、ちょうど真ん中のサイズの船があるとすごくありがたいんです。

——でも、短編もだんだん長くなっていますよね。二〇一四年の『女のいない男たち』も、それぞれ八十枚前後ですよね、もちろん短編の範囲ですけど、長めの短編というか、最近はものすごく短いものは少ないですよね。昔はとても短いのがたくさんありました。

村上　そうですね、だんだん長くなっているかもしれない。またいずれ短いものも書くと思うけど。

——『女のいない男たち』のときは？

村上　うん、あのときはね。長いものを書きたい時期だったんです。書いているうちにイメージがどんどん膨らんでいって。書きたいことがたくさんあったし、能力的に長く緊密に書き込めるようになった、ということもあります。それが面白かった。

——「三つのドイツ幻想」なんかは、短くて詩的な三つの話で構成されていて、村上さんのなかでも実験的な短編小説です（註・『螢・納屋を焼く・その他の短編』一九八四年刊所収）。

村上　昔のものですね。ああいう感覚的なものを書くのが好きな時期もあります。雑誌媒体によってそういう短いものを求められていたということもあるけど。今は雑誌の注文を受けて書くことがないから、だいたい書きたいだけ書けちゃう。だからつい長くなってしまうのかもしれないですね。でもまた短いのも書くと思いますよ。そういう時期になれば。

――今回の『騎士団長殺し』は、物語としても長いのですが、ディテールに関しても、特に第1部などは、みっちり描き込まれています。パラフレーズが駆使されて、まるで「文章で描写できないものはない」というような意志さえ感じさせる密度です。一つの対象について、すごく粘り強く描いていらっしゃる。これまでもそうだったんですが、その視点が今回また、少し変わったような感じでした。

村上　僕はもともと情景描写みたいなのが、わりに苦手だったんです。

――初期の頃ですか。

村上　最初の頃。会話とか動きのある描写なんかはわりに滑らかに出てくるんだけど、動きを控えて、腰を据えて細部のすみずみまできっちり描写していく、みたいなのはどうも苦手だった。でもだんだんそれができるようになってきて、嬉しくてついつい書き込んじゃうところはあるかもしれない（笑）。

――初期の頃は確かにそういう描写よりも、ミニマムな切れ味というか、アフォリズムのイメージが強いですよね。でも、苦手だとおっしゃいますけど、三作目の『羊をめぐる冒険』のときにはもう、風景描写が素晴らしいじゃないですか。

村上　そうかな。そんなこととくに思わなかったけど。

——あの山小屋に行くときの、広い草原を歩いていくシーンとか。白樺とかわたし、見たつもりになっていますよ。風景描写とか情景描写みたいなものって、いつぐらいから書けるようになってきたという自覚があるんですか。

村上　いつぐらいかなあ。つい最近のことのような気がするけど。でも風景描写みたいなのは昔から不得意だったです。心理描写はもっと不得意だけど(笑)。

——そういうときは、「ここにちょっと風景描写を入れといたほうがいいんだけど、書くの嫌だな」という感じですか。

村上　そう。小説には本来のバランスというものがあるから、「やだけど、面倒だけど、ここは何か書かなくちゃな」って。

——小説がそういう描写を欲しているわけですよね。

村上　うん。そうです。だから、『アフターダーク』を書いたときが一番はっきりしてて、最初はもう会話だけささっと書いて、間には簡単なト書きだけをメモしておく。で、最後まで全部書き終えてから、そのト書きの部分を「よっこらしょ」という感じで細かく文章的に書き込んでいきました。そういう書き方をするのもいい勉強の一つでしたね、僕にとっては。

――会話だけ書くのは、どうでしたか。楽しかったですか。

村上　楽しかった。そういうのって、すごく速く書けるんですよね。僕の場合、風景描写なんかはかなり綿密に気合いを入れて書き直すけど、会話に関してはほとんど書き直しません。ほとんど何も考えないと言ってもいいくらい。一発でだいたい決まる。

――例えば会話だけの状態だと原稿用紙で何枚ぐらいだったんでしょうかね。会話だけでどれぐらいの長さのものが、地の文を入れると何割ぐらい増えるんでしょうね。

村上　忘れたけど、風景描写なんかを入れるともちろん長くなりますね。だけど、例えばほとんど会話だけでできている戯曲とかシナリオを書きたいかというと、とくに書きたいとは思いません。

――それはどうしてでしょう?

村上　やっぱり小説が何より好きだからね。会話があって、細かい描写があって、そのふたつが有機的に結びついて世界が形作られていく……そういう成り立ちが好きなんです。書くのは大変でも、やはりそれが僕にとっての最終形じゃないかと。

――読むのはどうですか。戯曲的なもの。

村上　読むのは別に嫌いじゃない。大学で映画演劇科に行って、戯曲とかシナリオをたくさん読みましたから。一時は毎日のように、早稲田の坪内逍遙記念館の図書室で古いシナリオを漁（あさ）って読んでいました。実際の映画を見ないで、シナリオだけ読んでいるのって、意外に面白いんです。自分で映像をどんどん勝手に想像できちゃうから。でも自分で書くのは駄目です。地の文章がないと我慢できないですね。

——会話文とト書きだけの『アフターダーク』をバーッと書き終えて、ト書きを見て、さあここから地の文を入れていくかというときは、嬉しい感じでしょうか。

村上　うん、そうですね。間に合わせのト書きの部分がだんだん自分固有の世界になっていく。それは嬉しかったです。僕はやはり小説家なんだなと、あらためて実感しました。そういえば、『ノルウェイの森』をトラン・アン・ユン監督が映画にしたときに、僕もいくつかのエピソードをシナリオとして書いてみたんです。

——え、村上さんが？

村上　彼の最初のシナリオを読んでみて、いくつか「ここはこうした方がいいんじゃないか」と思う箇所があって、僕なりにそこのシーン書き直してみたんだけど、トランはやはり気に入らなかったみたいですね。彼には彼の独特の美学があるし、ただでさえ頑固な男です（笑）。もちろん僕はすぐにひっこめました。小説は僕のものだけど、映画は彼のものだから。

――そんなやりとりがあったんですね。

村上　映画というのは総合芸術ですよね。役者がいて、監督がいて、シナリオライターがいて、カメラがいて、予算があって、いろんな人の力が集まってできあがる芸術です。僕はそういうのにはどうも向かない。小説というのは最初から最後まで一人だけでやれます。こんなに楽しいことはない。

――そう、まあ、ごく控えめに言って最高ですよね（笑）。

村上　うん。とにかく机があって、紙とペンがあればできちゃうわけだから、こんな楽なことはないですよね。誰に文句言われることもないし、なんだって自分の好きなように書ける。書いたものをけなされても褒められても、それを引き受けるのは自分一人じゃないですか。そういうのは潔く（いさぎよ）ていいし、僕はそういうのが好きだから。

――村上さんの性格に本当によく合っていたんですね。

村上　うん、まさに天職です。長いあいだずっと一人でいても、淋（さび）しいとか思うことはまずありませんから。

本当に求めているのは、男性なんじゃないのかな

――前回のインタビューから二週間ぐらい間があって、もう一度『騎士団長殺し』を読んでみたんですけども、前回のお話で印象に残ったのが、免色さんと「私」のあいだに、穴に置き去りにするか、しないかって会話のところで、セクシュアリティ、色っぽさみたいなものをほのかに感じたとおっしゃっていて。あれって書き終えて読んだあとに、「そういえばちょっとここはそういう雰囲気あるな」と思うのか、あるいは書きながらそういうものって感じるんでしょうか、そのムードみたいなものは。

村上　書いているときって、そういうのはあまり感じていないかもしれないですね。あとになって「そういえば、そういえなくもないかな」って思うようなことが多いです。

――これまで登場人物の男性同士の関係というのは、デビュー作の「僕」と「鼠」の関係だったり、「キズキ」がいたり、「永沢さん」がいたり、「五反田君」がいて、ニック的な語り手がいて、男の人たちの関係がたくさんあるんだけれども、男性同士のいわゆるセクシュアルなイメージを具体的にお書きになったのって、『多崎つくる』

の「灰田さん」。

村上　灰田さん、うん、そうですね。

——ええ、灰田さんが初めてだと思います。村上さんは以前にもおっしゃっていますけど、村上さんの小説におけるセックスというものは、何かしら儀式的な、精神的なものの入り口として機能してる場合が多いと。そこに男性、いよいよ男性がそこに登場した、みたいな驚きがありました。それについても、あんまり意識はせずに？

村上　全然意識はしなかったし、とくに何か違うところがあると僕は感じないんだけどね。何かありましたっけ？

——ありましたよ。つくるが、灰田さんの口の中に射精するんです。

村上　あったっけ？　そんなの。夢で？

——ええ、夢というか、灰田さんがつくるの部屋に泊まりにくるんですよね。きれいな顔した灰田さんでしたよね。それで、灰田さんが家に泊まった夜、つくるが夢を見るんですよ。

村上　夢のことですよね。

——はい、夢を見るんです。シロとクロと呼ばれていた女の子と三人でセックスしている夢を。それで、最後の射精がなぜか灰田さんの口の中という。

村上　全然覚えてませんね、そんなこと。

――いま村上さんの無意識に仄(ほの)かに触れたような感じもあるんですけれど(笑)。ともかく、そういうシーンがあったんですよ。そこで読者は、これまで女性がそういった何か無意識の領域で何かを導いたり、何かの入り口になったりしてきたことはあったけれど、今度は初めての男性相手で、もしかすると、自分自身の影みたいな存在に向かって放ったのではないかと。

村上　全然覚えてないな。だから、たぶん意識もしてなかったんだと思います。

――この灰田さんという方が、中性的な不思議な存在感を持っていて。

村上　そうですね。彼はあの小説の中で不思議な役割を担(にな)っています。というか、あの小説は彼を、あるいは灰田父子を必要としていたんだという実感は、僕の中に今でも残っています。灰田という名前そのものがそれを物語っていますよね。

――村上さんの小説って、はじめに奥さんいなくなるとか、猫もそうですが、何かがいなくなる。女性が去っていくというのが一つのモチーフとしてあるじゃないですか。

村上　うん、そういうところもあるかもしれない。

――女の人というものが、欠如するものとして、あるいは喪失のイメージとしてあるのはわかるんですが、そのことについては主人公も、もう半ば諦めているというか、その世界の前提としてあるような気がするんですよね。で、主人公が本当に求めているのは女性なのではなくて、じつは男性なんじゃないのかな、と思うことがあるんです。親友って言ってしまうと少しニュアンスが違ってくるんですけれど、あるいは本当の自分にめぐり会うことのメタファーと言いますか……とにかく男の人との関係について、そうとは書かれてないんだけど、すごく求めているように感じるんですよね。魂のレベルで求めているのはじつは男性であるというか。ゆえに、主人公の抱く喪失感というのも、じつはつねに男性に向けられたものなのではあるまいかと。今日お話を伺っていると、まさに『グレート・ギャッツビー』にもその原形があるとは思うんですが。

村上　『ロング・グッドバイ』にもそういう傾向はあるかもしれない。あの人、何ていったっけ、フィリップ・マーロウと友達になる……。

——あの、ギムレット飲む人ですよね。テリー・レノックス。

村上　そうそう。テリー・レノックス。ニック・キャラウェイにしても、フィリップ・マーロウにしても、女性よりはむしろ男性の中に、何か大事なものを求めているかもしれない。おそらくは自分にはない部分みたいなものを。

――自分にはない部分？

村上　前にも言ったように、自分がそうであったかもしれないけど、実際にはそうではない自分の姿。おそらく「失われた可能性」と言っていいでしょうね。それは原理的に、異性よりは同性の姿をとることが多いかもしれない。

――村上さんの人生でベスト3の小説に入る『ギャツビー』と『ロング・グッドバイ』は、どちらも男性同士の話ですよね。今日の冒頭のお話にありましたが、そういったものが村上さんの中にはけっこう根強くあって、パターンを繰り返すじゃないけれど、あるフォーマットとして、やはり深く根ざしている。

村上　そうかもしれない。でもね、それは男性原理みたいなのとはちょっと違うところで成立しているものです。「男心を男が知る」みたいな美学とは少し違います。その相手は女性であっても決しておかしくない。ただ、どう言えばいいんだろう、そこにある、ある種のストイシズムというか、原則みたいなのを描くには、どうしても同性同士の方がより描きやすいんです。グレイス・ペイリーの短編世界だっておおかたの場合、女性同士の友情で物語が展開していきます。男性はほとんど異物として扱われている。僕はもちろん女性を異物としては捉えていないけれど、それでもやはり男性の方をより知悉していることは否定できない。

——まず情報量が圧倒的に違うわけですし。

村上　そうですね。だから、僕は免色さんという人を書いていて、免色さんが何を考えているか大体わかるんです。大体わかる。非常に謎に満ちた人ではあるけれども、なぜそれが謎なのかというところまで大体わかる。女の人で、もし免色さんの立場にいる人を書いたとしたら、そこまではわからないと思う。もちろん「わからない」ということが、物語的にひとつの強みになることもあるわけですが。

——では、ミステリアスな人物を書くときには、やっぱりその人のミステリアスさの正体みたいなものをある程度把握してないと、うまくはいかないですか。

村上　というか、リアルに書かないとミステリアスにならないんです。ミステリアスに書こうと思ってミステリアスに書けるわけじゃないから。できるだけリアルに書こうと思って、それでもミステリアスになってしまうというのが、結果的にミステリアスな造形の人物になるのであって。

——まずはリアルな把握が必要だと。

村上　うん。もちろんある程度の実像を捉えていないと、人物描写はできません。

——でも、村上さんが免色さんについてわかるということは、読者と共有される必要はないわけですよね。

村上　免色さんには免色さんのプレヒストリーがあります。小説に出てくる免色さんが僕らに関わるのは、たかだか一年ぐらいのスパンの出来事でしかないわけだけど、その一年に至るまでの彼のプレヒストリーがもちろんあり、そのあとにポストヒストリーがもちろんあるわけです。書いているうちに僕の中で、だんだんそういうことが判明してきて、彼の個人史のおおまかなかたちが見えてきます。でも僕としては、実際に見えないところはほとんど書かない。今目の前にいて、動いている免色さんだけを書きます。そのへんの見切りが大事になってきます。

フィッツジェラルドも、ジェイ・ギャツビーという人物を書き込んでいくのはすごく面白かったと思うんです。物語の語り手であるニック・キャラウェイは、明らかにフィッツジェラルド自身の投影なんだけど、それはかなり素直な、実際的な投影です。ところがそれがジェイ・ギャツビーとなると、彼は作者自身の中にあるいろんな要素をかなり意図的に膨らませたり縮めたり、デフォルメしたり飾り付けしたりして、そのキャラクターにくっつけていきます。その両者の比較というか、組み合わせが面白いわけです。ニック・キャラウェイというよりプラクティカルなモデルと、よりフィクショナルな投影であるジェイ・ギャツビーが絡み合うことによって、あの小説はとても複雑な、魅力的な動き方をすることになります。

それは今回の主人公の「私」と免色さんについても、ある程度いえることなんだけど、僕の小説の場合、免色さんはフィッツジェラルドほどにはカラフルに膨らませてない。もう少し控えめな感じになっています。そして彼は僕の投影というのでもない。というのは、彼はギャツビーとは違って、この話の主人公ではないから。でもこの話にとっては、とても大切なキャラクターですね。

——今までの小説でも、免色さんポジションにあたる登場人物って、いるといえばいるんですよね。すごく重要な人物として。でも、やっぱりちょっと違う。

村上　うん、かなり違うだろうと思います。

——見ようと思えば共通点は見られるんだけれども、何というかな、定点を持ちませんよね。免色さん自身も、小説内での存在的にも。

村上　結局、これまで登場した男性で、免色さん的な人物があまりいなかったというのは、僕の年齢的な問題もある程度あったと思うんです。僕はいま六十代で、これまでの主人公は大体いつも三十代。それと同時に、ある程度の年齢の人を脇役として登場させられるようになってきた。というのも、僕がそういう年齢を自分で実際に経験しているからです。

免色さんは五十四歳ですよね。僕は五十四歳というのをすでに一度経験しているから、それがだいたいどういうものなのか、自分でわかるんです。実感として。僕が三十代の頃に五十代の人を書いても、なかなか本当のところはわからなかったと思う。ある部分はまったくの想像で書くしかありません。でも、自分で実際にそれを経験してみると、苦労なく書けるということはあります。それは大きいかもしれない。

——さっきの話で、ミステリアスな造形をしたいときには、読んだ人にはどういう人物なのかわからなくても、自分がある部分がわかっていると確信が持てる、ということと同じでしょうか。

村上　そうですね。だから、昔、自分の経験してないことを書いたところは、読み返してみるとやっぱり何か大事なものがちょっと欠けてるかな、と自分でも感じることがあります。

——それは、この人物には五十歳や六十歳のリアリティがあるとかないというような話でもないですね。六十歳の人を書こうと思ったら、六十歳の人たちの情報を集めて書いてみれば、おそらく六十歳のことは書けるかもしれないんだけれども、彼らを本当に書けた、ということにはならない。

村上　ほんのちょっとしたことで、リアリティは違ってきます。実際に自分が経験してみると、人物を造形しながら、「このほんのちょっとしたことが役に立っているんだな」という実感を持つことがあります。そういうのがあるのとないのとでは、やはり微妙に違いが出てくる。

——ただ、村上さん、みんな子ども時代は経験しているはずなのに、すべての作家が子ども時代について書けるわけじゃないですよね。

村上　もちろん。

——そこにはどんな違いがあると思いますか。

村上　前にも言ったけど、僕が『カフカ』を書いたとき、十五歳の少年を書いたわけですが、そのときに感じたのは、とにかくどこまで記憶をよみがえらせられるか、ということでしたね。記憶というのは努力して引っ張り出す、引きずり出すものです。穴の中から小さな動物を引っ張り出すみたいに。そういう努力すらできない人、努力してもうまくいかない人、あるいはそういう生き物が既に消えてなくなってしまっているという人はたぶんいるでしょう。でも小説家はなにしろ想像することが仕事なんだから、とにかく精一杯努力をして、なんとかそこにある記憶を明るみに引き出してこなくちゃいけない。

——しかも、その質感を自分の中だけでわかる感覚でつかんで、さらにそれを、個人的なこの感覚を、言葉という共通のものに移し替えるのは、けっこう大変なことで。

村上　それはとても難しいことですね。

——そして、その読んだ人のイノセンスとも響き合わないといけないわけだから、今の自分からかけ離れたキャラクターを書こうと思ったら、常にたゆまぬ努力が必要になる。

村上　そうですね。少しでも造形を立体的にしていかなくてはならない。

——ただ、過去にも、五十四歳だけじゃなくて、村上さんが通過した年齢の登場人物をお書きになっていると思うんですが、免色さんというキャラクターが物語の中で担うイメージは、初めてのような気がしました。

村上　そうですね、それはあるかもしれない。

——物語的にも、彼が何に属しているのかがわからない。どういう感情に属しているのかもわからない。だから、彼の存在はあの穴自身に一番近いのかな、とか。なんか、小説の中に免色さんが偏在しているという感じがありますね。

村上　悪意と善意、熱意と諦観(ていかん)、内に向かう孤独と外に向かう求め、豊富と渇望(かつぼう)、そういったものの区別が、彼の中ではっきりつかないところがある。だから、僕も免色さんを書いていて、とても面白かったですね。興味深かったというか。この人は一体どういう人なのか、僕にも最初は見当がつかなかったから。

――何を考えて、どういうことをしてきたか、さきほどプレヒストリーとポストヒストリーはわかるとおっしゃっていましたが、それでも、どういう人なのかはわからない。最後にまりえさんがクローゼットのところに隠れるシーンで、免色さんとも何者ともつかない存在が、クローゼットの前でピタッと止まるじゃないですか。あれもまた、免色さんの一部だろうし。

村上　うん、おそらくそうなんでしょうね。僕にも本当のところはわからないけど。

――もし免色さんの存在が善なるものだったら、まりえさんはたぶん、クローゼットから出られたはずですよね。

村上　あるいはそうなるかもしれない。

――うん、出られると思いますね。でも、絶対クローゼットからまりえさんを出させない何らかの事情が、免色さんの存在にあったわけですよね。しかし小説における全体の「悪」のようなものを背負っている感じでもない。

文章を書くことで、自分を知るということ

——今回の『騎士団長殺し』って、最初にもお話ししたんですけども、これまでにない「悪」というか、悪い場所のようなものが、描かれているような気がするんですよね。つかめないいんだけれども、村上さんの小説にずっと最初からモチーフとしてあった「悪」のようなもの。これまでとは全然違う形として、何かここにはある気がするんです。最後に出てくる東日本大震災の、あの自然災害のあり方、あれも「悪」とは言えないけれども、「悪」ともいえるわけで、そのありよう。どう受け止めていいのかわからないという実感と、小説全体に漂う不穏さがすごく響き合っている。

村上　あの白いスバル・フォレスターの男についても、彼がどういう男なのかは、僕にもよくわかりません。ちなみにスバル・フォレスターについては、いろいろと妙な話があって……。

——どんな？

村上　小説に出てくる白いスバル・フォレスターの後部ドアにはタイヤケースがついていて、「SUBARU　FORESTER」とロゴが入っています。僕はアメリカで暮らしているとき、その車名のロゴが入っているタイヤケースをよく見かけた記憶があります。スバル・フォレスターって、アメリカでかなり人気の高い車種なんです。それでその記憶通りに描写したんだけど、新潮社の担当編集が調べたら、スバル・フォレスターにはそもそも、純正のタイヤケースがないんです。そういうオプション装備がないらしい。

――本当はそうだったんだ。

村上　実際にはタイヤケースなんてついてない。

――なるほど。

村上　つまりタイヤケースのついたスバル・フォレスターは、実際には存在しないということです。「いや、僕はアメリカで見たんだけど」って言って、もっと詳しく調べてもらったんだけど、アメリカの自動車関係者に聞いても、純正のものは存在しないらしい。

――それって、何を見てたんだろう。

村上　そのロゴの記憶がはっきりあるんです、僕の頭の中に。だから当然存在するものと思って書いたら、ないと言われて。でも、全部書いちゃったあとで今さらなくすわけにいかないし（笑）。とにかく、僕の小説の中にはタイヤケースのついたスバル・フォレスターは存在するけど、現実の世界ではたぶん存在しないんですね。

――それは面白いですね。

村上　うん。所詮（しょせん）どこまでがリアルなのかわからない世界を描いた小説だから、それもまあいいやと思って、もうそのまま押し切らせてもらいました（笑）。ですからタイヤケースのついたスバル・フォレスターを中古屋で探したりしないでください。たぶんありませんから。

――そのエピソードも何かを背負っているような。

村上　スバル・フォレスターの男は、音楽の不吉なライトモチーフのように、物語のところどころで顔を出してきます。

――うん、出てきます。

村上　彼がどういう存在なのか、それは僕にもわかりません。小説的にはわかっているけれど、説明することはできない。だから、例えば免色さんらしき存在が、まりえの潜んだクローゼットの前にじっと立っているというのも、小説的には理解できるんだけど、意味的には説明できないですね。そういう要素が小説には必須であると僕は思うんです。作者はそれを小説的に、物語的には説明できるけれど、意味的には説明できない。そしてそれを説明しちゃうと小説にならない。そういう部分を多くの評論家は意味的に説明しようとします。それがうまくいく場合もあるし、うまくいかない場合もあるけど、もちろんそれは評論家の勝手というか自由であって、僕には何とも言えない。良いとも悪いとも言えない。読者もまた好きに考えればいいわけです。僕の役目はテキストを提供するだけだから。

――村上さんはあるインタビューの回答を「書いても書いても、まだまだ書くことが出てきそうだから、僕のその闇というのは自分でもわからないですね」というふうに結んでらっしゃる。つまり、さきほどのお話でおっしゃっていた、「意味的には説明できないこと」がエンジンとなって、自分では絶対に意味をつかめないものが自分の中で動きだすから、物語を書く。

村上　当然そういうことになります。

――では書き終わったあとに、どこかの時点で暫定的にでも、自分のことを知ることができた、と思える瞬間は訪れるのでしょうか。「自分を知る」というのは、どこで、どんなふうに、知ったことになるんだろう。

村上　それははっきりしていて、さっきも言ったように、小説的にわかっているけれど、意味的には説明できないところってありますよね。でも書き手としては、その部分を小説的にしっかり書き切らなくちゃいけない。この文章はあっていいのか、ないほうがいいのか、ここまで書いて、この先は書かないほうがいい、とか、そういう見切りをつけなくちゃいけないわけです。そういういくつかの決断をすること自体が、自分を知ることになる――僕はそのように感じています。文章というのは鋭く、微妙な道具です。刃物と同じで、寸止めするとか、ちらりと突き刺すとか、いろいろ使い方があります。紙一重の距離感。そういうものがつかめてくれば、それは自分を知ることになるかもしれない。例えばまりえが……まりえだったっけ？

――まりえです、秋川まりえ（笑）。

村上　クローゼットの中にいて、その前に男が立って黒い影があって、長いあいだそこでじーっとしていますよね。その描写をどこまで書くべきかというのは、技法としてかなり難しいんです。そこでまりえが何を思っているかも、それをどこまで書いていいか、どこから書いちゃいけないか、とても微妙な決断になります。その線を一つ一つ引いていくんです。それを何度も何度も読み直し、検証し、納得のいくまで書き直す。その線引きの正しい加減を知るということが、つまりは自分のありようを知ることに繋（つな）がるんじゃないのかな。

――小説を読み直してみて、これは自分の中のああいう部分が出てきたんだな、とか、これを書いたのはこういう理由だったんだな、とか、自分の知らない自分を解析するような、そういう答え合わせ的なものではなくて……。

村上　ではなくて。

――何をどこまで書くかといった具体的な作業の中にあらわれる。

村上　そういう作業の精度そのものが大事な物差しになってきます。だからそのへんは納得のいくまで書き直します。

——あくまで文章の生成の中に、自分というものがあるということ？

村上　最終的にはもうそれは勘でしかないわけ。ここは書いちゃいけない、ここは書かなくちゃいけない、ここはすっと流さなくちゃいけない、ここはしっかり足を止めなくちゃならない、とにかく勘を研ぎ澄ませて文章を彫琢(ちょうたく)していく。長編小説の中にはそういう肝の部分がいくつもあります。そういう部分での作業がいちばん難しいんです。もちろんいちばん面白くもあるんだけど。

——とても興味深い。

村上　だから、どれだけ書き直しても十分とはいえないけれど、あるところまで来ると、もうこれ以上は動かせないという線ができてきます。

——それは技術的に今自分の限界がこうだとかそういうことじゃなくて、この形を、この形まで行くという。

村上　もちろんその時点その時点での限界はあるけれども、ここはもう勘ですね。これでいい、と勘が告げてくれる。そういう勘が働かないと、永遠に直し続けることになりかねないし、それはそれでまたまずいことです。

——それは書かれている内容を問わず、いくつもそういう場面があるということ？

村上　そういう困難なブロックがいくつかあるわけ。例えばほかのところでいうと、「顔のない男」が川を渡らせるでしょう。あの部分も簡単じゃなかった。

——ええ。

村上　渡し守が何をどこまで主人公に語るか、どこからは語らないか。彼がどういう態度をとるか、何をおこなうかって、その区切り、寸止めがけっこう難しいです。そういう難度の高いブロックがいくつかやってきて、そこをうまく乗り越えていくというか、隅々まで文章を詰めていく作業が大事になってきます。

——その作業の中から自分というものが見えてくる。作業を繰り返し、向き合っているときの感覚を得ることが、自分が自分に触れるということなんですね？

村上　そういうことです。何もかも忘れて神経を文章に集中していると、厚い雲間から太陽の光がこぼれるみたいな感じで、自分の意識の情景がさっと俯瞰(ふかん)できる瞬間があるんです。ほんの一瞬のことだし、そこにある何かを記憶するということもできないんだけど。でもその俯瞰の感覚は残ります。

——じゃあ、村上さんがそこで出会う自分というものを、説明することはできないわけですね？

村上　できない。

――その作業の中に、文章の生成の中にしか存在しない。

村上　何よりも文章が大事です。僕らは文章を通して世界を見るんだから。その精度を少しでも上げることは、一種の倫理のようなものです。でもこの前の回にも言ったように、文章というのはあくまでツールです。それ自体が最終目的ではない。

――村上さんがそこで出会った自分、あるいは自分を知る行為とは、ほかのどんな形にも置き換えられないものですね。

村上　置き換えられないですね。

――小説を書くという行為と自己については、村上さんはこれまでたくさん話されているけれど、文章の生成の中だけにそれが存在する、というのは初めてお聞きしました。

村上　初めて？　いつも言ってるような気がするんだけどなあ。

――初めてですね。わたしはずっとお聞きしたかったんです。村上さんは自分を知るためにお書きになるというけれど、でも、その自分って何なのか。発見って何なのか。どの段階でそれを発見するのか……それについて、どうおっしゃるのかと。

村上　発見といっても、「こんなこと、今まではわかんなかったけど、これでよくわかった」とか、そういうめざましい種類の発見みたいなのはまずないですね。わからないものはわからないもののままだけど、その誤差を少しずつ詰めていく。僕がやってきたのは、要するにそういうことなんだと思う。

——それは村上さんにしかわからないことですね。ほとんど体験だから。

村上　どうだろう。あるいは、そのほんの何分の一ミリの詰めというのは、ほかの人にとってはほとんど意味のないことかもしれない。でも僕にとってはすごく大きな意味を持っている。だから昔書いた自分の文章ってあまり読みたくないんです。その精度が気になってしまうから。もちろん小説というのは文章の精度だけで成り立っているわけじゃないから、読む人はそんなに気にしなくてもいいんです。でも僕自身は気になりますし、まず読み返さない。若い頃になんかもう戻りたくない、というのと同じような気持ちです。

——自分のことを知るために書くというと、どうしても「自分自身を知る」っていう、使い古された「自分探しの旅」みたいなことに当てはめてしまうことが多いと思うんですが、そうじゃない。文章を磨きあげるというその行為の中のある一瞬、その体験こそが、小説家にとっての自分自身なのだと。小説家が自分を知るというのは、自分について書くことでもなんでもなくて、文章を研ぎ澄ます、その行為そのものなのだと。

読者を眠らせないための、たった二つのコツ

村上　それはそうと、僕が文章を書くときの基本方針はほとんど二つしかない、って話はしましたっけ？

――いえ、聞かせてください。

村上　あのね、僕にとって文章をどう書けばいいのかという規範は基本的に二個しかないんです。ひとつはゴーリキーの『どん底』の中で、乞食(こじき)だか巡礼だかが話してるんだけど、「おまえ、俺の話、ちゃんと聞いてんのか」って一人が言うと、もう一人が「俺はつんぼじゃねえや」と答える。乞食とかつんぼって、たぶん今使っちゃいけない言葉なんだけど、昔はよかった。僕はこれを学生の頃読んだんだけど、普通の会話だったら、「おまえ、俺の話聞こえてんのか」「聞こえてら」で済む会話ですよね。でもそれじゃドラマにならないわけ。「つんぼじゃねえや」と返すから、そのやりとりに動きが生まれる。単純だけど、すごく大事な基本です。でもこれができていない

作家が世間にはたくさんいる。僕はいつもそのことを意識しています。

――(笑)。

村上　もう一つは比喩(ひゆ)のこと。チャンドラーの比喩で、「私にとって眠れない夜は、太った郵便配達人と同じくらい珍しい」というのがある。これは何度も言っていることだけど、もし「私にとって眠れない夜は稀である」だと、読者はとくに何も感じないですよね。普通にすっと読み飛ばしてしまう。でも、「私にとって眠れない夜は、太った郵便配達人と同じくらい珍しい」というと、「へえ！」って思うじゃないですか。「そういえば太った郵便配達って見かけたことないよな」みたいに。それが生きた文章なんです。そこに反応が生まれる。動きが生まれる。「つんぼじゃねえや」と「太った郵便配達人」、この二つが僕の文章の書き方のモデルになっている。そのコツさえつかんでいれば、けっこういい文章が書けます。たぶん。

――「皆さんもぜひお試しください」みたいな(笑)。

村上　とにかく読者が簡単に読み飛ばせるような文章を書いていてはいけないと。ハッとさせるような文章ばかりで埋める必要はないけど、何ページかに一つはそういうのを入れなくちゃいけない。そうしないと読者はなかなかついてこない。

――この二つの作法は最初から？　最初の頃はまだ自覚はされてなかった？

村上　最初からしてましたよ。まあ、なかなか始めからそううまくはできなかったけど。でも、こんなこと言うと何だけど、今、送られてくる文芸誌のページをぱらっと開いて読んでみても、そういう二つの驚きみたいなのはなかなか見当たらないね。僕の開き方が悪いのかも知れないけど。

——たとえば、はっとするような比喩に出会うことは少ないかもしれませんね。

村上　そういうことを意識して文章を書く人がとても少ないような気がする。あるいは「純文学だからそういうのはいらない」ということかな？　でも、文章ってすごく大事なんです。

——大事です。

村上　小説的な面白さとか、構築の面白さとか、発想の面白さというのは、生きた文章がなければうまく動いてくれません。生きた文章があって初めて、そういうのが動き出す。でも多くの作家は、発想とか仕掛けが先にあって、文章をあとから持ってくる。意識が先にあって、身体（からだ）があとからついてくる。

——同時にあるものではない？

村上　いや、僕の感覚からすれば、同時にあるものじゃなくて、まず文章がなくちゃいけない。それが引き出していくんです、いろんなものを。

——少し読んだだけでこの人の文章だな、ってわかるのも、もちろん大事なんですが、文章そのものに魅力がないと始まりませんよね。

村上　始まらないですね。船の舳先が、船のいちばん前についていなくちゃならないのと同じくらい。中身ももちろん大事だけど、人間誰だって語るに足る中身くらい持ちあわせています。それをどうやって引き出していくか、それがまず重要案件になります。

——文章の魅力って、もちろん読者との相性もあると思う。わたしがまったく面白くない、全然ダメだなと思った文章に震えるほど感動している人だってもちろんいるわけだから。文章のイデアみたいなものはないのかもしれないけれども、しかしいい文章というのはやっぱりありますよね。『村上さんのところ』の読者からのメールの中で、「文章をうまく書きたいんだけど、どうしたらいいですか」という質問に対して、「それはある程度生れもってのものだから、まあ、とにかくがんばってください」と回答されていたのがすごく印象的で（笑）。それってやっぱり、身体能力に近いところはありますかね。

村上　歌に似ているね。生まれつき音痴の人っているじゃない。

——いますね。

村上　実を言うと、僕もね、歌えないんです。

――え、そうなんですか？（笑）

村上　音楽に関して、僕は聴く人間としてはかなり細かいところまで聴けていると思うんだけど、いざ歌えってなると、全然歌えないんです。こうやって歌いたいという意識は明確にあるんだけど、実際出てくる音、声は、それとはぜんぜん違ってる（笑）。愕然（がくぜん）としちゃうね。

――じゃあ、例えば小説を書きたいと思う人がいて、すごく自分の好きな文章を読むと。それで、こんなふうに書いてみたいと思っても、絶対真似（まね）できないみたいな感じでしょうか。文章が書けない人って。

村上　たぶんそうじゃないかなと思います。オーソン・ウェルズの映画『市民ケーン』で、イタリアから呼ばれた声楽教師が、歌手志望のケーンの奥さんに愛想を尽かしてこう言います。「世の中には歌える人間と、歌えない人間がいます（Some people can sing, some can't.）」って。有名な台詞（せりふ）だけど、あるいは文章についても、それと同じことが言えるかも知れない。

でも僕も、最初のうちはほとんど書けなかったと思いますよ。それから努力して少しずついろんなことが書けるようになってきた。段階的に発展してきたわけです。

生き方を教えるのは難しい、書き方も同じ

——村上さん、「最初のほうは僕、書けなかった」ってよくおっしゃいますよね。それはやっぱり、さっきの歌の話みたいに、自分が書きたいのはこういうものだ、という確固としたイメージがあったのだけれど、ご本人としてはそこからは遠かったって感じなのでしょうか。

村上　程遠かった。当時の編集者に「僕はまだ文章がうまく書けないから」と言ったら、「村上さん、大丈夫です。みんな原稿料をもらいながらちょっとずつうまくなっていくんです」と言われました。

——村上さん、最初は書けなかった、書けなかった、って何度もおっしゃるんですが、個人的によくわからないんですよね。書けてるじゃん、という（笑）。

村上　まあたしかにそのとおりなんだけど（笑）。書けることだけを書いて、それはそれでまあうまく機能していたんだと思う。でもそれは僕の本当に書きたかったこととは少し違うんです。自分の書きたいものがある程度書けるようになってきたのは、もっとずっとあとのほうですね。でもそれに

もかかわらずというか、なんていうか……デビューした頃から、僕はすでにかなり注目されてたみたいですね。

――いや、そうですよ。って当時のわたしはまだ、三歳だったけど（笑）……。

村上　三歳！　気がつかなかったけど、ずいぶん歳が違うんだ。

――デビューが一九七九年ですよね。わたしは七六年生まれだから、三歳。だからもちろん、当時を知らないんですけど。でも、例えばわたしより十五歳ぐらい上の人たちに当時の話を聞きますと、最初からもうヒーローだったと。

村上　なんか、そんな感じだったみたいですね。

――ご本人としては、感じなかった？

村上　そういうことはほとんど感じなかった。最初のうちは店をやりながら書いていたからすごく忙しかったし、僕は基本的に普通の人だし、店をやっていれば人に頭をずっと下げてなくちゃならないし。

――そうなんだ。

村上　うん。だから、実感がなかったんですよね。結局、そんなにたいしたもの書いてないのに、なんでこんなに注目されるんだろうという不思議さのほうが先に立っていたから。

——でも、編集者がある程度、反響を伝えてくれませんか。例えば「こんなに売れていますよ」とか「こんな書評が出ましたよ」とか。

村上　うーん、なんか、どうなんだろうねえ。僕はその頃は、店をやっている方が本職だと思っていたから。

——とにかく最初から若い読者が興奮した、という話をよく聞きます。「来たな、俺たちの時代が来たな」と激烈に感じたという人が、今の五十代半ばぐらいに多いです。

村上　僕自身はあんまり自分ではピンと来なかったし、こんなの書いていていいのかな、ぐらいにしか思わなかったな。

——その感覚はどこから来るんでしょうね。

村上　結局あの頃は、中上健次がいて村上龍がいて、そういうメインストリームの力が文芸の中心にあったから、僕はどっちかというと傍流(ぼうりゅう)というか、サイドショーみたいな存在で、わりに「好きにやっててください」みたいな感じだったんです。ある程度注目されたかもしれないけど、そのぶん反発も強かったし。あんまりそういうあれこれに関わりたくないなと思っていたから、なるべくまわりのことは見ないようにしていた。当時から文壇関係というか、そういう場には出ていかなかったね。店の仕事で手一杯だったし。

——新人賞をとるだけじゃなくて大きな話題になっても、村上さんとしてはそういう感じだったんですね。

村上　思うんだけど、日本の文壇というのは、文体ということについてあまり考えてないというか、評価してないのかな。

——どうでしょう。いわゆる文芸誌的な評価というのがあるとして、そこで論じられている文体と、村上さんが想定している文体には、少しズレがある気がしますね。村上さんは文芸誌をパーッとめくってみて面白くないなって、その文章の顔を見たときに思うわけですよね。

村上　そういうのって数ページ読めばもちろんわかるから。ときどき、ほんのたまに「あ、これ悪くないな」と思うものもありますけど。

——何ていうのかな……いわゆる「純文学らしい顔」をした文体というものを、やっぱり評価する傾向というのはありますよね。

村上　文体を正面から取り上げる人があまりいないような気がするんですよね。不思議なんだけど。

——日本には翻訳文学がたくさんあるので、いわゆる翻訳文体みたいなもの、日本文学の湿度を感じさせない文章に触れる機会が増えていって、そういう文体で書く若手作家も出てきていると思うんですね。でもそうすると、軽いとか、人間が書けていないとか言われることはあるかもしれませんね。

村上　人間を書くのってなかなか難しいんだけどね（笑）。

――二〇一五年に福島で行われた文学ワークショップで、わたしの創作クラスを村上さんが少し覗いてくださいましたよね。そのとき受講者に一つだけ指摘されたことがありました。耳で聞いてわからない言葉は、使うときに慎重にならなきゃいけないって。でもどうしてもね、新人賞の原稿を読んでいたりすると、わりにみんな難しい言葉を無自覚に使ってくる傾向がまだありますね。文字としても音としても、何も残らないというか。

村上　うん、言葉の響きって大事なんです。具体的なフィジカルな響き。たとえ声に出さなくても、目で見て響かなくちゃいけない。

――テーマや内容はともあれ、とにかく文章レベルで――リズムが良くてどんどん読まされる、という体験は考えてみれば滅多にないかもしれませんね。それも相性なんでしょうけれど。

村上　目で響きを聞き取れないとダメなんです、作家は。文章を書いていて、それを読み直して、声に出してではなく、目で響きを感じる、これがすごく大事です。だから、僕はいつも「音楽から文章の書き方を学んだ」というけど、それは本当のことで、目で見て、その響きを感じて、その響きを訂正していって、よりきれいな響きにしていくということを大事にしています。句点、読点もリズムじゃないですか。そういうのもすごく大事なんだ。

――磨きあげていくときに頼る感覚みたいなものが、もしかしたら生まれつきの能力と関係しているのかもしれません。

村上　ほかの人の文章って、僕はまずいじれないです(笑)。

――どういうことでしょう?

村上　つまり、ほかの人の文章を読んで、文章を直してくださいって頼まれても、まず直せない。というのも、僕の文章というのはあまりにも僕のものとして出来上がってしまっているから、それを尺度にしてほかの人の文章はそう簡単にいじれない。ひとついじると全部いじることになっちゃいそうだから。

――では「ここにもうちょっとこれを付け足したほうが、とか、ここをもっと詳しく書いたほうがいいんじゃないか」みたいなアドバイスはできる?

村上　おおまかな構成のレベルで、この部分はもうちょっと縮めたほうがいい、ここの部分はもうちょっと膨らませたほうがいいとか、そういうことは言えると思います。でも細かい文章的なことはたぶん言えない。本当にひとつ手を入れると全部直しちゃうかもしれないから。もちろん相手にもよりますけど。相手がプロかアマチュアかでも違ってくるだろうし。

——優れた野球選手が打ち方を教えられないというか、イチローがコーチになれないかもしれないという話みたいですね。フォームは教えられないという。

村上　例えば人の小説を読んでいて、話の中にこういう人物が出てきて、でもその人物設定は僕にはどうも納得できないなと思ったとしても、それは僕にとって納得できないだけのことであって、この人にとっては、あるいはある種の読者にとっては意味のあることかもしれないというふうに考え出すと、何も言えなくなってしまいますよね。だから、アドバイスみたいなことがうまくできないんです。もちろん意見を言うことはできるけれど、具体的にアドバイスするっていうのは難しいですね。生き方を教えることができないのと同じように、書き方を教えるのも難しいです。

——これは村上さんの美質の一つだと思っているんですけど、基本的にどんな作家のどんなテキストであっても、書かれたものに対して基本的に敬意を払っている感じがします。

村上　もちろん払えないものもあるけどね(笑)。

――あるんだけど(笑)。でも、何らかの縁があって生まれてきた文章は、相対的には何かしらの価値を持つとお考えではありませんか。文学賞の選考を絶対おやりにならないというのは、そういうことも関係しているのではないかと思っています。

村上　うーん、そうですね。他人のことって、僕には判断できないんです。例えばさっきも言ったように文芸誌をパラパラ見て、読み続けるか読み続けないかということは判断できるけど、それがいいか悪いかっていうと、僕には判断できない。それが小説として優れているか優れてないかというのも、多くの場合よくわからない。これまで古典になってきたようなもので、みんながすばらしいという作品でも、僕はちっとも面白くないと思うものもいっぱいあります。例えば名作と言われる漱石の『こころ』なんて、僕にしてみれば面白くもなんともない。

でもだからといって、そういう作品に意味がない、価値がないとは言えない。それは僕個人の個人的感覚に過ぎないから。自分の文章に関しては、これはいいとか、これは悪いと言えるけど、ほかの人の書いたものに関しては、はっきりとしたことは言えないんです、正直な話。

――その気持ちはおそらくみんなが持っているんだけれど、例えば新人を送り出すために誰かが選考委員をしなければならない。誰かの作品をジャッジするのはそれだけでも疲弊(ひへい)するのに、同時に自分もジャッジされるわけだから、これはけっこうしんどいことです。こういうことを繰り返していると、自分の作品への客観的な視線というのはどんなふうに成立しているものなのだろうかと、ふと不思議に思うことがあります。これは自戒を込めてですけれど、人の作品に指摘するのと同じくらいに自分の作品のことを冷静に判断できる人っていうのは、わりに少ないんじゃないかなあ。

村上　うーん……でも、僕は思うんだけど、どんな人でも時間をかけて読めば、自分のものでもある程度正確な判断ができるはずだと思いますよ。きちんと時間をかければね。ただ、多くの人は締切りありきで、背中を押されるようにして書いているから、時間をかけて自分の作品を読み込む、検証するということがあまりできないんじゃないかな。よくわかんないけど。

――だから、書くことのための時間を取ることが、作家にとってどれだけ大事かってことを繰り返しおっしゃるんですね。

文体は心の窓である

村上　前にも言ったように、小説を書くというのは一種の信用取引だから、一回失われた信用を取り戻すのはとても難しい。時間をかけて、「この人の書くものなら、お金を払って買って読んでみよう」という信用を築いていかなくてはならないし、その信用を維持していかなくてはならない。そのためには文章を丁寧に磨くことが大事になります。靴を磨いたり、シャツにアイロンをかけたり、刃物を研いだりするみたいに。

――ええ。

村上　僕にとっては文体がほとんどいちばん重要だと思うんだけど、日本のいわゆる「純文学」においては、文体というのは三番目、四番目ぐらいに来るみたいです。だいたいはテーマ第一主義で、まずテーマ云々が取り上げられ、それからいろんなもの、たとえば心理描写とか人格設定とか、そういう観念的なものが評価され、文体というのはもっとあとの問題になる。でもそうじゃなくて、文体が自在に動き回れないようでは、何も出てこないだろうというのが僕の考え方です。

――もし文体の「良さ」というものを評価するとなったら、その良さがみんなで共有できるものでないと難しいですよね。全体の構造とか主題であれば、相手を説得することができるけれど、文体の良さ、というのはどうも感覚によるところが大きいから、その一点で推すのは不利だというところもありますね。もちろん、文体自体にも必ず構造はあるんですが、なかなかそこまで議論する機会もないというか。

村上　でもだからといって、明らかな悪文をわざわざ高く評価する必要もないだろうと(笑)。

文体の評価ということで言えば、日本の近代文学史の中で、やっぱり夏目漱石がひとつの大きな軸をなしていると思います。作品すべてを高く評価しているわけではないですが、漱石が確立した文体というのは、そのあとも長いあいだそんなに大きくは揺さぶられてはいませんよね。志賀直哉(しがなおや)がいて、谷崎がいて、川端がいて、そういった新しい文学的提案はある程度あったんだけど、そしてもちろん異端者みたいな人たちも何人か出てくるんだけど、夏目漱石の文体を揺るがすような突出した存在は見当たらない。それがひとつの問題じゃなかったかと思うんです。どうしても観念的なもの、思想的なものが注目を浴びて、文体はいつも順位として下に置かれてきたみたいな印象があります。あるいは「純文学」というフレームの中で、妙なバイアスをかけられ続けてきたような。

——その流れでいうと、女性の作家が出てくるときの評価って、逆に文体を指摘されることも多いんですよ。

村上　ふうん、そうなんだ。それは気がつかなかったな。

——やっぱりわたしなんかも文体でしたよね。『乳と卵』という小説にかんしても文体のことしか言われないぐらいの感じだった。

村上　あれ、文体のことしか言うことないよ。

——（笑）。

村上　もちろんそれはいい意味で言ってるんです。『乳と卵』って、はっきり言って文体がすべての小説だと僕は思う。そしてそれは素晴らしい達成だと思う。そんなこと普通の人にはまずできないから。でもそういうのは、あまり褒め言葉としては受け取れない？

——それが、この文体を採用した意義とか、文章の構造とかを批評してもらえると、ああ、ちゃんと作品について話してくれているんだなって嬉しいんですけれど、やっぱり身体性によるものだ、という含みが大きいですよね。いわゆる女性の身体ってやつですね。このあたりはいくらか複雑になっていて。「俺たち男には関係のない領域のことだから評価できる」っていうのも感じますね。

村上　なるほどね。僕はそう思わないけど。文体の質には男も女もないものね。上手いか下手かしかないんだもの。でも川上さんの言いたいことはよくわかります。

——「切れば血が出る」とか、「子宮で書いてる」とか、そういう何を言ったことにもならないふざけた評価の紋切り型が少し前まであって、それは形を変えてまだ残っています。これは女性であるだけで書けると言われているようなもので、完全に舐められていますよね。書くことって、技術って、理性的なことでしょう。でもそれはどうも基本的に女性には適用されない能力のようですね。「男性ならでは」なんて評価は存在しません。だからもう同じことで褒められてはいけないと思って、次の作品では文章を変えました。

村上　そうか。なにもそこまで考えることないのに、と僕なんかは思うけど。

——女性作家への評価には、複層的に、二つも三つもバイアスがかかっています。わたしは、最近も「顔写真つき女流作家」と揶揄されましたけれど、たとえば、同じようにミュージシャン出身の男性作家を「顔写真つき男流作家」なんて言う人はまずいない。言えるわけがない。こんな失礼なことを言っても発言者が恥じないでいられるのは、わたしが女性だからです。だいたい女流って何なんだと。自分たちは自覚するまでもなく当然の確固たる大地としてあって、女はそこをちょろちょろ流れる小川か何かだという意識がまだあるんですよ。

村上　そうなんだ。

——それとは別に——村上さんがおっしゃるように、いわゆる王道、男性中心的な文芸の評価というのは「文学たるもの、主題を扱ってなんぼである」っていうのはまだありますよね。どれだけ頭を使って書いているか、ひとつでも上のメタに立ててるかってところで。そういったことにどれだけ意識的であるか、その意味で、やはり主題や構造というものが重要になってくる。

村上　たしかにそうだね。それはある種の男性原理かもしれない。

——頭を使うのは大賛成だし、批評性も大事です。でも、男性作家に適用するものは女性作家にも適用するべきだし、逆もまたそうだと思います。

村上　そういえば、男性作家で文体を褒められる人というのはあまり見当たらないかも。

——少数ですが、いらっしゃることはいらっしゃるし、高い評価を受けているんですけれど、でもそういう方々の小説における文体は、あまり現代の批評の対象にはならないですよね。研究者レベルでは、きちんと論じられているのかもしれませんが。

その点、村上さんは圧倒的に、批評、評論をされる作家ですよね。構造を意識するし、みんないっせいに謎を解き始める（笑）。そういえば、群像新人賞をとられたときには、吉行淳之介さんと丸谷才一さんが文体を褒めていらっしゃいますね。新しい文体を持った作家が登場してきたことを評価しています。文体と、分析に耐える構造のふたつを兼ね備えているというのは、やはり稀有なのだと思います。

村上　そうだっけね。たしかに吉行さんも丸谷さんも、作品的には文壇主流からは少し距離を置いたところにいて、比較的スタイル（文体）を重視する作家だったから。選考委員のメンバーが違ってたら、僕は新人賞がとれていなかったかもね。

英語で「Style is an index of the mind.」って言葉があるんですが、これは「文体は心の窓である」って訳されています。index というのは「指標」のことですね。こういう言い回しがあるぐらいだから、少なくとも英米では、スタイル（文体）というのはずいぶん大きな意味を持っています。

――文体は心の窓である。

村上　文体ということですごいなあと思うのは、なんといってもサリンジャーですね。サリンジャーも『キャッチャー・イン・ザ・ライ』で、圧倒的な文体の力を見せつけました。人々を、とくに若者たちを文字通りノックアウトした。でも彼は、あの文体を一度きりでぴたっと封印しちゃうんです。ちょうど川上さんが『乳と卵』の文体を封印したのと同じように。同じものはもう絶対に使わない。

――あれは本当に、ひとつ際立っていますもんね。

村上　うん。で、その次に『フラニーとズーイ』に行くわけですが、あの作品は『キャッチャー』とはまったく違う文体を使って書かれています。『フラニーとズーイ』のすごさは、『キャッチャー』のスタイルをそっくり全部捨てて、その小説のために新たな文体をほとんど特注でこしらえていることです。過去の文体をほとんど流用していない。それってまず、驚異的な労働量です。

――ええ、もちろんエッセンスは響いてるんだけれども、日本語で読んでも全然違うのがわかります。

村上　「フラニー」の部分には都会的スケッチみたいな趣があって、そこにはこれまでの彼の「ニューヨーカー」風のタッチがいくらか残っているんだけど、後半の「ズーイ」の章に行ってからは、がらっと新しい文体になっています。よくゼロからこんなの立ち上げたよなと思わず息を呑んでしまいます。『キャッチャー・イン・ザ・ライ』と通じるところがまったくないでしょ？　スタイル、文体として。でも「ニューヨーカー」の編集者にはその文体が受け入れられなかった。だからずいぶん強い反発をくらいます。

僕も高校だか大学時代に翻訳で「ズーイ」を読んだときには、それほどピンと来なかったけど、自分で実際に訳してみて、テキストの英文を何度も読み返してみて、「これはすごい」と感嘆しました。こんなすさまじい文体の立ち上げはまずないよな、と。それだけ文体に対して、ものすごく意識的なんですね。スタイル・コンシャス。

――サリンジャーって『ハプワース16、一九二四』が一番最後ですよね。あれはもう、どう読んでいいかわからない作品。

村上　うん、正直言って、あれは読めないですね。どこかで文体の流れが妙な方向に流れてしまったとしか、僕には思えない。もちろんそれは僕の個人的な意見に過ぎないけど。

――だってあれ、六歳か七歳かのシーモアが語ったという設定もそうなんですが、まるで書きながら破壊されているというか。

村上　サリンジャーはさておき、『乳と卵』の話に戻すと、あの文体はもう封印したんだ。なんだかもったいないような気がするけど。

――作品に必要があれば、また使うかもしれないです。さっきの理由とはべつに、初期のあいだはいろいろチャレンジしてみようという気持ちもあったので……で、その次が『ヘヴン』という小説だったんです。

村上　うん。あそこでまったく違う文体になった。

――『ヘヴン』は三作目の小説ですが、意識していたのは村上さんの三作目、『羊をめぐる冒険』なんですよね。内容ということではなくて、そのあり方というか。ストラクチャーが導入されて、村上さんはこの作品で大きく飛躍されました。わたしも絶対に三作目で――もちろん『羊』とまでは言わないですけれど、村上さんが変わったようにわたしも変わらなければいけない、というオブセッションがありました。村上さんとデビューの歳も同じだったりするので。

村上　ああ、デビューしたときの年齢がね。

――はい、三十歳なんです。村上さんは、誰かそんなふうに気になる人っていませんか。「あ、この人、何歳のときにこれをやってたんだな」みたいに気になる人。

村上　そういう存在は思いつけないなあ。覚えているのは、フィッツジェラルドが四十四歳で死んで、ドストエフスキーが六十歳で死んだというぐらいかな。自分がドストエフスキーより長生きして小説を書いているとは思わなかったな。写真でみるとあの人って、すごいジジイですよね。うーん、あれより年上になっちゃったんだなと。

――ドストエフスキーより年上って、たしかに衝撃ですよね。でも時代も違いますから(笑)。それはそうと、さっきストラクチャーが、という話をちょっとしましたが、村上さんは文体とともに「ストラクチャーが大事なんです」とおっしゃっていますよね。ストラクチャーについても、もう少しお聞かせいただけますか。

村上　ストラクチャーについては、まず書き始めるときはほとんど意識しないですね。というか、それはもう当たり前のように自然に、前もって自分の中になくてはならないものだから。人間一人ひとりが自分固有の骨格を持っているのと同じことです。

――ストラクチャーも、作るものではないと？

村上　どこからそういう型が生まれてきたかというと、主に自分がこれまで読んできた小説、そしてまた書いてきた小説によって作られてきたわけです。そしてそれは自明のものとしてすでに自分の中にある。だから、そういうことについてはとくにあらためては考えない。考えるのは、まず文体です。そして文体が導き出す物語です。

――ストラクチャーについて話したり読んだりするときに、「構造」と訳されますけど、構造の意味合いは文脈によって結構異なりますよね。「ここに書かれているテキストはこのような構造を持っている」という使い方、あるいは人によっては、「物語の構成」の意味合いで構造という言葉を使う人もいるんですよね。村上さんはどういう感じで構造ということばを使われますか。構造そのもの、構造とは何かについて、もうちょっとお聞きしたいです。

村上　うーん、ある程度書いて、例えば第一稿が仕上がるじゃない。その時点で構造というのは自然に見えてきます。目には見えない透明な骨組みに肉をどんどんつけていったら、その結果骨組みのありようが見えてきた、という感じが近いかも知れない。そしてその骨格の結果骨組み的な見え方を調整するという作業は、ある時点で必要になってくるかもしれない。

――じゃ、すでに内包されている構造を、第一稿以降は形づける作業になっていく、という感じですか。埋もれている構造というか。

村上　画家がキャンバスに描くのと同じです。キャンバスには端っこがありますよね。みんなその内側で絵を描いていくわけです。縁の外に絵を描くことはできない。でも、そのことを画家はとくに不自由だと思わない。どこまでも広大なキャンバスがなければ自由じゃない、などとは思わない。あるサイズのキャンバスを頭の中で設定すれば、その中で世界ができていきます。それと同じことであって、小説でもこのへんが端っこだ、というのは大体見えているんです。そうしないと、五千六百枚書いてもまだ描ききれないとか、そんな話になってしまう。だから、ある程度書いているうちに構造は見えてくる。上端がこのへんで、下端がこのへん。左右はここまで、というのが。

だから構造とか骨格について、そんなに腕組みして考えるような必要はないんです。自然に決定されてしまいます。

――これまでの読書体験で溜めているものの中に構造のストックがあるから、それが自然に出てきていて、その作品ごとによって形をよりくっきりさせていくということですね。それは村上さんがずっと翻訳をされていることにも大きく関係するような気がします。翻訳という作業は、全体の構造のみならず、文章の構造そのものにあたりつづける作業ですものね。

手を引いて、どこかへ導いてくれる存在

――ところで、今回の小説には複数の女性が出てきますよね。絵画教室の生徒も女性ですし。

村上　人妻ね。

――人妻です。ほかにはラブホテルで一回だけ関係を持つ彼女がいて、秋川笙子さんがいて、何といっても秋川まりえさんがいるんだけれども、お話をずっと伺ってい

ると、登場人物というのは名前のイメージから召喚されたり、その文章が持つ運動性の中から出てくることがわかってきました。

では、女性の登場人物たちも、物語の流れの中ではこういう人が必要だとか、引いて見たときにバランスを取ってとか、そういう計算のもとに登場させたわけではなくて、自然に出てきたということなんでしょうか。

村上　自然に出てきますよね。例えば秋川笙子さんという人が、ここに必要だなと思うじゃない。そこで彼女について書き始めるんだけど、実際に書いてみるまでは一体どんな人か僕もよく知らないんです。でも書いているうちに、あ、こういう感じなんだ、というのが見えてきます。淡いブルーのワンピースにグレーのカーディガンを着てるんだ、とか。で、そういう服に黒い艶（つや）やかなハンドバッグを持つからには、育ちのいい人だろうなとか、だんだん具体的な形が出来上がっていくんだけど、それは最初からはわかりません。

――例えば「私」は、絵画教室で生徒だった二人の人妻と関係します。これは一人という可能性も、三人という可能性もあったと思うんですが、二人と決めるのはどうして？　これも、ぱっと決まる？

村上　決まります。一人じゃダメ。で、三人は多過ぎる（笑）。描写するのに三人は疲れるし、ちょっとしつこい。でも一人だと、その存在が大きくなり過ぎるから、まあ数としては二人くらいかなと。実際的な要因が大きいですね。

――それで今回、何といってもまりえさんが重要な役割を果たすわけですけど、村上さんがいわゆる少女、女の子をメインで書いたのって、「ねじまき鳥と火曜日の女たち」の笠原（かさはら）メイが初めてなんです（註・『パン屋再襲撃』一九八六年刊所収）。

村上　『ダンス・ダンス・ダンス』のユキは？

――短編の「ねじまき鳥と火曜日の女たち」が最初で、長編で初めて出てきたのが『ダンス・ダンス・ダンス』のユキなんですね。

村上　あ、そうか、短編のヴァージョンが先に出ているんだ。

――はい、『ねじまき鳥クロニクル』のベースとなった短編「ねじまき鳥と火曜日の女たち」は、一九八六年の発表なので、こちらが先なんです。初めて女の子が主要な登場人物として出てきた小説です。今日の前半のお話の中で、村上さんにとって、まず女性というのが遠いとおっしゃっていましたが、さらに少女になってくると、これはけっこう遠いのでは。

村上　そういう意味では遠いかもしれない。

――遠い存在ですよね。笠原さんは微妙な年齢ではあるんだけれども、とにかく初めて少女を書いたときの感じで、何か覚えていらっしゃることってあります？

村上　いや、存在として遠くはあっても、書くことについてとくに難しいとは思わなかったですね。大人の女性を描くよりもむしろ簡単だったかもしれない。自我的に面倒なところを描写しなくてもいいから。

――「ねじまき鳥と火曜日の女たち」には、女性が三人、出てくるんですよね。妻と、笠原メイと、電話の女。その三人の女が出てくる。前に村上さんとお話ししたときには、路地を書きたかったという気持ちから始まったと。

村上　そうそうそう。僕はあの路地が好きなんです。路地のことを細かく、詳しく書いてみたかった。小説はおおむねそこから始まっています。路地の具体的な描写から。あれは僕の友だち夫婦が住んでいた、世田谷区の建て売りの小さな家がモデルになっています。そこにはとても小さな庭があって、木が一本生えていて、その裏に路地があったんです。路地が行き止まりになっていたかどうかまでは知らないけど。

――路地の描写、よく覚えています。雨に打たれた花びらがテーブルにくっついていましたね。あのときに初めて女の子をお書きになったと思うんですけど、どうでしたか。書けた、というような手応え（てごた）えとか。

村上　すごく自然に書けたような気がする。あんまり考えずに自然にすらすらと書けた。というのは、あの主人公と少女とのあいだには、セクシュアルな感情って存在しないですよね。そういうところが楽だったかもしれない。

――セクシュアルな感情がないのが、楽？

村上　セクシュアルな感情はもちろんないんだけど、そこには何かしらなまめかしいものはあります。どう言えばいいんだろう、遺伝子の成り立ちがもともと異なっているという直観的な感覚。そんな心持ちが、けっこうすっと自分の中に馴染(なじ)んで入ってきた。笠原メイっていくつでしたっけ？

――笠原メイは十六歳。学校に行かなくなった高校一年生です。彼女がすごくいいことしゃべるんです。覚えてらっしゃいます？

村上　あの時期の女の子って、人によってはものすごく鋭い感覚を持っています。そして意識と無意識との境目がまだきちんと固まっていない。だから余計にその鋭さが際立つんです。

――それは少年を書くときの感覚とはまったく違う？

村上　全然違います。肉体的にも精神的にも、とくにその年代の男子と女子は決定的に違っている。

――少年を例えば書こうとしたら、もう少し、何というのかな、地に足がついているところから書かないといけないってところがありますか。

村上　うん、そうですね。やっぱりもう少し成り立ちを説明しなくちゃいけないかもしれない。こう言っちゃなんだけど、男って基本的に馬鹿(ばか)なんです。ほとんどなんにも考えてない。僕も男の子だったから、そのへんのことはよくわかります。頭の中には愚かしいことしか入ってない(笑)。今でもまあだいたい同じようなものですけど。

——例えば最近村上さんはカーソン・マッカラーズの『結婚式のメンバー』のような、女性作家が少女期の視点で描いたような作品を訳されていますが、そういったお仕事からも、少女の鋭さとか、ある種の儚(はかな)さ、十代のモラトリアムみたいなものを……。

村上　もし女性作家が秋川まりえとか笠原メイを描くと、また全然違う書き方をすると思いますよ。もっと生々しさが具体的に前に出てくるのではないのかな。カーソン・マッカラーズの小説を翻訳していて、それを強く感じました。僕にはとてもこんな風に少女を書くことはできないな、と。僕のような男性作家が少女を描くと、少なからず象徴的になります。良くも悪くも。ちょっと個人的なことを話していいですか。

——もちろんです。

村上　僕が中学校とか小学校高学年の頃、不思議にね、女の子に手を引かれた思い出があるんです。突然女の子がやってきて、僕の手を取って、どこかに連れていく。

――それは誰？　クラスメイト？

村上　クラスの女の子。

――それは付き合ってるとか、好きとかじゃない？

村上　そうじゃなくて、わりにかわいい女の子。それが「村上くん、ちょっと」という感じで手を引いて、僕をどこかに連れていく。たぶんなにか用事があったと思うんだけど、それがどんな用事だったかよく覚えていない。そういうのが二、三回あったかな。

――二、三回。実際にあったことなんですね。

村上　不思議なんですよね。僕の場合、とくに女の人にモテたとか、不特定多数の女子に人気があったとか、そういう経験はまったくない。自慢じゃないけどない。でもそういう、どこかの女の子に、手を引いてどこかに導かれていくという記憶だけはわりにしっかり残っているんです。

――これは素晴らしくいい話です。

村上　よくないよ別に（笑）。だってそれっきりなんだから。

――村上さんの小説を理解するためにこれは重要なお話で、その意味で素晴らしい。

それって、その前後はもう覚えてなくて、女の子に手を引かれたという感覚だけが残っている。それは気持ちのいいものでしたか？　快／不快でいうとどちらの感じでしたか？

村上　わりにいい感じだと思う。今でもまだその女の子の手の感触は残っているから。そんなたいした体験じゃないんだけど。

——いえ、これは重要な体験ですよ。女性の存在の原型として、村上さんには導かれる体験があった。だから、女の人というのは理解の対象という面もあるんだけれども、書く段においては、基本的にそういう存在として、村上さんの中にあるわけです。

村上　そう言われれば、女の子が突然現れて、僕の手を引いてすっとどこかに連れていくという感覚は、僕の中に残っているかもしれない。そういうことはあるんだという感覚が、原体験として。

女性が性的な役割を担（にな）わされ過ぎていないか

——まりえさんの話をちょっとしたいです。彼女は胸のことでけっこう、身体的なアイデンティティというか、とても切羽詰まったものを感じています。今までの小説の女の子、例えばユキやメイのときにも、わたしは彼女たちにそれぞれ独特の魅力を感じてきました。

どういうところかというと、笠原メイの場合なら「死のかたまりみたいなもの」についで説明するシーンがありますよね。「ソフトボールみたいに鈍くって、やわらかくて……」というところです。主人公に目をつぶらせて話をするんですが、少女における——たとえば「人を傷つけることと、自分が傷つくこと」あるいは「人が死んでしまうことと、自分が死んでしまうこと」の不明瞭さを、無数に引くことのできるあっちとこっちのラインのどうしようもなさを、本当に素晴らしい筆致で書かれている。それじたいが、少女というものをありありと感じさせる、最高に好きな部分です。でも、ユキもメイも、あんまり胸のことか、そういう身体的なことを言う印象がないんですよね。でも今回のまりえさんは……。

村上　とても気にしてるよね。なんだかオブセッションみたいになっている。

——そう、すっごく気にしていて、あれはわりにすごくないですか？　初対面の「私」に対して、誰もいなくなった瞬間に、「わたしの胸って小さいでしょう？」みたいな話を切り出したとき、わたしはけっこう驚いてしまったんですが。彼女に胸にかんするオブセッションがある、というようなアイディアは、どこからきたのでしょう。

村上　とくにアイディアというようなのは得てないけど。でもそういう女の子ってどこかにいるんじゃないのかな。

——例えば「私」のキャラクターとのギャップ……ここでまりえが胸のことしゃべったら、どう反応するだろう、みたいな感じがあったとか？

村上　そうですね。でも逆にいうと、彼女が「私」に向かって胸のことを相談するのは、彼を男としてとくに意識してないからじゃないかな。性的な対象としては見なしてない。だから、二人のコミュニケーションは、逆により内面的な、より思念的な要素が強くなっていく。というか、彼女は「私」に対して、そういう関係を求めている。彼女はたぶんそういう関係を持てる相手をずっと探していたんじゃないかという気がします。いくら何でも、性的な対象になるかもと思っている相手に対して、胸が膨らまないとか、乳首が小さいとか、そんなこと言わないですよね、普通。

——なるほど、そっか。わたしとしては逆の可能性を感じていました。つまり、まりえさんが相手に、より自分の性を意識させる方向の発話なのかと思ってしまったんだけれど、村上さんとしてはその関係からセクシュアルな雰囲気を排して、思念的な要素を強める感じだったんですね。

村上　うん。だから、そういう意味で「私」とまりえのコミュニケーションは、小説的に言えば、語りのひとつの軸として機能しているんです。彼らの会話によって物語に違うアスペクトが与えられる。

——だからその会話の描写が、「私」という人物の——実際に読者は誰も「私」には会ったことがないんだけど——人となりを伝えてくれるものになる。

村上　そうだね。十二歳ぐらいの女の子が安心して胸の話をできる相手なんです。彼にはそういうところがある。

——では、村上さんの小説における「女性」についてお聞きしたいんですけれど、村上さんの小説の話をするときに、けっこう話題になるのが、女の人の書かれ方、女の人が帯びている役割についてなんですね。

例えば女友だちには、「あなたは村上春樹作品をすごく好きだけど、そこんとこ、どういうふうに折り合いをつけているの？」と聞かれることがよくあります。村上さんの小説に出てくる女性について、足がちょっと止まってしまうところがあると。それは男女関係なく、抵抗感を感じる人がいるんです。

村上　そうなの？　どんな風に？

——それは「生き生きとした、実際的な性を書けているか」というような意味の話だけでもないんです。例えば、さきほどの話の中で、女性というものが巫女的に扱われる、巫女的な役割を担わされるということに対する……。

村上　手を引いてどこかに連れていくという話ね。

――ええ。主人公を異化する。異化されるための入口というか契機として、女性が描かれることが多い。

村上　うん、そういう要素はあるかもしれない。

――異化されるときに、非日常への回路としてセックスが持ち出される以上は、主人公が異性愛者に設定されている場合、その女性がセックスをする役割になってしまうのはある程度しょうがないと思うんです。でもある一面から見ると、いつも女性は、そういう形で「女性であることの性的な役割を担わされ過ぎている」と感じる読者もけっこういるんです。ぜひともそこをお聞きしたいなと思って。

村上　よくわからないんだけど、必要以上の役割というと？

――つまり、女の人が性的な役割を全うしていくだけの存在になってしまうことが多いということなんです。物語とか、男性とか井戸とか、そういったものに対しては、ものすごく惜しみなく注がれている想像力が、女の人との関係においては発揮されていない。女の人は、女の人自体として存在できない。女性が主人公でも、あるいは脇役(やく)でも、いわゆる主体性を持ったうえで自己実現をするみたいな話の展開もできると思うのですが、いつも女性は男性である主人公の犠牲のようになってしまう傾向がある。なぜいつも村上さんの小説の中では、女性はそのような役割が多いんだろうかと。

村上　なるほど、うん。

――それについては、どう思われますか。

村上　でも、こう言ってしまったらなんだけど、僕は登場人物の誰のことも、そんなに深くは書き込んでいないような気がするんです。男性であれ女性であれ、その人物がどのように世界と関わっているかということ、つまりそのインターフェイス（接面）みたいなものが主に問題になってくるのであって、その存在自体の意味とか、重みとか、方向性とか、そういうことはむしろ描きすぎないように意識しています。前にも言ったけど、自我的なものとはできるだけ関わらないようにしている。男性であれ女性であれ。

――うん。

村上　ただ『1Q84』は僕がこれまでで最も正面から、女性の登場人物と向き合った話じゃないかと思っています。青豆というのは天吾にとってとても大事な存在だし、天吾は青豆にとってとても大事な存在になっています。でも二人はなかなか顔を合わせられないわけですね。それでも、顔がお互いを向いたまま話は進行していく。二人が一組で主人公の役割を果たしている。最後の最後にやっと二人は顔を合わせる。そしてひとつになる。性的な関わりは本当の最後にしか出てこない。そういう面では、青豆と天吾はある意味では小説的に対等に向かい合って、対等に物語をつくっていると思うんだけど。

――長編小説で何か大きなものと戦うときに、『ねじまき鳥』では岡田亨とクミコが綿谷昇に立ち向かい、『1Q84』では、青豆と天吾が何か大きな悪と立ち向かっていくわけですよね。その二つに共通しているのが、男性側の役割が、無意識の領域で戦うということなんです。

村上　そう言われてみればそうかもしれない。うーん、一般的な男女の関係とは役割が逆転しているのかな。よくわからないけど、フェミニズム的観点から見ればどういうことになるんだろう？

――これはよくある読みのひとつですが、男性が無意識の世界の中で戦い、現実の世界で戦うのは女性になっています。例えば『ねじまき鳥』では、生命維持装置のプラグを抜いて現実の綿谷昇を殺す、手を下して裁かれるのはクミコです。『1Q84』でも、リーダーを現実に殺すのは青豆なんですよね。もちろんすべての小説をフェミニズム的に読む必要はないし、小説は正しさの追求を目指すものではないけれど、でもあえてフェミニズム的に読むとしたら、「そうか、今回もまた女性が男性の自己実現のために、血を流して犠牲になるのか」というような感じでしょうか。

現実世界の多くの女性は、女性であるというだけで生きているのがいやになるような体験をしています。たとえば、性被害に遭ったとしてもお前に隙があったからだと責められる。これはもう、女性が女性の身体を持っているから駄目なんだと、存在そのものを否定されているのと同じです。そんなこと思ったことないという女性もいると思いますが、その場合はきっと、システムによって完全に内面化されていて気づくことができないという可能性もあるくらい。だから、物語の中でも女性が男性の自己実現や欲求を満たすために犠牲になるという構図を見てしまうと、しんどくなるというのはありますね。

村上　うーん、たまたまのことじゃないかな、そういう構図みたいなのは。少なくとも僕はそういうことはとくに意識してはいないですね。ごく無意識的に、たまたまそういう物語になってしまうこともあるのかもしれない。でも言い訳するんじゃないけど、僕が書いているのはそういう割り切られた図式ばかりではないですよね。たとえば『ノルウェイの森』では直子と緑はそれぞれに意識下の世界と、意識上の世界で懸命に生きようとしている。主人公の「僕」はそのどちらにも心を強く惹かれることになる。そして分裂してしまいそうになる。あと、『アフターダーク』なんかは、ほとんど女性たちの意思によって物語が進められている世界です。だから決して、女性のキャラクターを性的なレベルの「案内役」として、周縁的に設定しているばかりではないと思うんです。物語そのものは忘れても、彼女たちは僕の中で今でも生きています。たとえば『ノルウェイの森』のレイコさんとか、ハツミさんとか、彼女たちのことは今思い出しても胸が少し熱くなる。僕は彼女たちを小説的に利用しているだけではない。個々の作品によって状況は個々に変化していく。これはエクスキューズではなく、実感として体感としてそう思います。

――わかります。書き手として、わたしはその実感をしっかり共有できていると思います。と同時に、読者がそのように受け取って読んでしまうということも、それ自体は理解できる。

今のお話はわたしにとって、とても大事なことで、村上さんの中には、性的なものである以上に、あるいはそれとは関係なく、物語そのものをどこか違うところに導いていく存在として、女性というものがある。

村上　うん、女性の中には男性の持っているのとは違う機能が間違いなくあると、僕はいつも感じています。とても平凡な言い方だけど、僕らはそれを互いに補いあって生きている。そして時には役割や機能を交換することもある。そういうのを自然なこととして捉えるかあるいは図式的であると捉えるか、公正であると捉えるかあるいは不公正であると捉えるか、対立的な性差として捉えるかあるいは協調的な個別性として捉えるか、それは人によって、場合によって違ってくると思うんです。お互いを補いあうというよりは、打ち消しあう部分だってあるかもしれない。でも僕としては、ただそれを物語として捉えるしかない。ポジティブでもなく、ネガティブでもなく、そういう予見抜きで、自分の中にある物語にそのまま寄り添っていくしかない。僕は思想家でもなく、批評家でもなく、社会活動家でもなく、ただの一介の小説家に過ぎないですから。で、それがイズム的に見ておかしい、考えが足りないと言われれば「すみません」と素直に謝るしかない。謝るのはぜんぜんかまわないんだけど(笑)。

こんな女の人、いままで読んだことがない

――例えばチャンドラーのハードボイルド小説の中でも、女性がまず何らかの依頼

をしてきて、みたいな役割がありますよね。村上さんが読んでこられた小説の中で、女性がどのような働きをしてきたかという蓄積（ちくせき）もありますから、そういったものもすごく関係すると思うんですね。

でも、村上さんの書く女性といえば、わたしにとってはまず「眠り」の主人公の女性なんです（註・『TVピープル』一九九〇年刊所収）。わたしはこれまで女性作家が書いた女性の小説を読んできたし、男性作家が書いた女性の小説も読んできました。しかしながら、「眠り」でお書きになった主人公のような女性は、今まで一度もお目にかかったことがありません。これは本当に驚嘆すべきことです。

村上　あれは「ニューヨーカー」に載ったんだけど、その頃、僕はまだアメリカではほとんど名前が知られてなくて、読んだ人の多くは、ハルキ・ムラカミって女性作家だと思っていたそうです。実際、女の人から「よく書いてくれた」ってファンレターが何通も来て（笑）。それはちょっと困ったけど（笑）。

――「眠り」が、村上さんの中では女性が語り手となる最初の作品ですね。

村上　そうですね、たしか。

――そのときはどういった理由で女性を書いてみようと思われたんですか。そんなことを意識することもなく？

村上　あれはローマに住んでいるときに書いたんだけど、あの頃の僕はノイローゼというほどではないにしろ、『ノルウェイの森』が大ベストセラーになって、そのときのまわりの反応が嫌で嫌でしょうがなくて、どこかよその世界に逃げ込みたいと思っていました。だから日本を離れて、イタリアにこもっていた。気持ちが落ち込んで、しばらくのあいだ何も書けなかったんです。でもあるとき、ふっと何か書きたいなという気持ちになって、それで「TVピープル」と「眠り」を二つまとめて書いたんです。春の初めのことだったけど。

——どっちが先に完成しましたか。「TVピープル」ですか。

村上　たぶん「TVピープル」が先。MTVでルー・リードのミュージック・ビデオを見て、それにインスパイアされて、ほとんど一息で書きました。そのあと女の人を主人公にして「眠り」を書いたと思うんだけど、たぶんその話がそのときの僕の気持ちに合っていたんだと思います。自分自身から少しでも遠くに離れたいという気持ちがあったのかもしれない。だから女性を主人公にしたのかもしれない。この話もわりにさっと書けたという記憶があります。

——「眠り」は本当に素晴らしい作品です。眠ることができない、これはつまり、死が存在しない人生を生きるようなものですよね。その不穏さと独特の緊張感が一瞬もゆるむことなく、ひとりの女性の存在にぴたりと重なっている……村上さんって、こういう作品だって数日で書くでしょう？　短編だから。

村上　でも完成形ができるまでには一週間ぐらいかかったかな。

――「眠り」を数日間かけて精読したことがあるんですけども、とにかく、こんな女の人を読んだことがない。女性であるわたしが、テキストの中で「新しい女性」を発見した喜びがありました。それが男性作家の手によってなされたということが驚きだったし、本当に素晴らしい体験でした。

さきほどの話に少しだけ戻りますと、わたしにとって村上さんの小説における女性、女性の造形といえば、この「眠り」の彼女なんです。わたしはフェミニストですが、その点で言うと、ここで信用取引が――それもかなり大型の信用取引が成立しているんですね。そして何よりも、文章そのものに対しての信頼がある。……村上さんはグレイス・ペイリーという女性作家の短編をたくさん訳されているんですけど、そういったものとも、ちょっと関係しているのかな。女性の造形をするにおいて。

村上　あんまり関係ないと思う。グレイス・ペイリーはただ小説作品としてとても面白いから訳しているだけであって、そこにある女性原理みたいなことはほとんど意識しないです。「眠り」についていえば、僕はただ思いつくままですらすらと書いて、こんなものでいいのかな、女の人って、という感じでした。たまたま主人公が女の人だったということであって、僕としてはとくに女の人の心理を書こうと意識して書いたというのでもないですね。

――女の人を書こうと思ったら、女の側からも男の側からも、こういうことを書いたら女性っぽくなる、みたいな刷り込みがあるんだけれども、そういったものがまったくないんですよね、あの小説には。

村上　ただ、最後のシーンで夜中の波止場で車を揺さぶられますよね。あそこのときだけは主人公が女性であることをかなり強く意識しました。真っ暗な中で、何人かの男たちに囲まれて車をぐいぐい揺さぶられたら、女の人はきっとすごく怖いだろうな、という感覚はありました。

――男の人でもだいぶ怖いと思うけど、女性はさらに怖いでしょうね。

村上　それ以外のところはね、別に一人の人間として書いていたから、とくに女性であるということは意識しなかったですね。

――だから、その距離の取り方というか、人間……まさにそうですね、女性の人間の部分だけで構成されていることが逆に女性を照らすことになっている、というのがわたしの感想なんです。あんな女の人、読んだことない。素晴らしい小説だった。

村上　振り返ってみれば、たとえばあの主人公がハウスハズバンドで、奥さんが女医とかで、夫が眠れなくて夜中まで起きていて、料理作ったり洗濯したりするシチュエーションでもおかしくはないかな、と思わなくもないんです。でもきっと何かが違うんだろうね。

――あれは息子がいるというのが一つのポイントで、女性が生んで、自分で生んだんだけれども、ああいった感覚があるというのは、父親の目線とはちょっと違う絶望がある。

村上　あとね、あの奥さんから見た、夫に対する嫌悪感（けんおかん）。それは女の人にしかない嫌悪感なのかもしれない、という気がする。

――嫌悪とも言えないような、何かを感じますね。

村上　うん。僕もときどき家庭内で、背後にそういう気配を感じることがあります。じわっと（笑）。

――じわっとならまだいいじゃないですか、だいたいの家庭では突き刺さっていますよ（笑）。そう、夫と息子は本当によく似た手の振り方をするとか、そういう描写があって。嫌悪感を嫌悪感として書いていないから、読み手の中にある名づけようのない感情に入りこんでくる。『アンナ・カレーニナ』も効いています。

村上　『アンナ・カレーニナ』ね。そう、あれもたしかに夫に対する嫌悪感を描いた小説ですね。トルストイもそういう気配を家庭内で常日頃じわっと感じていたのかもしれない（笑）。

――今までたくさん男性も書かれてきた中で、今回の免色さんのような、ちょっと得体のしれない、「初めてかな、こんなキャラクター」という人物は、女性に関してもこれから出てくる可能性はありますか？　それとも女性に関しては、やはり、必要な役割を与えられた存在として、ある意味で神話的な存在として登場することになるのでしょうか。

村上　もちろん女性に関しても、これまでとは違うキャラクターをどんどんつくっていきたい。今回の秋川笙子さんなんて、まあ脇役ではあるんだけど僕にしてみれば、これまであまり書いたことのないキャラクターなんです。僕は個人的に彼女に対してかなり強い関心を持っています。彼女のことをもっとよく知りたいという願望があります。実際にはなかなかそこまでは行けなかったけど。

――何の本を読んでるのかなって、興味ありますよね。あれは何の本読んでいるの？　あれがもう弩級（どきゅう）のハードボイルド小説とかだったら（笑）。何だろうと思って。何だろう、どんな本を読む人なんだろう。想像つかないよね。

村上　『三国志』だったりして（笑）。

――筌子さん、タフやわぁ（笑）。例えば女性が登場する場合、どういう髪型をしているとか、どういった服装とか……チャンドラーの小説もそうですよね。初対面のときに頭の先からつま先まで描写して、輪郭がぐっと立ち上がる感じがします。村上さんの小説も、登場人物の描写って、服装の細かいところからはじまることも多いように思いますけど、女の人のお召し物って、どういうところで情報を？

村上　何の情報源もないです。ただ思いつきで書いているだけ。そういうことって僕はあまり研究しない。でもその女性のイメージを突き詰めていくと、服装みたいなのもだいたい自然にすっと決まってきちゃうんです。ただ、そうだなあ……女性の衣服ってわりに日頃から観察しているかも。僕自身、服を買うのはわりに好きだから。

――「トニー滝谷」に出てくる妻は、すごくお買い物をしますよね。彼女は最後に交通事故で亡くなっちゃうんだけども、洋服のことを考えると禁断症状が出て震えるところとか、もう最高ですよ。

でも、こうやって改めて伺ってみると、いろんな女の人をお書きになっているんですよね。女性の造形が「一つのパターンに収まっている」とは思えないんですけどね。もちろん、ひとりの女性キャラクターを描くのと、関係性を描くということは、別のことなんですけれど。

村上　そういうパターンみたいなのって、正直なところ僕にはよくわからないんです。「僕の小説に出てくる女性」と言われても、僕から見れば一人ひとり違う人だし、そして僕は基本的に彼女たちを、女性とか男性として捉える前に、一人の人間として捉えているわけだから。でも、それはそれとして、「緑色の獣」の奥さんもけっこう怖いですよね（註・『レキシントンの幽霊』一九九六年刊所収）。

――そうそう、彼女も。

村上　あそこに書かれた、女性だけが持っているある種の残酷さって、僕もよく肌身に感じるんだけど、ちょっと独特ですよね。またここで性差を持ち出すと叱（しか）られるかもしれないけど、ああいう残酷さはたぶん男性にはあまりないいんじゃないかと思う。男性ももちろん残酷になりうるけど、男性の場合もう少し図式的なんです。論理でやっているか、あるいはぐっと跳んでサイコパスになっちゃうか。でも女性の残酷さというのは、もう少し日常的なんだ。ときどきどきっとさせられます。「緑色の獣」って、不思議に女性読者のファンが多いんです。不思議でもないのかな？

――うん、わたしのまわりにも多いし、わたしも好きな作品です。なんというか、その怖さを怖さと感じないで、当然のものとしてすっと受け入れてしまうところがありますよね。ああいう残酷さには馴染みがある。

地下に潜んでいる、僕の影に触れる瞬間

――さて、では今日の最後の質問をさせてください。村上さんは、だんだん自作を言葉で説明する必要がなくなってくる、とおっしゃっていましたが、村上作品に対する批評や分析といったものとの距離みたいなことを伺いたいなと思います。

昨年十月にアンデルセン文学賞をお受けになったときが、公的な発言としては一番新しいものですね。

村上　うん、スピーチをしましたね。

――その中で、アンデルセンが書いた「影」という小説を引用されていて、小説家にとって大事なのは影で、その影をできるだけ正直に正確に書くことだとおっしゃっています。その影から逃げることなく、論理的に分析することなく、一部として受け入れることで、内部に取り込んでそれを書く、その過程を経験することを共有することが小説家にとって決定的に重要な役割を持つと。

わたしもその話を聞いて、なるほどそうだなと思いました。とにかくそこでは見つめること、それをそのまま受け入れることが大事であると。これ、とてもわかるんですけれども……でも、その闇を分析したり、論理的に理解するということもまた、何か大切なことを知ることの一助になる可能性があるんじゃないかと思うんですよ。それとも、論理的に把握したり分析したりすることは、影に向かう態度としては、あまり適切ではありませんか。

村上　僕は正直なところ、分析というのはあまり好きじゃないです。もちろんまったく分析をしないというんじゃなくて、これまでに分析みたいなことを、僕なりにちょくちょくやってきました。でもあとから思うと、だいたい間違っていた（笑）。取り入れるファクターがひとつ多かったり少なかったりしたら、分析の結果なんてがらっと変わってしまいます。もうこれ以上そういうつまらない間違いを犯したくない、というのが僕の正直な気持ちです。

――だいたい間違っていた（笑）。そういうところが村上さんはいいですよね、全然マッチョじゃない。そう、村上さんは、分析はしないほうがいいとおっしゃいます。物語を読むときには、そのままを受け入れてほしいと。魔法が解けてしまうとまでは言わないけれど、今の時代は何でも分析的に論理的に解釈することを方向づけられているけれど、そうすることよりも、ただ受け入れることが大事で、影に向かい合う方法としても、論理的に分析せずに、受け入れてほしいと。

村上　そうですね。ものごとをそのまま受け入れるというのはずいぶん体力のいることだし、そういう力を身につけることが大事なんじゃないかと。

——そうすること自体の素晴らしさってあると思うんですね。でも、わたしが思うのは、たとえば影を受け入れるということと、論理的に分析するということが、果たして相反するものかどうか、という点なのです。今日は最後にこの点をお聞きしたいです。

村上　相反するものではないけれど、重なり合わなくてはならないというものでもない。ジョセフ・コンラッドがどこかで書いていました。作家は、自分ではすごくリアリスティックに物語を書いているつもりでいて、いつの間にか幻想的な世界を書いてしまっていることがある、と。つまりそれはどういうことかというと、コンラッドにとって、「世界を幻想的に非論理的に神秘的に描くこと」と、「世界は神秘的で幻想的であると考えること」はまったく別のものなんだということなんです。そういう自生的な乖離（かいり）がある。

——書くことと考えることは別。

村上　例えば僕は、「この世界が神秘的で幻想的な世界だ」とはとくに思ってはいません。超自然的な現象もとくに信じないし、怪談とかオバケとかそういうこともともとくに信じない。占いみたいなことにもまるで興味ない。そういう非整合的な現象はあるいはどこかにあるかもしれないけど、またそれを決して否定するわけじゃないけど、僕とはあまり関係のないことだと思って生きています。とても散文的というか、非スピリチュアルな世界観です。でも、僕にとっての物語をどこまでもリアリスティックに描いていこうとすると、結果的にそういう非整合的な世界を描くことになってしまいます。わけのわからないものがどんどん登場してきます。それが、「世界を神秘的、幻想的と考える」ことと「世界を神秘的、幻想的に描いてしまう」ことは別の話だという発言の意味です。それわかりますよね。

――わかります。

村上　その乖離というか、落差みたいなものの中に、自分の影が存在しているんじゃないかと僕は思っています。だからこそ、乖離というものが僕にとってはとても大事な意味を持ちます。僕が小説を書くときにやっているのは、僕のまわりにある世界を少しでもリアリスティックに、写実的に描こうという、それだけのことです。成り立ちというか、動機としてはとても単純な営為です。でも実際には、リアリスティックに書こうとすればするほど、「騎士団長」とか「顔なが」みたいのがぽんと出てきちゃう(笑)。そうなると、読者も評論家も人によっては、これはおとぎ話みたいなものじゃないかと考えてしまうわけだけど、僕にとってはそれは、どこまでもマジにリアリスティックなものなんです。おとぎ話なんかじゃぜんぜんない。

だったら、その乖離はどこからなぜ出てくるのか、それを知ることが、自分の影を見ることの手助けになるのではないかというふうに僕は思っています。僕自身はこうしてリアリスティックに現実の世界で生きてはいるけれど、その地下には僕の影が潜んでいて、それが小説を書いているときにずるずると這い上ってきて、世間一般が考えるリアリティみたいなのを押しのけていきます。そういう作業の中に、僕は自分の影というものを見ようとしているんじゃないかな。ただ、それは小説家である僕にとっては、物語を語るという作業の中で可能なことなんだけど、普通の人にはなかなかできないことかもしれない。つまり僕は物語を書くことによって、多くの人のためにその作業を代行しているのかもしれない。そういう気がします。なんか僭越なようだけど。

――村上さんにとって、ご自身の影に触れる瞬間というのは、その物語世界を支えるすべてのセンテンスを詰めて詰めて極限まで詰める、その感覚であると。

村上　うん、要するにそういうことかもしれない。その意味は分析の中にあるのではなく、行為そのものの中にあるんです。もちろん分析もある程度大事なんだろうけど、少なくともそれは僕の役目ではない。僕にとっては、行為総体が分析を含んでいなくてはならないんです。行為総体から切り離された分析は、根を引っこ抜かれた植物のようなものです。固定された分析には、必ずどこかに誤差が含まれています。それは場合によっては許容できる誤差であるかもしれないけれど、ある場合にはとても危険な誤差であるかもしれない。少なくとも僕はそう感じています。だからできるだけスタティックな分析には手をつけないようにしている。それよりは物語のダイナミズムの中で、できるだけ流動的にものごとを眺めようとしています。センテンスをぎりぎりに詰めていくというのも、間違いなくそのダイナミズムのひとつです。

――なぜこのような飛躍が、リアルな現実の自分と、自分が書いた物語世界との間に違いが出てくるんだろうか。そのことに気づく瞬間もまた、影に関係してくる。でも気をつけなければいけないのは、なぜ村上さんが書くと飛躍が生まれるんだろう、というときの、「飛躍」の部分は、あくまで現実の側の理論から解釈しないことなんですね。

村上　そう、それが大事なことです。現実の側だけから物語を解釈しちゃうと、ただの絵解きになっちゃいます。あるいは専門家の知的ゲームみたいに。僕の小説に関して、よく分析的批評みたいなことがされているみたいですが、僕はそういうのは読まないですね。それはそれとして、自立した知的戦略としては面白いのかもしれないけど、作家である僕の本来の意図とはあまり関係のないことだから。

でもそれと同時に、スピリチュアルな側だけからの解釈も、場合によっては危険なことになります。それこそジョン・レノンを殺害したチャップマンの轍を踏みかねない。そのへんの兼ね合いがとても難しいんだけど、僕としては可能な限り「善き物語を書こう」という意志を持ち続けるしかないんですよね。そしてそういう気持ちはきっと読者に伝わるはずだと、僕はポジティブに信じているんだけど。というか、それ以外に僕にできることは何もないような気がする。

（二〇一七年一月二十五日　三岸アトリエにて）

第四章

たとえ紙がなくなっても、人は語り継ぐ

村上さんのご自宅。たくさん絵が掛かっていて、絨毯がどれも素敵だった。書斎にはものすごい数のレコード。巨大なスピーカーには金属製の大きなハリセンみたいなのがついていて、何にも知らないわたしだけれど、その佇まいからして「きっと凄いやつなんだろうな」という感じがすごくした。ソファに座って、ベートーヴェンのピアノソナタ三十二番第二楽章を聴く。園田高弘、ハスキル、ゼルキン。素晴らしい音。棚のあちこちに鴨の置物。村上さんの仕事机の前方には長方形の大きな窓があって、そこから山と空が見えた。

日記は残さず、数字は記録する

村上　前回のインタビューでも準備していたんだけど、『騎士団長殺し』の執筆過程のメモを持ってきましたので、忘れないうちにそれを読みますね。何かの参考になるかもしれないので。まず二〇一五年の七月末に書き始めたとあります。川上さんと雑誌「MONKEY」のために最初のインタビューをしたのは六月だったから、その翌月にこの小説を書き始めたことになります。

――えーっと、あれは七月だったたです。たしか七月九日ですね。

村上　え、本当に？　じゃ、あのインタビューのすぐ後にこの小説を書き始めたんだ。

――すぐですね。

村上　なんか、ただやみくもに書き始めて（笑）。それで、翌二〇一六年の五月七日に一応第一稿を書き上げたって書いてありますね。だから、約十か月か。意外に早かったね。

――毎月二百枚ぐらいになりますね、平均すると。

村上　うん、まあ、そんなものかな。

――月に二十日営業というか二十日書くとして、一日十枚……。

村上　そのあいだ翻訳はやっていたけど、ほかの仕事はやらずにこの小説だけにかかりっきりだったから、時間的な密度は濃いです。十か月弱で完成して、それから書き直しに入って、第二稿が終わったのは六月末。

――紙にプリントせずに、データ上で直しているんですよね。

村上　うん、コンピュータの画面で直している。ちなみに僕は『ねじまき鳥』の頃からずっと、EGWordという日本語ソフトを使っています。ずいぶん古いものだけど、これでしか小説が書けないので。で、そこからしばらく中休み、養生期間を置いて第三稿にかかって、第三稿ができたのは七月の末。だんだんスピードが早くなっていくんですね。

――はじめの二稿と三稿のあいだにどれぐらいの変化があったとかっていうのは、村上さんしか分からないけど……。

村上　ここに量の変化のメモがあります。

——……ほんとだ、枚数の増減が一目瞭然。

村上　こうやって各章の枚数のメモをつけている。

——この表って、①が一稿、②が二稿、③が三稿ってことですよね。ということは、はじめに、一稿のときに一章から六十四章まであったと。そして第一章の一稿が原稿用紙換算四十二枚ですね。四十二枚あって、そこから二稿にするときに八枚削った——っていうのを、一回一回書くんですか？

村上　ひとつひとつ書き留める。マメなんです（笑）。

——で、第二章なんかは、一番はじめ五十一枚あったのが、一枚減って五十枚になって、三枚増えて、三稿で五十三枚になったと。村上さんにとってこのバイオリズムって、どういう感じで大事なんでしょう？

村上　だからね、書き直しする際に、今回は基本的に削ろうとか、今回は基本的に増やそうとか、大体のポリシーを決めてやります。

——えっ？「今回は削ろう、今回は増やそうってポリシー」って何？（笑）

村上　今回の書き直しでは減らすのを中心にして書いていこうと。で、その次はちょっと増やし気味で書いていこうとか、そのときによっていろいろとテーマがあるわけ。

——それは、毎回違う？

村上　毎回違います。いったんざっと減らして、あとは少し増やし気味に、肉をつけていくというパターンが多いみたいだけど。それで、七月末に第三稿が終わって、第四稿にかかって、これが八月の半ば、八月十五日に四稿が終わってますね。それからまた直して、これは第五稿ができたのが九月十二日で、このとき編集者にＵＳＢを「ほい」って渡しています。

――「ほい」と言ってＵＳＢを担当編集者に。

村上　うん。出し抜けに、何の予告もなく。僕は注文を受けて書いているんじゃないから、どこの出版社に原稿を渡すかは、書き終えてから決めます。それで、「すぐにプリントアウトしてくれ」ってお願いして。それまではずっとデータ上で手を入れていたから、そこで初めて紙に印字された状態で読んで、書き直します。コンピュータの画面で読むのと、紙で読むのとでは、かなり感じが違ってきますよね。第１部のプリントアウトへの手入れを終えたのが十月五日。それから、第２部をプリントアウト、手を入れ終えたのが十一月十五日。それが第五稿ということになる、そのプリントアウトが。

――プリントアウトが第五稿？

村上　第六稿か。第六稿ということになるな。で、そこから正式のゲラになるわけです。

——ここからゲラだ。

村上　だから、ゲラになるまでに第六稿までやっているということですね。細かい書き直しはもっともっと数限りなくあるけど、頭から順番に読み直していって、しっかり手を入れるというのを六回くらいやっている。

——それって、ヴァージョンを上書きしていくんですか。それとも残すんですか。

村上　一応、僕のＵＳＢスティックには原型が残っています。昔、手書きの頃はそれできなかったけど、今はほら、全部簡単に残せるじゃない。場所もとらないし。だから原稿の推移が一目でわかって、研究者なんかがいたら喜ぶかもしれないけど、研究者には渡しません（笑）。ちなみに言えば、この小説を執筆しているあいだに、僕は翻訳を四冊ほぼ仕上げていますね。

——そうですよ、なんという仕事量……。

村上　カーソン・マッカラーズの『結婚式のメンバー』でしょ。それからレイモンド・チャンドラーの『プレイバック』、グレイス・ペイリーの短編集『その日の後刻に』をやって、あともうひとつ何やったんだっけな、そうだ、ジョン・ニコルズの『卵を産めない郭公（かっこう）』。この四冊を翻訳しました。よくやったな。

――……。

村上　小説を書いていると、小説から逃げるために翻訳につい行ってしまうということはありますね。

――逃げるというのはどういう？

村上　つまり小説のことを考えると、頭が煮詰まってくるじゃないですか。その合間に翻訳をやると頭が楽になるんです。だからついそっちに逃げ込んでしまう。逃避です。逃避としての翻訳。で、柴田元幸さんにその話をしたら、柴田さんは大学でのいろんな雑務から逃れるために、やはり翻訳に逃げ込んでたんだって。でももう大学は辞めたから、「じゃあ、もう逃げ込むところがないじゃないですか」って言ったら、「翻訳から逃げる必要はないんです」ということでした（笑）。あの人はすごいよね。僕なんかよりずっとすごい。

――柴田先生も超人ですよね……（笑）。改めてメモを拝見すると、うーん。こんなふうに推移というか制作の細かな記録をするのって、やっぱり村上さんが走っていらっしゃることと関係あるんでしょうね。

村上　関係あるかも。走ることについても、今日はどこを何キロ走ったとか、やはり記録をつけてますから。水泳もプールを何往復したとか。いちいち数えてる。

――小説の身体の把握みたいな。

村上　僕はね、すぐいろんなことを忘れちゃうんです。だから、どんなふうに小説を書いていったかというのを一応記録しておきます。僕は日記をつけないから、自分の心理状態とかそういうことを書き残したりすることはないいんだけど、事実関係、数字関係だけはきちんと残しておこうと。それが具体的に何かの役に立つということもないんだけど、ただのメモとして。

――そのとき何を思ったとかじゃなくて。

村上　そういうことじゃなくて、ただ数字だけ。日にちと数字。

――それって昔からですか。

村上　うん。僕は昔から日記ってつけたことないんです。なぜか日記がつけられない。それこそ三日で終わってしまう。でも日誌に、何時にどこに行って、何して、ビール何本飲んだとか、そういう数字的なことだけはけっこうきちんと書いておきます。

――『風の歌を聴け』を思いだすようなエピソード。数字的な把握にやっぱり親和性があるんですね。

村上　数字ってややこしいことを考えなくていいから。自分を事実に結びつけておく。ボートをロープでつなぐみたいに。

まずは適当に書き飛ばせばいい

――今回、長編が始まったときって、どんな雰囲気だったんでしょう？

村上　書き始めたのは二〇一五年の七月だから、『村上さんのところ』の本が出て、一息ついた頃ですね。

――あれはちょっと恐ろしい数のメールでしたよね。

村上　うん、恐ろしい数。もうすさまじい量のメールが寄せられて、それをとにかく一通り読んで、たくさんの返事を書いて……全部で二千通くらい返事を書いたっけなあ（註・実際には三七一六通の返事を書いた）。とにかくそれが終わるまでは他のことはもう何もできなかった。最後の方は頭がくらくらして、目も霞みました。目にはよくなかった。それがなんとか終わってホッとして一息ついて、それから「そろそろ小説に取りかかろうかな」というふうになったんじゃないかな。

――ちょっと、休まなさ過ぎじゃないですか。

村上　そういえば忙しかったかな。僕はその前年に『女のいない男たち』という短編集を出して、それから、年が明けて四か月ほど『村上さんのところ』を集中してやって、秋に『職業としての小説家』というのを出すことになっていて、そろそろ順番としては長編小説だなという思いは頭の中にありました。漠然とした出だしのイメージはもちろんあったんだけど、実際にいつ長編小説を書き始めるかというのは、そのときになってみないと僕にもわかんないんです。あのときは、『村上さんのところ』の仕事を終えて、たしかハワイに行ってたと思います。ハワイでのんびり寝転んで、目を休めて、そのうちになんだかわからないけど、「まあ、そろそろ行っちゃおうか」というむらむらした気持ちになってきて（笑）。

──村上さんののんびりって、まさか三日とかじゃないでしょうね（笑）。とにかく、切れ目なく続く、ものすごい仕事量。

村上　僕にとって、締切りのない仕事は趣味でやっているようなものだから、それはもう仕事とも言えない。だから、忙しいかと訊かれると、「いや、今は翻訳しかやってないから別に忙しくないですよ」みたいなことを言ってたりして。

──そんなふうに、村上さん的休息もまあ、一段落して。

村上　長編の書き始めは、「よし、やるぞ」というんじゃなくて、「まあ、ちょっとやってみるか」という感じで、気楽な試し書きみたいなものから始まります。そうすると、わりに話が自然にのびていって、やがて本格的に物語に入り込んでいきます。

——それが最終的にどれぐらいのサイズの小説になるか、そういうのってわかりますか？

村上　大体わかりますね、そのときの気分で。長編、今回の場合は二千枚だけど、まあ、千枚は超す、千五百枚は超すだろうな、ぐらいの感じはわかる。唯一わからなかったのは、『ノルウェイの森』の時ぐらいかな。あれは、中編のつもりで始めて、思ったより長くなっちゃったけど、僕の中では小説のタイプが少し違うから。大抵は書き始めて、この書き始めだったらこれぐらい行くかなとか、おおよそのことはわかります。

——それで今回は二千枚ぐらいだな、と。

村上　編集者に渡すまでに全部で三百枚ぐらいは削りましたけど、確か。

——その過程が、この一覧表に。

村上　やっぱり長編を書くと、どうしても書き込み過ぎるんです。力が入ってくるし、前に書いたこと忘れてまたもう一回書いたりして。だから、どうしても長くなり過ぎる。

——ゲラが出るまでの段階で六稿まで直されてきたわけなんですけど、増減を繰り返して、ピタッと収まったかな、ということでゲラを出校してからも、またさらに書き直し？

村上　ゲラ、何回やったっけな。初校、再校、三校……念校で最後かな。

――じゃあ、全部で……十校だ(笑)。

村上　いや、それぐらいはいつもやりますよ。今回は少ないくらいだと思う。

――長編になると、これぐらいは必ず？

村上　うん。それぐらいやらないと落ち着かないですね。長編というのは、全体の構成のバランスも複雑だし、整合性のこともあるし、事実関係もあるし、僕だけじゃなく、何人もかけて相当細かく読み込んでもらわないと。

――例えば今回だったら画家が主人公なので、ディテールがありますよね。専門的なことを調べる必要のある描写も出てくると思うんですけど、最初から、そういう場面も書き込んでいくんですか。それとも……。

村上　そういうのは最初の段階ではそれほど細かく書き込みません。だいたいは頭の中で想像して書いちゃう。細かいところはあとで調べて訂正すればいいんです。たとえば日本画家は絵筆のことをブラシとは呼ばないとか……。

――そういうところ(笑)。

村上　最初はほとんど全部想像で乗り切ります。画家がどういうふうに絵を描くかって、僕は生まれてから一度も油絵なんて描いたことないから、技術的なことはほとんど何も知らないんだけど、適当に書いてしまう。ウィキペディアか何かみたいなもので、簡単に調べられることは少しチェックしたりするけど、できるだけそういうものも見ないようにしています。

——できるだけ見ないようにするのには、理由がありますか。

村上「こんなもんだろう」と自分で想像したほうがうまく書けるから。いろんなディテールを引っ張り込んでくると、ディテールが幅をきかせて、文章がうまく流れていかないことがあります。第一稿はとにかく文章の勢いで話を持っていかなくちゃいけないから、できるだけフットワークを止めないようにする。ディテールはあとから何とでも調整できる。わからないところは新潮社の校閲部が引き受けてくれるし。

——二千枚の原稿を近くで見たり、遠くに引いて見たりということを繰り返すなかで、ふと、原稿に対する自信が消失するというか、「これ、ひょっとして……こんなに長く書いてるけど、俺以外は面白くもなんともない小説なんじゃないだろうか」みたいに不安に思ってしまうようなことって、ないですか？

村上　ない。

——確信みたいなものがずっとあるわけですか。

村上　うん。確信がなければ長編小説は書けないもの。

——書いているときも？

村上　うん、書いているときには疑いみたいなのはないね。書き終わってから、書いたものを読み直して「あ、ここちょっとまずかったな」といったことが見えてきて、場合によってはそこを大きく書き直すことはあるけど、書いてるときはそんなこと考えたってしょうがない。もうとにかく確信を持って書いていくしかないです。迷いなく乗り切っていく。

——「これは失敗作だったんではないだろうか」みたいなこと、ちらっとも思わない？

村上　思わない。どこか途中まで書いて、「あ、これ失敗だな」と思って、また前に戻って書き直すってことはなかったですね。覚えている限り。

——行先はもう決まっていて、もうそこに行くだけ？

村上　もう始めたら行っちゃうしかない。前に前に進んでいきます。あとでなんとでも直せるんだから、とにかく話の流れを追って、最後まで書き上げてしまう。

——第一稿と、編集者に手渡した二千枚の内容ってどのぐらい違うのかなあ。それを全て知っているのは村上さんしかいないわけですけど。

村上　違っているところも何か所かあります。たとえば……この登場人物がここで何かをおこなった、というエピソードがあったけど、やっぱりそれは話の流れにそぐわないなと。だから彼は（彼女は）それをしなかったことに変更する、あるいは違うエピソードに差し替える、というようなことはしばしばあります。でも、それによって本筋が変わることはない。それくらいはいくらでも技術的に対応できます。

――印象も変わらない？

村上　印象もとくに変わらないと思う。あくまでテクニカルなことだから。

――それこそ、この小説のイデアみたいなものがあって、それがつかんでいるものは最初から変わらないというか。

村上　うん、話の流れの本筋さえつかめていれば、何も心配ありません。僕は直すのは得意なので、あっという間に直してしまう。

――……ともあれ、十か月の間に二千枚以上お書きになって、あまり日割り計算には意味がなくても、とにかく毎日十枚ぐらいは書いて、お仕事すると。

村上　うん。

――ディテールについてはどうでしょうか。ここは書いていて楽しかったな、とか、ここスラスラ書けたな、というところなど、今振り返ってみて印象的なところはありますか。

村上　とくにない。日々仕事をこなしていくだけ。

――ない？　全部けっこう均質なんですか？　ここは書いていて楽しかったな、みたいなところとか。

村上　そういうの、思い出せないな。

――何かないですか。二千枚と十か月も付き合うと、なんかこう。

村上　会話を書くのは好きだから、騎士団長が話すシーンとか、それから雨田政彦との話とか、そういうところは苦労なくすらすらと書けます。楽しく書けるか、と言われるとそれはよくわからないけれど、少なくとも苦吟するようなことはなかったな。

――あの騎士団長の、「あらない」みたいな妙な言葉遣いは、キャラクターと同時に出てくるかとは思うんですが、本当にこういうところがお上手ですよね（笑）。『キャッチャー・イン・ザ・ライ』のホールデン君の先生のうめき声を「あーむ」って訳されたり。印象に残ってるなあ。

村上　そういうのって、なんか自然に出てくるんです。

――口で言ってみるんですか、自分で「それはあらないよ」とか。

村上　まさか口に出して言ったりしないよ。そんなの馬鹿みたいじゃない(笑)。そういうのって、必要になると、なんかふっと出てくるんですよね。いちいち考え込んだりはしない。考え込んだりすると、ろくなことはないから。でもね、考えないのって、普通は意外に難しいのかもしれないですね。つい考えちゃう。

――そのままの流れを大事にして。

村上　とにかく、なんかちょっと変かなと思っても、「まあいいや、明日考えられることは、また明日考えよう」みたいにしてそのまま行ってしまいます。思い切って考えずに行っちゃうと、それで何とかなるものなんです。

――じゃあ、ここは二枚半ぐらいまず書いて、あとからしっかり考えるから、みたいな感じで。

村上　そういう感じ。とにかく考え込むことは回避するようにする。

――逆に、こう、文章の進みがふっと遅くなるというか、重くなるのはどういったところですか。

村上　やっぱり地の文章ですね。地の文章は場合によっては、書くのにかなり骨が折れます。読むほうもね、会話なんかはわりにスラスラ読めるんだけど、地の文章になると、ある程度気合いを入れて読み込まなくちゃいけない。そこには大事なことが書かれているかもしれないし。作家にも二種類あって、地の文を「しっかり読み込め!」という感じで密にごりごり書き込む作家と、これは読者も大変だろうなと思って、それなりにサービスする作家がいます。

――親切に。

村上　そう、親切心を出す。僕はどっちかっていうと親切心のある作家かもしれない。それこそ前回話した「太った郵便配達人と同じくらい」みたいな表現をひとつ入れると、読者は心が緩みますよね。その緩ませる感覚というのはけっこう大事だし、それをどういう塩梅（あんばい）に配置していくかというのは、作家の腕の見せ所になる。

――親切心から「ここに何かが要るな」と思ったら、少々骨が折れる予感がしても、とにかく書いてみるんでしょうか。

村上　僕は書きにくいところは、面倒だから適当に書き飛ばしておきます。

――書き飛ばす。

村上　たとえばこの部屋の描写がここで必要だとしますよね。それを最初からきちんと書き込もうとすると、頭がぐつぐつ煮詰まってくるから、とりあえず思いつくままに適当に書いちゃうわけ。たとえばここは四百字詰め原稿用紙二枚半くらい使って描写するべきところだなと思ったら、原稿用紙二枚半ぶん、とりあえず描写しちゃうわけ。何はともあれ必要なスペースを字で埋めておく。うまい文章を書く必要はありません。あとで書き直すときに、必要に応じて削ったり膨らましたり、細部を丁寧に書き込んだり、美しい親切心を入れたり、素敵な比喩をきかせたりすればいい。一日十枚書いていくには、そういう難しいところは適当にスルーしないと身がもたないから。

——そうですよね！　今、心から安心しました……だって不思議だったんですよ。毎日十枚きっちり完璧なものを書いていくって、そんなの絶対無理じゃなかろうかと（笑）。

村上　完成稿を毎日十枚書こうと思うと、そりゃ難しい。

——ですよねですよね。ここは二枚半ぐらい要るというのは大体わかるから……。

村上　小説というのは呼吸だから、その呼吸のバランスさえ押さえておけばいいわけ。ここは二枚半描写というのが頭の中の工程表に入っていればいいんであって、とにかく書いてしまう、二枚半。何でもいいから。

——呼吸を押さえつつ、書ける範囲で書いておくと。ザーッと。

村上　ザーッと書いちゃう。それであとで読み直してみると意外に、「ああ、これでべつにいいじゃん」みたいなことになったりもします。

——案外うまいじゃん、みたいな（笑）。その部分は、データ上でマークとかつけておくんですか。

村上　つけない。頭の中で記憶する。というのは……あ、ひとつ言い忘れたけど、一日十枚書くって言いましたよね。でもね、朝起きてコンピュータに向かって、まず最初にその前の日に書いたぶんに手を入れるんです。その十枚ぶんを読み直して、荒っぽいところを少し均（なら）します。

――それって大体一時間ぐらいですか。

村上　そんなにかかんない。

――三十分ぐらい？

村上　ううん、もっと短い。十五分か二十分か、そんなものかな。足りないところを付け足し、余分なところを削ります。でもそんなにぐじゅぐじゅ時間をかけないで、わりにあっさりと一通り手を入れるという感じ。そしてその流れをつかんでから、今日のぶんに取りかかります。連続ドラマで「前回のあらすじ」みたいなのがあるじゃない、「Previously on Breaking Bad...」みたいな感じで。あれと同じ。で、その翌日は、今日書いた分にまた手を入れて……というのを毎日繰り返していく。ヘミングウェイも同じようなやり方で書いていたという話を、どこかで読んだことがあります。

――でも、そうやって日々のレベルでも書き直しがあり、一稿、二稿、三稿と、最後、十稿まで行くわけですよね（笑）。

村上　うん。

――短編はそこまでしないですか？

村上　短編ももちろんしますよ。ただ、短編の場合は読み返すのに時間がかからないから、長編のときほど大変な作業にならないというだけであって。

新しい一人称の世界が始まったのかな

――今回の『騎士団長殺し』では、家とか部屋のディテールの描写といえば、免色邸。ああいう大邸宅を一回書いておこうか、みたいなことは？

村上　いや、そんなことないです。あれは免色さんが住んでいる家だし、物語の大事な舞台にもなっているから、ある程度きちんと描写しておかなくちゃなということで、まあしょうがなく書いてたわけです。僕はとくに家とか建築物に興味があるわけじゃないから。あの家は広いから、間取りとか方角を考えるだけで面倒だったな（笑）。

――しょうがなく書いたという感じ？（笑）

村上　うん。途中で自分でも間取りがわからなくなってきて、ゲラの段階で担当編集者に矛盾を指摘されて、書き直しに苦労しました。なにしろ大学の建築学科を出ている編集者だったもので。

――車の描写も多かったですよね。

村上　うん。ジャガーとか、実際の車に乗って研究しました。ジャガーって運転したことがなかったんで、小説を書き終えてから中古屋さんに行って、運転させてもらいました。間違いがないかどうか確かめるために。中古車だったんだけど、乗ってみるとても素敵な車で、十数年落ちだから値段も手頃で、「ああ、これほしいよな」とか思ったりして（笑）。買わなかったけど。買ったら免色さんになってしまいそうな気がして。

――今回の主人公は三十六歳。これまでも村上さんの小説は、三十代の主人公が多いのですが、多崎つくるさんは自由が丘の親からもらったマンションに住んでいたり、だんだんこう、三十代の主人公の目が、年相応よりも肥えてきてる感じがするんですよね。

村上　目が肥えている？　どういうことだろう？

――ええ。例えば「私」は、免色さんの家に招待されたときに、出された皿が古伊（こい）

万里だとすぐにわかるんですよね。室内に置かれてあるものを目で追っている描写を通じて、ものの価値がよくわかっているという感じがする。これが、『ねじまき鳥クロニクル』の岡田亨さんの場合は、もうちょっとプアな感じがありますよね。お金持ち連中の価値観みたいなものは、自分の外側にあるものとして距離を感じている。でも多崎つくるさんぐらいから、だんだん富裕層の雰囲気が出てきています。今回の三十六歳の「私」も、お金は持っていないかもしれないけれど、パッと車に目がいく、調度品に目がいく、絨毯、食べ物にも……みたいな感じで、目が肥えているというか、いろんなものの価値を知っているんだなと。雨田政彦の音楽の趣味もそうですよね。今回の「私」は女性で言うと「家庭画報」とか「ミセス」とかを定期購読してる感じというか。男性誌ではちょっと喩えがわからないんですけど。

村上　うん、そう言われればそうかもしれない。

――主人公に三十代半ばの男性が多いのは、水先案内人的な、この先どうなるかわからない年齢であることを理由に挙げていらっしゃいましたよね。そんな中でも、だんだんその主人公が纏う文化的雰囲気とか、持ち合わせている教養とか、そういったものが変化してきているなと。

『ねじまき鳥』の岡田亨さんであれば、たぶんあそこまで車に注目しなかったはず。

大きい車だな、ぐらいに眺めて、皮肉の効いたクールな比喩がぽんと入る感じ（笑）。そういう変化は読者として、とても興味深く読みました。一人称でお書きになって、語り手が何を見るか、何をその読者に伝えていくかというのは、小説の世界観にも関係する、とても大きな要素です。そういう意味でも、今までの一人称小説ともまたちょっと雰囲気が違いますよね。

村上　たとえばチャンドラーは長年にわたってフィリップ・マーロウを主人公にした長編小説を書き続けていますが、マーロウも少しずつ年齢を重ねていくんです。年齢の設定自体はそれほど変化しないんだけど、そのキャラクターの印象は、年を追うにつれて少しずつ円熟し、老成していく。初期の小説ではけっこう乱暴な、やくざっぽいところもあったんだけど、後期の小説ではもう少し老成しているというか、思慮深くなっています。人生に対する諦観（ていかん）みたいなのもそれなりに色濃くなっている。もちろんそういうのは、作者であるチャンドラー自身の変化を反映しているわけですよね。

それからもう一人の有名なマーロウ、ジョセフ・コンラッドの『闇（やみ）の奥』や『ロード・ジム』の語り手であるマーロウ船長も、作者の年齢の変化に従って、少しずつその雰囲気やものの見方が変わっていきます。僕は彼らのように同じ主人公でシリーズものを書いているわけではないけど、一人称単数ということで言えば、やはりそういう年齢的な変化みたいなのはたしかにあるだろうなと思う。僕の視点というのは、主人公の視点に、やはり避けがたく混じり込んでくるから。

で、僕は今回この小説を書くにあたって、「私」という人称を迷うことなく選んだわけです。今回は「私」で書くしかないなと、最初からそう思っていた。これまで僕が書く小説の一人称は、だいたいにおいて「僕」だったですよね。そして僕がこれまで使ってきた「僕」という一人称と、今回の「私」という一人称とのあいだには、それなりの距離がある。その距離感はある程度意図的なものでもあり、また同時に自発的なものです。それが川上さんの言う、その「変わった」という感じなのかもしれない。

——このインタビューの最初にも一人称「私」についてはお話を伺いましたよね。今の村上さんには、「私」という主人公が、「私」って書き始めることが、なんかすごくしっくり始まった、みたいなことを。

村上　うん。「私」という一人称じゃないと、この小説はうまく成立しない気がしたんです。最初に「私」という一人称を選択した時点で、この小説の性格がずいぶん定まったんじゃないかな。

——どの人称で書くかは、その物語世界全体のムードに直結します。

村上　僕の感覚からいくと、「私」というのは、どちらかといえば観察する人なんです。「僕」という人間は、たとえば『羊をめぐる冒険』のときが典型的なんだけど、いろんな周囲の強い力に導かれたり、振り回されたりすることになる。でも今回の小説の「私」は、確かに導かれたり振り回されたりはするんだけど、もう少し、何というのかな……。

――冷静な。

村上　観察をして、なんとか自分の立場を維持しよう、保持しようとする意志がしっかりある。だから、『羊をめぐる冒険』における一人称の「僕」よりは、もう少し社会性を持っているというか、そのへんがちょっと違うと思う。

――性格も違いますしね。

村上　だから、三人称の小説をいくつか通過して、今また一人称に戻ったけど、同じところには戻ってないな、という気がする。新しい一人称の世界が始まったのかなと。

――村上さんは「僕」で書いてきた時期が長かったじゃないですか。村上さんの小説の一人称の「僕」は最大の発明だと言う人もいるぐらいで、けっこう特殊なんですよね。

村上　かもね。僕にとってはわりに普通だけど。

——主人公の人や物への態度も大いに関係あると思うんですが、三人称的な効果がありますよね。逆説的になるんだけど、だからこそ、そのクールなあり方をする主人公に、憧れを抱きつつ自己を投影できるというか。そういう機能を持った「僕」だということを「MONKEY」のインタビューのときにもお伝えしました。そういう「僕」によって語られていく世界に、たくさんある村上さんのシグネチャーの重要なひとつがあった。その「僕」だけに可能な——モラトリアムや甘えの構造も含んだ、切なさとしか言いようのないものが表現されているじゃないですか。

村上 うん、うん。

——その切なさみたいなものを、読者は懐かしんだり、初期のほうがいいね、とかみんな言うわけです。時代は関係なく、それが一九九〇年代でも、二〇〇〇年代でも、その時々にのっぴきならない「切なさ」を生きている人たちにダイレクトに響く。村上さん自身は、もう一度あのときの「僕」みたいな感じで何か書いてみたいとか、あのときの空気感もう一回味わってみたいな、みたいなことは思ったりはしませんか。

村上 思わない。僕にはそういう懐かしいという感じはないから。「今、三十歳に戻してやるけど、戻りたいか?」と言われたら、「いや、けっこうです。あれ、一度やればもう十分です」と答えるしかないんだけど、それに似ているかも。

昔書いた本は、古くて読み返せない

――「MONKEY」のときにも、「三人称を獲得したことによって失われてしまったものってありますか」ってところからその話を伺った記憶がありますね。過ぎたものは読み返さないとおっしゃるし……。

村上　読み返さないね。

――ほんとは、ちょっとは読む？（笑）「やっぱり俺うまいわ、やばいわ」とかない？（笑）

村上　ないない。だから、朗読用に「鏡」とか「四月のある晴れた朝」とか、ああいう短いものを朗読するために読んで、読みやすく手を入れることはあります。それ以外のものはまず読まない。恥ずかしいから。

――『ねじまき鳥』とかを本棚から何気なく手に取ってパラッと読んで、「あー、このダイナミズム……俺やっぱ突き抜けてんなー」みたいなのもない？

村上　本当に読み返さないですよ。嘘（うそ）じゃなく（笑）。

――「皮剝ぎのシーン、これ世界一だろ」みたいな(笑)。

村上　ないない。ただ、ときどき何かで文章を読んでいて、「ああ、これ、なかなかいいじゃないか」と思ったら、僕の小説から引用した部分だったということはある。

――ちょっと待って(笑)。え、何かを読んでて、いいなーと思った文章がご自身の文章だったってことですか(笑)。

村上　文芸誌とか雑誌をパラパラ見るでしょう。そこでパッと目についたのがあって、「お、なかなかうまいじゃない。これ誰だろう」と思ったら、僕の昔書いた文章の引用だった(笑)。

――ちょっと(笑)。けっこう長い引用だったんですね？

村上　うん、長い引用だったりして。

――それがご自身の文章だとすぐにはわからない？

村上　わかんない、そんなの。昔書いたものって、いちいち覚えていないから。

――っていうか、村上さんは本当に何も覚えてないって言うけど、ここへきて、じつは本当に何も覚えてないのかもしれないっていうか、そんな気持ちになってきた。

村上　いや、本当に忘れちゃうんです。次々新しいものを書いてるじゃない。昔書いたものって、いちいち覚えてられないよ、そんなの。

――この部分をおさらいすると、村上さんは書いたことを忘れる。さらには刊行されてしまってある程度時間がたってしまうと興味がなくなるというか、もっというと、書いている最中のことにしか興味がない。

「書く」っていうことと、それを突き詰めることにしか興味がなくて、人の評価も基本的には気にならない。物語自体も、これが何であるとか事前に考えることもなければ、書き終わったあとに答え合わせというか、これは何の意味だと考えることも一切ない。

村上　まずない。

――そうすると、なんだか村上さんって……いっそ物語が通過して出ていくための器官みたいな感じがしますよね（笑）。

村上　いや、そんなたいしたものでもないんだけど。

――どうも、そういうようなあり方をしている感じがしてしまうなあ。

村上　というか、ただ単に、ちょっと前に書いたものを読むと、「もう古いよなあ」と感じてしまうんです。

――古さって？

村上　例えば五年ぐらい前に書いたもの読むじゃない。そうするともう、なんか、読んでいて古いなと思うんだ。

――部分に対して思うのかしら？　それとも全部？

村上　全部。洋服と同じで、「これもう五年前のファッションだよな」みたいな感じに自分では感じて、そぐわないというか、それだったら自分で新しいのを書けばいいやと思うんだよね。

――そぐうものを新しく書けばいいじゃんと。

村上　うん。例えば『ねじまき鳥』を今読み直してみたら、僕としてはちょっと古くて読めないと思いますよ。

――その「古さ」って、今だったらこんなふうに書かないなって感じでしょうか？

村上　そうそう。今だったらもっと違う言葉使うし、もっと違う展開にするだろうなって、そう感じると思う。

――それはテーマが古いとか、出てくるものが古いとか、そういうことじゃなくて。

村上　具体的なテーマとか道具立てとかじゃなくて、皮膚感覚みたいなものかもしれない。

――ディテールに出てくるわけですか。この人物造形のちょっとしたところとか。

村上　昔、大学生の頃だっけ、マイルズ・デイヴィスをマーティン・ウィリアムズという評論家がインタビューしてる記事を読んだことがあります。ブラインド・フォールドでレコードをかけて、その感想を聞くんだけど、そのときにマイルズ・デイヴィス自身の古いレコードをかけるわけ。曲は十年ぐらい前に演奏した彼のオリジナル曲「Swing Spring」だったかな。そしたらマイルズ、「これ、なかなか悪くないじゃないか、誰の演奏？　誰の曲？」って尋ねるんです。「これ、あなたが十年前にやったあなたの曲なんですけど」とインタビュアーが答えたら、「いや、おれはこういうの覚えてねえな」と。僕はそれを読んで、またこいつ嘘ついてるよなと思った（笑）。いい加減なこと言って格好つけやがって、忘れるわけないだろ、とか。「Swing Spring」って名演ですからね。そんなに簡単には忘れられないだろう、と。でも最近になって、ああ、マイルズはあのとき本当に忘れてたのかもなと考えるようになりました。読んだときはさ、嘘つけ、ほんとにもう、とかあきれていたけど（笑）。

——でも今ならその気持ちがわかる、という（笑）。

村上　わかるというか、今はそういうこともあるかもしれないと思うようになった。マイルズ、確かに忘れちゃってたのかもなと。

——そういう古さを感じるようになったのって、最近のことですか？　それともわりに初期の頃からある感覚なんでしょうか。

村上　昔からある程度そうだったけど、年齢を重ねて、過去が遠くなって行くにつれて、ますますそう感じるようになってきたかもしれない。自分が昔書いたものに本当に興味が持てないし、ほとんどまったく読み返さないと言っても、あまり信用してくれる人はいないんだけど。

――短編も読み返しませんか？

村上　朗読に使ったりするとき以外は読み返さない。もちろん自分の書いたものについて「くだらない」とか「つまらない」とか思っているわけじゃないですよ。ベストを尽くして書いたという手応(てごた)えは僕の中にまだ残っているし、そのことに誇りのようなものだって持っているし、褒められればもちろん嬉(うれ)しい。僕の小説が三十年経(た)っても絶版にもならずに書店の棚に並んでいるのを目にすれば、ありがたいなと思うし、読者に感謝したいなと思う。それは当たり前のことです。作家だから。でもそれはそれとして、自分で自分の書いた小説を改めて読み返したいという気持ちにはなかなかなれない。

――例えば村上さん、カーヴァー作品の中のみならず、自分の中でオールタイムベストの短編を何か挙げろといわれたとき、やはりカーヴァーの「足もとに流れる深い川」とおっしゃったんだけれども、人の小説だったらけっこういつの時代のものでも現在的にお読みになっているじゃないですか。そんな感じで自分の昔書いた小説についても読めるのでは……。

村上　他人の書いたものと、自分の書いたものって違うから。

――その時代その時代のものとして、他人の小説ならばけっこうフラットに見ていらっしゃるんだから、そんなふうにして自分のキャリアというか小説のことを、評価できませんか？

村上　自分の書いたものはむずかしいね。カーヴァーのたとえば「大聖堂」とか、パン屋の話とか、「足もとに流れる深い川」とかは、今読んでもやっぱりすごいなと、手を入れるところもないよなと思うけど。自分の小説というのは、まあ、僕が書いた短編のベスト3なんてとても選べないけど、もし選べたとしても、読んだらやっぱりイライラするんじゃないかな。

――イライラするのか……これはもう完璧だって思うものはない？

村上　ないと思うな。同じ話も、今だったら違うふうに書くと思う。

――うーん。

村上　ただ、もし今僕がその自分の短編を、今の感覚と今の技術で書き直したとしても、読んだ人がよくなったと思うかというと、そうとは限らないと思う。それはあくまで僕自身の感覚の問題だからね。だからあまり読み直さないようにしているんです。読むとどうしても手を入れたくなっちゃうから。

――短編は収録する本が変わるときに、けっこうな確率で書き直されていますし。

村上　そういうものもあります。講談社の全集に入れるときにいくつかの短編は書き直していますね。親本の方はいじってないけど、全集については「オルタナティブ」という感じで。

――「眠り」も『ねむり』になったときに書き直されていますし、「中国行きのスロウ・ボート」も。読んじゃうとやっぱり手を入れたくなってしまうんでしょうかね。

村上　うん。ただ、もう読み返したくないという短編もあって、そういうのはまったくノータッチです。というか、大部分はそうかもしれないけど。

――「午後の最後の芝生」がそうだと（註・『中国行きのスロウ・ボート』一九八三年刊所収）。

村上　「芝生」はちょっと読み返せないですね。

――面白いなあ、読者と作者のギャップ。当然といえば当然なんですけれど、同じ作品なのに評価が全く違う。いえ、同じ作品じゃないんですね、そういう意味では。

村上　過去の自分自身と向き合うというのは、時としてきついことなんです。読者の立場と作者の立場って、ずいぶん違うかもしれない。たとえばとてもハンサムな男性なのに、とても美しい女性なのに、鏡で自分の顔を見るのが好きじゃないっていう人がいます。見ると悪いところばかりが目につくからと。はたの人が見ると、悪いところなんてどこにもないんだけどね。それとはちょっと違うかもしれないけど、自分自身を見るのって、他人が見るのとはけっこう違うんだ。

――「書き直し」にも、その原理が生きているような気がします。

村上　「中国行きのスロウ・ボート」と「貧乏な叔母さんの話」は、雑誌に載せるときに相当書き直しましたね（註・ともに前出の短編集に所収）。まだ新人で、短編の書き方ってよくわかっていなかったから、ずいぶん試行錯誤した。

――「貧乏な叔母さんの話」の頃のインタビューを読んでいると、けっこう編集者とやりとりしたとおっしゃっています。編集者と村上さんが膝（ひざ）をつき合わせて、原稿に向き合ってやりあうという状況って、あんまり聞いたことがなかったので、そんな時代もあったんだなあと思いました。「貧乏な叔母さんの話」ぐらいですよね。あれは何か特殊な状況があったのかしら？

村上　そのことは全然覚えてないな。

――やっぱり忘れてる（笑）。

村上　覚えていないけど、ただ、その頃は編集者とのやりとりはまだありましたね。「ここはこうしたほうがいいんじゃないか」とか、「ここはもっと書き込んでほしい」みたいなことで。「中国行きのスロウ・ボート」は「海」に、「貧乏な叔母さんの話」は「新潮」に掲載しています。「海」は安原顯（けん）、「新潮」は鈴木力が担当だったから、あれこれやりとりはあったと思う。細かいことは忘れちゃったけど。いや、安原さんは小説の内容についてはとくに意見を言わなかったな。おお、なんでも好きにやってくれ、という感じ。そういうタイプだった。気に入ればすべてを受け入れる。気に入らなきゃすべてを受け付けない。鈴木力とは神宮球場の外野席で、並んでゲラのチェックをしていた記憶があります。十月の日程消化ゲームだった（笑）。

――そういうのは『羊をめぐる冒険』までぐらいでしょうかね？

村上　うん、『羊』までぐらいですね。そのあとは一部の例外をのぞいてほとんど何も言われなくなった。

――デビューしてから長編を書くまでの新人作家の、いわゆる一般的なスタイル。やりとりして長編を書き上げていくという。

村上　うん。そのあとは編集者と、原稿の内容についてのやりとりは年を追ってだんだん少なくなります。小説の書き方も、僕なりのスタイルとかシステムとかが定まってきて、こうなったら、あとは自分で考えて自分で責任を取るしかないだろうという状態になってきた。『羊をめぐる冒険』を「群像」に載せたときは、編集サイドからいろいろリクエストが来て、それも、今だから言うけど、僕の視点からすればちょっと首をひねりたくなるものが多かったから、何かと大変だった。だからそのあと、長編小説は原則的に書き下ろしでいこうと決めたんです。僕の書く長編小説は、他の人が書くものとはかなり肌合いが違うから、自分一人で塩梅（あんばい）してまとめていくしかない。理解してもらえなくても、助けてもらえなくてもいいけど、邪魔だけはしてほしくない。そういうことです。

――前にもお話に出ましたが、いわゆる「文学本流」みたいなものがあって、村上さんはその傍流にいたと。そういう状況で、文芸誌で長編とか大きな作品を発表するとなると、その時代の文学のモードとの軋轢（あつれき）が生まれることもありますよね。

村上　うん。だから、もう文芸誌の仕事は面倒くさいから、ほとんどしなくなった。短編はある程度載っけるけど、長編に関してはやめ、と。

――その当時には、もう村上さんには読者がついていたから、文芸誌に軸足を置かなくても書き下ろし長編で行けるって感じがあったような気がする。たぶん。

村上　まあ、まだそこまではわかんないけど、ちょうどそのころ新潮社から「純文学書下ろし」シリーズに何か書いてほしいと言われて、『世界の終りとハードボイルド・ワンダーランド』を書いて、そこからあとはずっと書き下ろしの世界になっちゃった。そういうやり方のほうが僕の性格に合っているから。

そうだ、「中国行きのスロウ・ボート」でひとつ思い出したけど、短編集『中国行きのスロウ・ボート』に収録されている「ニューヨーク炭鉱の悲劇」ってありますよね。あれは文芸誌ではなく、「ブルータス」に載せたんです。依頼されて。当時の「ブルータス」は短編小説を載せていたんですね。で、書き上げた原稿を担当編集者に渡したら、「村上さん、申し訳ありませんが、これはうちの雑誌には掲載できそうにありません」ってあとで電話がかかってきた。「どうして?」と尋ねたら、「タイトルがビージーズの曲のタイトルだし、ビージーズはもう時代に合ってないので」ということでした。ビージーズはお洒落（しゃれ）じゃないと。変な理屈だけどまあ、わかりました、それでいいですよ、と返事した。「ブルータス」に断られても、他の雑誌にまわせばいいだけだから。そうしたら、しばらくあとで「すみません。あれ、やっぱり掲載させていただきます」という連絡があった。編集長がそうしろと言っているということで。で、結局ちゃんと「ブルータス」に掲載されました。あの短編、あとで翻訳されて「ニューヨーカー」にも載ったんだけど、でもあやうく「ブルータス」に却下されれるところだった。「タイトルがお洒落じゃない」という理由で（笑）。

——タイトルがおしゃれかおしゃれじゃないか……なんかすごく八〇年代的な感じがするな（笑）。そんななかで、『世界の終り』の書き下ろしは、ひとつの大きな契機だった。

村上　そうですね。この本の担当編集者はMさんという少し変わった人でして、僕が『世界の終りとハードボイルド・ワンダーランド』というタイトルで原稿を渡したら、「これ、題が長いから、『世界の終り』だけにしてくれませんか」って言われて、それはちょっと……と（笑）。

——ほんまに中身読んだんかと（笑）。

スプリングスティーンの自問のように

——それはともかく、村上さんがもともと持っている「自分のことは自分でするんだ精神」というか、大学在学中からお店を始められたのもそうだし、性格というか、その一本筋の通り方がまあ、すごいですよね。馴れ合いもしないし、人を頼りにもしないし。

村上　人を頼るよりは自分の勘を大事にしたほうが物事がうまくいく、という基本方針がまずあります。それから共同作業みたいなものはあまり向かない。

――例えば子どものときに、チームプレーが必要なスポーツとかっておやりになりましたか？

村上　野球とか、そういうのももちろんやったんだけど、じゃあ、揃（そろ）いのユニフォームを着てきちんとやるかというと、やんないですね、そういうのは。

――やんない？

村上　やんない。近所の子どもと野球ごっこぐらいはするけれども、きちんとユニフォーム着てやるなんてことは好きじゃない。

――何かに属して、ルールの中でやっていくみたいなものも、子どものときから好きじゃない？

村上　好きじゃない。明らかに向いてないです。

――最初から。

村上　うん、最初からとしか言いようがない。まあ、一人っ子ということももちろんあったんだろうけど……。

——でも、一人っ子がみんなそうじゃないですものね。みんなで、楽しくやろうという人もいるし。

村上　それはそうだ。

——人に何か言われるのも嫌な気持ちになりますか？　基本的に。

村上　いや、僕は別に人の言うことには耳を傾けますよ。そんなに独善的な人間というのではないから、人から何か言われれば一応聞いて考えるけれど、いったん合わないと思ったら、もうそれ以上は耳を傾けないよね。自分でやってしまう。

——この人と合わないなと思うときって、たぶん勘が働くから、ある意味でもう顔を見た瞬間からわかる部分もあるんだと思うんですけれど（笑）、そうでもないですかね、話してみてわかる感じでしょうか？　この人と合う合わないって、どのタイミングでわかります？

村上　合うことってまあほとんどないから、そういうことってあまり考えないね。自分が無謬（むびゅう）だとはもちろん考えないし、間違うことだってたくさんあるんだけど、僕の考え方ってほかの人とちょっと違うところがあるから、正直言って、何かアドバイスをもらって役に立ったという覚えがあまりないんです。僕が店を売って専業作家になるって言ったときには、まわりが全員反対したもの。そんなのうまくいくはずないって（笑）。ただ、前にも言ったことだけど、ここは書き直した方がいいんじゃないかと指摘されたら、そこはとにかく書き直そうとは努めます。ケチのついたところはいちおうフィックスする。相手の言うようにではなくても、とにかく何らかの形で手を入れる。

――それはそうですよね。だって、そういうふうにされてきたわけですものね。

村上　ある時期を過ぎると、編集者はほとんど何も言わなくなります。ある時期まではいろいろアドバイスくれて、まあ、それはこっちにしてみれば、受け入れられたり受け入れられなかったりするんだけど、ある時期を過ぎるとぱったり言わなくなる。

――言ってほしいみたいな気持ち、ちょっとあったりします？

村上　とくにない。

――とくにないですよね（笑）。

村上　もう慣れてるから。ただ事実関係について、具体的に「ここはちょっと違うんじゃないですか？」と指摘してもらえるのは非常にありがたいです。この世界に僕が知らないことはいっぱいあるから。でも小説の流れとかバランスとか、そういう大きなことに関しては、やっぱり自分で考えてやっていくしかないよね。

――自分の領域。たとえばその話の延長でいくと、村上さんが例えば新作を出しますよ、ってなったときに、もう読む前から何十万部も注文が入るわけですよ。

村上　そうみたいですね。

——それってどんな気分なんだろう。ご覧になりました？『マッドマックス・フューリーロード』、あの素晴らしい映画……あれに出てくるイモータン・ジョー、渇きった大地は出版業界そのもので、出版社とか読者とか編集者とか取次とかがうわーっといるそこに水をどばあああっと落とす、みたいな（笑）。あんな感じかなーって思ってるんですけど。

村上　観(み)たけどあそこまですごくないよ。でもそういう数って十万過ぎたら、あとは同じじゃないかな（笑）。

——十万過ぎたら同じ？

村上　うん。たとえば神宮球場は三万少々しか入らないんです。で、東京ドームがフルで四万五千くらい？　で、東京ドームに行けば、四万五千人ってこれぐらいだな、って目で見てわかるわけです。「よく入ってるな」とか、「みんな暇だよな」とか思うわけじゃない。ところが、十万人を超したら、目で見るって感じはもうなくなっちゃいますよね。

——不思議ですよね。東京ドームのコンサートに、例えばポール・マッカートニーの公演に行ったら、人々がひしめき合ってるわけですよ。仏像の螺髪みたいに、全部もうこのクチュクチュが何万人にもなっていて。ひとりひとりが見えないわけ。でも、これだけいてもまだ四万五千人なのかあ、とか思うと、十万とかってやっぱりすごい。ここにいる人全員が本を持ってるのかと思ったら。

村上　結局、僕は自分が小説家になるなんて思わなかったし、とくになりたいと思っていたわけでもなかった。というか、そんなこと考えもしなかった。ところがたまたまそうなっちゃって、自分が小説家だということ自体が第一の驚きなんですよね。で、最初は商売をやりながら副業みたいに小説を書いていて、そのうちに専業作家になってしまって、それが第二の驚きでした。海外で本がずいぶん売れるようになったというのが第三の驚きで、そういう驚きがひとつひとつ積み重なっていってるだけで、今さら何を考えてもしょうがないじゃないか、という感じかな。

――最初の驚きから始まって、その驚きが積み重なっていくうちに今の村上さんになっていたと……じゃあ、「俺もこんな世界的な作家になったわー」みたいな実感はどうですか？

村上　そんなのない。ときどき、すごく不思議な気がするだけで。僕は普通にそのへんの道を歩いて、地下鉄やらバスに乗って、店に入って買い物をしている。とくに何も意識しないで生きているんだけど、ときどきふっと不思議な感じがします。

――でもさらに聞いちゃうと、これまでと現在を振り返って、「俺ってやっぱすごかったんだなー、とくべつだったんだなー」みたいな気持ち、ない？　これはありますでしょ、少しくらい（笑）。

村上　いや、ない、それは（笑）。このあいだ、ブルース・スプリングスティーンの自伝『ボーン・トゥ・ラン』を読んでいたんだけど、そういうところは彼もだいたい同じなんだね。「なんで俺がここにいるわけ？」みたいにずっと自問している。いまだにライブやれば、どっと人が来るわけじゃない。僕と同い年で今年六十八歳になるのに、いまだにライブで元気にクラウド・サーフィン（crowd surfing）なんかやっていて（笑）。「ニュージャージーのしけた街で、誰にも相手にされないで、女も振り向いてくれないような人生を送ってた俺が、なんでこんな世界的なヒーローになっているんだよ？」と、最初から最後まで自分に問いかけている。あの自伝はとても長い本なんだけど、ずーっとその気持ちが最後まで続いてるわけ。それはきっとありのままの気持ちなんだろうなと思います。対外的にかっこつけてそう言っているというだけじゃない。

――村上さんにもある？

けど。

村上　もちろんあります。いや、もちろんスプリングスティーンほどビッグじゃない

――何かが間違ってるんじゃないか、っていう感じはどう？

村上　間違ってるとは思わない（笑）。不思議なだけ。

――不思議だけれど、間違いではない。ここ大事ですね（笑）。じゃあ、「不思議だよなあ」って思う気持ちの中に、「まだまだ俺、てっぺん目指していくから」みたいな気持ちはありますか。

村上　それはないね。

――もうない？

村上　もうない。もうないっていうか、そんなのはじめからない。

――新人のときは……あ、でも、常にそうか。次の作品をいいものにするんだっていう気持ちが先というか、確かに綺麗事（きれいごと）じゃなくて、小説家はそうですね。小説家の野心はまあ、そこに尽きますからね。

村上　あとね、一時期日本でとことん叩（たた）かれまくったときは、もう外国に出るしかないなと思って、それでちょっと根性据えて外国に出て行ったけど。

――批評が今じゃちょっと想像もできないくらいに強い時代だったんですものね

……じゃあ、いわゆる叩いていた人たちに「で、今の俺みて、どうよ？」みたいな気持ちは？

村上　うーん……今となってはないね。

——ちょっとはある？　こう、いい感じの上から目線で……（笑）。

村上　いやいや、そのときは「やってやろうじゃないか」という気持ちは、たしかに少しあったと思うけど、実際にやってみると、そういう気持ちは失せたね（笑）。失せました、本当に。だって何をやったって、がんばって何を達成したって、見たくないというひとは何も見ないんだもの。そんなことを考えるだけ消耗だということがよくわかっただけ。

——だからやっぱり、まあそもそも勝ち負けでもなんでもないんだけど、あるポイントまでいくと「勝負の場」みたいなもの自体がなくなっちゃいますもんね。まあ、そういうのって最初からないんだけれども。

村上　そうですね。勝ったとか負けたとかじゃなくて、自分が小説を書けて、ある程度その小説に納得できるというのは、何物にも代え難く幸福なことだから、数とかは考えてもしょうがない。小説を好きなときに好きなように書いて、それで生活できるってことだけで幸福だと思うな。普通なかなかできることではないから。

僕はインダストリーズの生産担当に過ぎない

——少し話は戻るんですけど、村上さんは日本にいるのがだんだん色んな意味で窮屈になってきて、また、いろんな考えもあって外国に出ようと思った、とエピソードでよく語られています。それって環境を変えて集中しようというのもあったと思うんです。でも、それと同時に、村上さんがずっと好きで読んできた作家、フィッツジェラルドとか、チャンドラーとか、そういった、言語の壁を越えて世界中で読まれる小説を書く作家になりたいんだ、みたいなビジョンもありました？

村上　ない。というか、そんなところまで考える余裕はなかったな。イタリアに行く少し前に、アルフレッド・バーンバウムが僕の小説を翻訳したいと言ってきたんだけど、そのときは、僕の小説なんか翻訳したって、外国では受けないだろうと思ったから、「まあ、やりたいならやってみれば？」ぐらいの感じだったね。

——翻訳者から提案が。

村上　そうそう。翻訳者の方からやらせてくれないかって言ってきた。『世界の終り』

を書いたあとのことですね。その後エルマー・ルークが編集者として講談社インターナショナル（ＫＩ）に入り、エルマーとアルフレッドが組んで、まずそこから『風の歌を聴け』と『１９７３年のピンボール』の英訳を、英語文庫として出したいと。

――最初はＫＩからでしたね。

村上　バーンバウムが『風の歌』と『ピンボール』を訳して、それから短編小説も訳したところ、それが「ニューヨーカー」に売れて、僕としてはひっくり返っちゃった。

――「ニューヨーカー」に一番はじめに載ったのは？

村上　何だっけな……。「眠り」だっけ？　「ＴＶピープル」だっけ？

――九〇年の「ＴＶピープル」ですよね、たしか。

村上　そう。それが「ニューヨーカー」に売れて、僕はとことん驚愕しました。だってあの「ニューヨーカー」だよ。「ニューヨーカー」って僕のものすごく好きな雑誌で、そこに僕の小説が売れたなんて、それはもう信じられなかったですね。

――そのときって、文芸エージェントのビンキー（アマンダ・アーバン）とはもう仕事していたんでしたっけ？

村上　いや、まだ彼女には会っていなかった。

――日本でも、例えば柴田先生のご友人が村上さんの本を英訳するとか、そういう動きもすでにあったんですよね。村上さんのファンがやっぱり翻訳関係の方にもたくさんいらっしゃって、みんな村上さんの翻訳をしたがったんだという話を聞いたことがあります。

村上　結局、「ニューヨーカー」に短編が売れたことで物事が動き始めて、その流れでビンキーにも会ったし、出版社クノップフとも繫がりができた。海外で売れるようになりたいと思って海外に出たわけじゃなくて、ただ日本から出ていきたかったというだけなんだけど、僕がとくに何をするでもなく、ものごとはそういう感じで自然に動き出したんです。

――「ニューヨーカー」以前にも、村上さんの英訳はミニコミ的な文芸誌に掲載されることはあったんだけれども、単行本のマーケットにつながっていく流れは、「ニューヨーカー」に載ったのが大きかった。

村上　たしかにブレイクスルーは「ニューヨーカー」だった。「ニューヨーカー」の存在は大きかったですね。当時の編集長のロバート・ゴットリーブさん、ウィリアム・ショーンのあとを継いだ人だけど、彼が僕のことをとても気に入ってくれて、社を訪れたときにはすごく歓迎してくれました。自ら社内を隅々まで案内してくれた。そのことをよく覚えています。そのあと、『羊をめぐる冒険』が出て、ジョン・アップダイクが僕についてのすごく長い評論を「ニューヨーカー」に書いてくれた。それも嬉しかったな。僕は高校時代に彼の『ケンタウロス』を読んで感動していたから。あとで一度会いましたけど、亡くなってしまった。

――『羊』が最初に刊行されたのは……。

村上　まず講談社系のKIから出ました。僕はその頃ローマに住んでいて、そのあとプリンストンに移り、KIが僕の本をアメリカで出して、「ニューヨーカー」が僕の短編をいくつも掲載してくれてというふうに、だんだん僕の名前が知られるようになってきて、そこでビンキーに紹介されたんです。

――その頃にはもう、エージェントを探していらして。

村上　アメリカに移ってから、エージェントを探して何人かと面接して、その結果、ビンキーがいちばん気に入りました。みんな彼女は文芸エージェントとして最高だと言うし。クノップフのサニー・メータとゲイリー・フィスケットジョンに会って話をして、そこから本を出すことになった。当時も今も、最高のスタッフです。

――うん、素晴らしい。

村上　自分が動き回って何かをしたというよりは、周りの人が助けてくれたみたいなところが多かったですね。まあ、そういう勢いみたいなのができていたんだろうけど。

――いろんなエージェントに会った中で、ビンキーがいいなと思ったのには何か理由がありましたか。

村上　なんでだろうね。とても話ができぱきしていたというようなこともあるけど、レイモンド・カーヴァーのエージェントをしてたからというのが大きかったかもしれない。いわゆる「カーヴァー・ギャング」の一員というか、そういう面で最初からすごく親しみが持てた。

――それからもうビンキーとも二十五年くらい一緒に仕事をしています。

村上　エージェントというよりは、もう「仲間（コンパードレ）」という感じかな。

――同世代でもありますしね。

村上　僕が思うに、アメリカの、というか外国の出版システムは、日本のそれよりもサッパリしていてやりやすいですよね。

――どういうところで感じますか？

村上　まず文芸エージェントがいて、それから出版社の編集者もしっかりしたポジションを持っています。それと作家がいて、その三者でものごとが回っている。日本って出版社と作家という、わりにベタッとしたじかの関係があって、それがいくつもの出版社とのあいだにそれぞれある。あれって、やっぱり疲れますよね。おまけに編集者はそもそも会社員だから、すぐ部署が異動になる。たとえば長編小説を書いている途中で編集者が替わったりしたら、これはもうどうしようもないよね。アメリカではそういうことはまずありえない。編集者は会社員というよりは、プロフェッショナルだから。日本の出版社って、作家との関係よりは社内の都合が優先している。作家はたまったものじゃないですよ。

――それでずっとやってきているし、肝心なときに担当者が替わってしまったり、バタバタしても「そういうものか」というようなところもありますよね。一方で、アメリカのようにアドバンス（印税前払い）制度が成立しようもないから、文芸誌に掲載して原稿料を得る、というのが多くの作家にとって重要な手順になります。エージェントもなかなか仕事として成立しにくいから、編集者との結びつきが大切になってくる。

でも、いわゆるマーケットの規模が村上さんくらい大きくなると、色々と煩雑（はんざつ）なこともあるだろうとは思うのですけれど、でもご本人は執筆だけに集中することができますよね。そのあたりの兼ね合いってどんな具合ですか。

村上　僕は一人の自立した作家として、好きなペースで好きなようにこうして小説なんかを書いているわけだけど、経済システムという観点からすれば、「小説」というパッケージ商品を生み出している一人の生産者に過ぎないということになります。つまり僕は既に「村上春樹インダストリーズ」みたいなものの中に組み込まれていて、うちのアシスタントが何人かいて、出版社がいて、エージェントがいて、書店があって、アマゾンがあって……、みたいなことになっている。好むと好まざるとにかかわらず。で、僕は結局その「村上春樹インダストリーズ」の中の、生産担当ガチョウに過ぎないんですよね(笑)。産むのが金の卵か、銀の卵か、銅の卵か、それはよくわからないけど。そう考えるとわりに切ないかも。

——でも、そういうことを全部やめて、本当に一人に戻りたいみたいな気持ちにはなりませんか？　何もかもがイヤになるじゃないけども、なんかもう、初期の頃の、誰にもお給料を払ったりしなくていい、ただ書くだけの最初のゼロの状態に戻りたい、というような。

村上　いや、そんなの、本が売れなくなったらすぐ戻れちゃうよ。アシスタントにも「売れなくなったから、ちょっと悪いけど」って会社を解散しちゃって、また一人になって好きなことやるしかないじゃない。

——でも、売れなくならないでしょう。死ぬまで村上さんの環境は続くんじゃないですか。

村上　そんなことわからないよ。どこかで頭がぼけちゃうかもしれない。人生、一寸先は闇だもの。

――じゃあ、「村上春樹インダストリーズ」の生産担当のものすごいガチョウとしては、前回よりちょっと発行部数が落ちたりすると「ガア!?」みたいに思うことってあります?

村上　思わない。そんなのしょっちゅうあることだし。

――ここまでの部数だったら許容範囲だ、みたいな。ガチョウとしてのラインのようなものもないですか。

村上　ない、別に。

――売れ行きも、商品という側面で見るともちろん大事なんですけれども、でも、小説家というのは――本当のことを言えば、ほかに何も要らないじゃないですか。小説以外は。

村上　何も要らない。僕は小説を書くのが好きだし、あまり外に出て遊んだりしないです。早寝早起きの生活を送っていて、ナイトライフなんてほとんど皆無だし。なんでそんなふうに生活していけるかというと、小説が書けるから。僕は小説をある程度うまく書けるし、僕よりうまく小説書ける人というのは、客観的に見てまあ少ないわけですよね、世の中に。

——いい言葉をいただきました、「僕よりうまく書けるやつは少ない」！

村上　自慢するわけじゃないけど、そんなに多くはないんじゃないかな。ものを書くプロだからね、一応。四十年近く第一線でプロとしてやってきて、本もある程度売れているわけだし、腕はそれほど悪くないと思う。だから、楽しいんですよ、書いていて。僕よりこれをうまくできる人はそんなにいないだろうと思うと、やっていて楽しい。例えばセックスも悪くないけど、僕よりうまくセックスできる人は、世の中にきっといっぱいいるはずです（笑）。実際に見たことないけど。

——な、なるほど……（笑）。でも小説は違うと。

村上　小説は違う。こういうのはたぶん僕にしかできないんだという実感があります。「どや、悪いようにはせんかったやろ」と。この実感は何ものにも代え難い（笑）。

——哲学者なんかは顕著にそうですよね。問いをたてる段階でもそうだし、ある命題についてここまで考えることのできたのは自分しかいない、という自負がありますよね。これまでの学説を踏み越えて新しい考えを出しているに違いない、ある種の「高揚感」と「どうだ感」がないと、知的な作業というのはできないですよね。それは大きなエンジンだと思います。

村上　だから、余計なこと考える暇がないというか。とにかく今、好きで小説家をやってるんだから、やり続けてみようと。それで、売れ行きが落ちてきたら落ちてきたで、あるいは小説が書けなくなったらなったで、さっさと店じまいして、青山あたりでジャズクラブやりゃいいやと。それもやっぱりやりたいことだし。

死んだらどうなると思いますか

――ところで、村上さん、死にたいなって思ったことってありませんか？

村上　それはないなあ。

――一度も？

村上　ないと思う。

――思春期のときも？

村上　恥ずかしながら（笑）。

――自殺は考えなかったにしろ、村上さんにも、死というものに近接する時期があったかと思うんですよね、実際的にも、観念的にも。死というものに対して、さらには自分がいつか必ず死んで、「これ」が終わってしまうっていうことに対して、何か思われることってありますか？　恐怖全般でもいいんですが。

村上　いや、死ぬって未経験のことだから、どんなものかなというふうに考えることはあるけれど、でも死についてそんなに深くは考えないですね。

――あまり興味ありませんか。

村上　父親が死んで、母親もずいぶん歳を取ってるわけだけど、死というものを見ていると、祖父祖母の時代の死というのは、あまり身近じゃないんです。「ああ、人って死ぬんだよな」と思うぐらいだけど、自分の親の世代が人生を終えていくのを見るのは、けっこう切実ですよね。死というのはこういうものなんだなと実感する。まだ両親が若くて元気だった頃のことを覚えているから、そういう人たちが年老いて徐々に力を失っていって、そして死んでいくのを目の当たりにすると、それなりに考えさせられますよね。だから、もちろん死について考えないわけではないんだけれども、まだ生きてるあいだはとにかく、十全に生きていくしかないよな、と今は思います。僕の場合は生きて、そして書ける限り小説を書く。

で、またブルース・スプリングスティーンの話になるんだけど、彼は僕とまったく同い年なんです。あとこの前、パティ・スミスのステージを観ていて、そのあと一緒に食事もしたんだけど、彼女は僕よりもっと上ですね。でもああいう人たちは、たぶん精神年齢がまだ三十代なんだね。「俺、もう六十八だから」とか、「私もう七十だから」というようなことは絶対口にしないし、また感じさせない。別に若ぶっているつもりはないんだろうけど、彼らの言ってることとか、感じてることとか、やりたいこととかは、まだ三十代の感覚なんですね。

――それがわかる？

村上　わかる。実感としてわかります。ああ、そういうのもありなんだなと。別に若作りなんかする必要なくて、ものの見方とか考え方が三十代であれば、それでいいじゃないかと思うわけ。そういう活力みたいなのが失われてきて、だんだん人が死に向かっていくというのはきついだろうなと思うけど、まだ失われてない限りは、そこまで深く考える必要ないんじゃないかと。もちろんいつまでも続くというものではないにせよ、続く限りは。

――ご両親が一番最初に会う人間であり、最初にいちばん長く一緒に暮らす相手ですからね。

村上　例えば子どもの頃、両親が四十代だったら、もうものすごく立派な大人に思えちゃいますよね。

――そうですよね。

村上　ところが、自分が実際に四十代になってみると、「なんだ、あの人たちもまだこんな程度だったんだ」と思うわけじゃない。

――例えばわたしの母が、今のわたしの年齢――四十歳のときには二十歳の娘がいた計算になって子どもが三人だなんて、それはもうびっくりしますよね。

村上　だったらあのころ素直に言うことなんかきかず、もっとばしばし反抗しておけばよかった、とか思う。今になってみれば（笑）。

――そのご両親が、だんだんこう老いてきて、あるポイントに向かっていく。そういう衰えを親から学ぶというか、見るわけですよね。でも、それ以外に、例えば友人とか、単発的に起きる死みたいなものもありますよね。それらの死には、やっぱり違いがあるでしょうか？

村上　うん、やっぱり同じ世代の人の死というのはまったく違う。これまで僕が経験してきた、年老いて老人になって死んでいく、言うなればクロノロジカルな死とは、まったく違う種類のものですよね。とくに年若い人の場合には、非常に観念的な色合いが濃いというか。多くの場合、それはあとに生々しい傷を残していきます。生木が無理に裂かれたような。

——村上さんは今、生きているわけだから、生きているうちは生きているときのことをまずは考えるんだと。

村上　そうですね。まだ死について考え込んでいるような暇はない、ということもあるし、また先に死んでいってしまった同世代の人たちのぶんもしっかり十全に生きなくちゃな、という気持ちも少しはあります。とりあえず生き残ったものとして。

——わたしたちは常に観察者ですよね、死に関しては。自分がそれを経験することは、生きている限り絶対にありません。すべての人が今、刻一刻と老いているわけなんですが、常に今が古いと同時に——矛盾した言い方になるけど、常に今は新しいというか、「今」しか存在しないんです。だから、その意味で、自分が死んだあとなんてものは存在しないのですが、死にまつわることで何か想像してみたりとか、そういうのはありますか？　死んだあととか、そういうので。

村上　この棚に詰まったたくさんのレコードはどうなるのかな（笑）。

——めちゃくちゃありますよね（笑）。そもそも村上さんはスーパーナチュラルなものを全然信じていらっしゃらないので、もう死んだらそれっきりというか、基本的にはそういう感触でしょうか。

村上　僕的にはね。でも、まだ死んだことないですから、ひょっとしたら本当に天上に行ったら何か裁判席みたいなのがあって、そこに引っ張り出されるのかもしれない。

——裁判席（笑）。

村上　僕がしでかした良い行ないを読みあげる人と、悪い行ないを読みあげる人がいて、悪いことを読む人の人数のほうが多かったりしたらイヤだなと思いますね。

——でもまあ、基本的にはそういうことはないだろうと。

村上　基本的には、死というのはただの無だろうと。でも、ただの無というのも、どんなものか見たことないからね。

——ええ、ただの無というのも、わかりません。だから死について考えるということ自体がナンセンスだという考えかたもありますよね。でも確実に死ぬ。いったい何がどうなっているんだか。

村上　でも、実際死んでみたら、死というのは、新幹線が岐阜羽島と米原のあいだで永遠に立ち往生するようなものだった、みたいなことになったらイヤだよね。駅もないし、出られないし、復旧する見込みは永遠にないし（笑）。

——それは最悪（笑）。

村上　トイレは混んでるし、弁当も出てこないし、空調はきかないし、iPhone のバッテリーは切れて、手持ちの本は全部読んじゃって、残っているのは「ひととき」だけ。考えただけでたまらないよね。

――大丈夫、もう一冊「WEDGE」がある(笑)。でも、村上さんは死んだらレコードどうするのかなって、けっこう具体的なことをさっきおっしゃったんですけど、村上さんってたくさん文学賞を受賞なさっているでしょう？　例えば「村上春樹賞」とかって、どうですか。

村上　まったく興味ないな、そういうことには。

――作ってもいいのでしょうか、あとの人。

村上　イヤだ。

――わかりました、「イヤ」って書いておきます、ちゃんと(笑)。

村上　書いといてください。僕の名前を冠した賞だけは絶対にやめてください、と。だいたい誰が選考委員になるか考えただけで……いや、その話はいいけど(笑)。たとえば奨学金をあげるとか、そういうのなら喜んでやりたいけれど、賞みたいなものだけはやめてもらいたいです。

――それは本人の意志でなんとかなりそうですけれど、でも、ものすごいガチョウとしては、ほかにも色々考えなくちゃいけないこともおありですよね……実際にお金も動くし、人も動くし。

村上　うん。だから僕は、本が何十万部売れているとか、その実際的な影響がどうこうといったことについては、それは「村上インダストリーズ」の問題であって、ガチョウ個人の問題ではないと考えています。ガチョウはガチョウで一人でひっそりと働いていて、インダストリーズは少し離れた他の建物にあるから。

——もともと個人でやっている人が、どんどん仕事が大きくなるにつれて、自分で全て（すべ）が管理できなくなってきて、事務所を作ったりマネージャーを雇ったりしますよね。わたしのまわりにもたくさんいます。もちろん、村上さんの場合は資金面でいうと不安はもうないかもしれないけれど、でもそういう個人の人たちに「怖くないですか、インフラを維持するために仕事をするようになっちゃいませんか」って聞くんですよ。そうしたら、みんな村上さんと同じ答えが返ってくるんです。「ダメになったら、『かいさーん』ってすればいいから、何も心配していない」って。

村上　まったくそうなんです。日産だって、シャープだって、東芝だって、リーマン・ブラザーズだって山一證券だって、あんな風になってしまうんだから、「村上春樹インダストリーズ」がある日すとんとつぶれちゃっても、何の不思議もない。こうして四十年近く存続していることの方が、むしろ不思議かもしれない。

言葉が一人歩きしているものだから

――さて、今日はインタビュー最後の日で、色々なお話を伺っているんですが、例えばさっきの死に対する恐怖の話。生きている、死んでいるということの向こう側、そういう世界のあり方は、ひょっとすると、今回の小説の「イデア」と「メタファー」に、関係しているんじゃないかな、なんて考えたりもします。

今回は、「イデア」と「メタファー」という言葉が出てきて、それはとても重要な概念になっています。そして、そのイデアやメタファーが何であるのか、さらには二重メタファーとは一体何なのか……ということは、村上さんにもわからない。それはよくわかったのですが、もう少しだけ、それについて伺いたいんです。

前のお話で、村上さんの中で「イデア」という言葉は、ふと出てきたから使った、とおっしゃいました。でもイデアという言葉はけっこう使われていて、ある意味においては「既成概念」ともいえるようなものです。もしその言葉を使うことによる誤解を避けたいのであれば、例えば新しい言葉を村上さんが造語することもできたと思う。そこにわざわざというか、あるいは、ふとやってきたイデアという言葉を採用したのはなぜなんでしょう。

村上　前にも言ったように、この本の中で僕の使っている「イデア」は、いわゆる辞書的な意味合いのイデアとはだいぶ違うんです。イデアという言葉を上に放り投げたら、空中にあるいろんなものがピュッピュッピュッピュッてくっついてくるんだけど、そのくっつき方は、放り上げる人によって違ってきます。僕の場合は、よりたくさんいろんなものがくっつきやすくなっている、もっと寛容、ジェネラスな意味合いでのイデアなわけ。

　だから、辞書を引いて、「【イデア】観念」とか何とか書いてある意味とは違うもので、たしかに観念的なものではあるけれど、それはものすごく広い可動域を持ったものです。もしイデアの代わりに新しい言葉をつくったらつくったで、その可動域の意味あいが減衰されてしまう。だからイデアという、どこにでもある既成の言葉を、更にいえばけっこう手垢のついた言葉を、ツールとして用いたかったんです。その方が逆に自由になれそうな気がしたから。

「メタファー」も同じことですね。本来の「暗喩」という意味でのメタファーというばかりではなく、もっと広い範囲の、磁力を持った何かというふうに考えてもらえるといい。そういう吸引力を具えた何かだと考えてもらえばいいわけです。だから、その言葉もわりに僕にとっては自然に出てきたんですよね。例えば騎士団長は、「私はイデアだ」と言うし、顔ながは、「私はメタファーです」と言うけれど、その自己申告された身分みたいなのは、通常一般のイデアとメタファーとはおそらくかなり違っている。

――いわゆる「イデア」や「メタファー」そのままではないけれど、その言葉の持っているイメージの一部、ある意味での豊かさが必要であったと。とはいえ、あの小説の中に出てくる騎士団長と顔ながのあり方は、文字通り違うわけですよね。

村上　たぶん違います。僕にもよくわからないけど(笑)。

――顔ながは、自分のことをイデアと言いませんよね。

村上　イデアと言わない。

――で、騎士団長はメタファーと言わない。

村上　言わない。

――その意味でまず違う存在であると。わたしの勝手な感じですと、イデアというのは無限にどこにでも遍在しているイメージで、メタファーはもう少し限定されているといいますか、とらわれている感じがしますね。

村上　そうですね。「顔なが」本人の言によれば、メタファーというのは関連性の中でしか存在し得ないものだから。それに比べてイデアは関連性と関係なく、一つの独立したものとしてどこにでも存在し得る。だからメタファーはイデアよりちょっと下の存在なんだと、「顔なが」はへりくだって言っています。

——二重メタファーというのはそれが文字通り二重になっているもの。

村上　うーん、何なのかは、僕もほとんど知らない(笑)。よく知らないけど、かなり危険なもので、そんなに簡単に扱ってはいけないものなんです。

——でも、それが同じ一枚の絵の中にあった。

村上　そうですね。

——メタファーとイデアが。それに触れる話です。

村上　二重メタファーは、メタファーの足もとにいるものなんだよね、なんかね。そのへんのことは、僕にもうまく説明できないなあ。僕も「顔なが」と同じで、むずかしいことはよくわからないんだ(笑)。

——でも、その「よくわからない」とおっしゃる感覚は、書いている最中の村上さんにとってはすごくリアリティがあるものなんですよね？

村上　うん。だから、イデアとかメタファーとか二重メタファーというような「用語」はわりに簡単に出てきたし、あまりにも簡単に出てきたんで、それが何なのかってことは正直考えなかった(笑)。小説を書いていると、そういうことってよくあるんですよね。自分ではしっかり確信を持っているんだけど、その確信の根拠はどこにもない(笑)。

——それは、こうも読まれるだろうとか、読者の深読みを広く募るようなものにしたいとか、そういった村上さんによる方向づけの意図はありませんか？　書いている本人も何を書いているのかわからない、というのは村上作品に共通したメタ構造ですよね。それを守っているという意識は？

村上　関係ない。ただ言葉を思いついて、その言葉が一人歩きして、それについて書いたというだけであって、一人歩きしているものだから、僕にも何とも言いようがないんです。一人歩きしている言葉に向かってこちらから声をかけるわけにはいかない。「あの、これからどこかにいらっしゃるんですか？」とか、「ご飯はもう食べましたか？」とか。

——例えば『海辺のカフカ』で出てきたメタファー。「世界はメタファーだ」というときに使われたメタファーがあるんですけれど。

村上　え、そんなこと書いたっけ？

——はい、大島さんが言うんです。その言葉は、現実の、リアルな世界においても否定はできないですよね。本当の世界というものが向こうにあって、我々がいま目にしているのは何かの投影、予兆、メタファーとしての現れでしかないというのは、けっこうな数の人たちが信じている物語です。あれもメタファー、これもメタファー……成立する人にとっては成立してしまう。例えば、村上さんが『海辺のカフカ』の中で使ったメタファーというのと、今回の作品で使っているメタファーという言葉に、違いはありますか。

村上　違う。

——重要な指摘ですね。

村上　そういうのはただ、部族の名称だと思ってくれればいいんです。

——部族の名称?

村上　「イデア」という部族があって、「メタファー」という部族があるというふうに思ってもらえると、よりわかりやすいかな。あるいは「イデア団」とか、「メタファー団」とか、そういうのがあって、そういう人たちは自分のことをそうやって呼んでいるけど、じゃあ、それが本当にイデアなのか、本当にメタファーなのかといわれると、それはよくわからない。ただ、本人たちが自分をそう呼んでいるんだから、しょうがないじゃない(笑)。おれたち「イデア団」「メタファー団」の団員なんで、ひとつよろしく。みたいに思ってもらったほうがいいんじゃないかな。

——いくらでも深読みしますよね。とにかく村上さんの小説は、多くの人が深読みをします。

村上　みたいですね。

——逆に言うとそれは、深読みをしないと成立しない構造を同時に持っているとも言えるわけです。作者としては、それって気持ちがいいことなんでしょうか。

村上　よくわからないな。そういうのはあくまで読む人の自由であって、それについて僕がとやかく言うことでもないんだけど。

——「作品が、著者が、勝手にどんどん複雑になって奥行きが出ている、いいぞ、どんどんやってくれ」みたいな気持ちもありますか？

村上　説明しなくてもパッケージとして成立しているものをわざわざばらして説明する必要もないじゃないか、と僕なんかは思いますよ。でもそれが職業になっている人もいるだろうし、そういうのが趣味という人もいるだろうし、僕の口出しすることじゃないとは思うけど、でも説明する必要のないものをあえて説明するのって、労多くして益少ないんじゃないかな。

——それは小説という、知的営為においてもそうですか？　つまり、深読みと批評はまた違うものかもしれないけれど、いわゆる批評的な態度というものは必要ない？
村上　そうだね。例えば音楽がいちばんわかりやすいけど、ベートーヴェンのピアノソナタの三十二番第二楽章を聴くとしますね。これは何ひとつ説明しなくても素晴らしい音楽です。ただ聴けばわかる。ところが、評論家はそれをいちいち説明します。たとえば（あくまでたとえばだけど）ベートーヴェンの観念性が一つの高みに達して、透徹した清廉（せいれん）さと微（かす）かな諧謔（かいぎゃく）の残滓（ざんし）が絡（から）み合って、それはあたかも……みたいな説明が加えられる。そんなこと別に説明しなくても、音楽は立派に成り立っているのに、あえて説明がなされる。なぜなら芸術テキストは、それがどのようなテキストであれ、それが商品であるという事実を打ち消すことはできないから。そしてそこには「説明される」という側面もあります。そういうものを必要としない人にとっては、無駄なことなんだけど、それを「やめてくれ」と排除することはできないし、また排除する権利もない。個人的にはそういうことにあまり興味ないですけど。

本物の牡蠣（かき）フライよりそそりたい

——そうでしょうか。例えば村上さんは、『若い読者のための短編小説案内』の中で、読書をしてらっしゃいますよね。そして個々の作品の構造を指摘し、鮮やかな読みを展開されていました。あれはやっぱり読者にとっても、すごく意味があることなんですよ。たぶん村上さんにとっても。

「この小説はこうだ」とか、正解を言うみたいな表現を避けて、こういうふうにも読める、という言い方を常にされていた。次に読むときはわからない、という柔軟性の上に立って「あくまで僕はこう読んだ」と慎重に表現されていました。本の中でおっしゃっていたように、あそこでなされていたことは批評や評論ではないかもしれない。でも、ひとつのテキストの可能性を示す行為という点では、かけ離れたものではないと思う。でも、村上さんはときどき、そういうものは必要ないんだって立場をおとりになりますよね。

村上　僕が『短編小説案内』でやっているのは、結局のところひとつの「芸」みたいなものですね。こういう本を読んで、たとえばこういう読み方ができるというのを文章的に……。

——披露している。

村上　そう。披露している。だから、それは評論というよりは、何というのかな、むしろ文章芸に近い。テキストを土台にして、僕自身のあり方を語っているということになると思います。

——じゃあ、あそこで書いていらっしゃるものは、ご自身の中では文章ということになりますか。

村上　あくまで僕の文章がメインです。小説を読むという行為を文章化する。どこまで文章化できるかを確かめる。

——評論ではなく、文章を書いている。

村上　うん。だから、僕はあそこで何ひとつ結論を出していませんよね。「こういう読み方もあるし、僕はこう読んだけど、こう読んでも面白いよ」みたいなことを言って、それは批評とか評論とかいうよりは、一種の語りなんだよね。

——たぶん、多くの評論家や批評家も、それとは無縁じゃないと思うんですよね。構造の指摘にしろ、テーマの指摘にしろ、自分だったらこの作品をこう読めるということのある種の置き換えで、基本的には技術の披露であるという意識があると思うんですが。

村上　でも、小説家が何かそういうものを書くのと、評論家が評論するのとでは、どうしても話がちょっと違ってきますよね。

——違う感じがしますか。

村上　要するに僕がこの『短編小説案内』でやろうとしているのは、「物の見方」のひとつのサンプルを示すことなんです。小説を読むときには、こういう読み方もある、こういう読み方もある、そういう複数の視点を示しているだけであって、小説はこう読めとか、これはこういう意味なんだとか言ってるんじゃない。この本はもともとはアメリカの大学での講義録をベースにしています。つまり僕はこのようにこの作品を読んで、こう思うんだけど、君たちの意見を聞かせてくれないかな、という呼び水に近いものです。実際にはあそこからみんなでわいわいとにぎやかな討議が始まるわけ。それはなかなか面白かったですけどね。アメリカの大学のクラスって活発だから。でもとにかく評論じゃないな。本を読むことに僕が求めているのは、「なんとかイズム」みたいな理論武装を取っ払った自由さだから。

——もちろん批評も、読書の自由が前提にあって成立可能なものなんだけれど、村上さんがおっしゃる自由さというのは、目的としての自由さというか、成り立ちにおける自由さ、ということですね。

村上　音楽について書いたりするのもけっこう好きです。評論をするんじゃなくて、ただ音楽を聴く喜びについてあれこれ書く。音楽を文章でどう表すかというのはとても難しいんです。でも文章を書く訓練になります。芸というか、そういう芸を磨いていくのはけっこう好きだな。例えばシューベルトのニ長調ピアノソナタ作品八五〇をどんなふうに文章に置き換えていくか、とか。それは牡蠣フライについて書くのと同じくらい難しいことです。

——出ましたね、牡蠣フライ(笑)。

村上　牡蠣フライがどんなふうにおいしいか、どんなふうに揚げるときにジュージューという音がおいしそうに響くかとか、そういうことを文章で描写するのも好きですね。「牡蠣フライだろ、自分で揚げてみればわかるよ」というふうには言わない。それをできるだけ文章でありありと書き込む。それは僕にとって、良い文章を書くための大事な訓練だから。

——そして、その「牡蠣フライ感」を——牡蠣フライの実感のようなものを「文章で」作りあげる、そこが大事だと。

村上　そうそうそう。とにかく僕はその文章を読んだらもう、牡蠣フライ食べたくてしょうがなくなってくるとか、あるいはその文章を読んだらもう、ビール飲みたくてしょうがなくなってくるとか、そういう物理的な反応があるのがとにかく好きなんです。そしてそういう技術にさらにさらに磨きをかけたいという強い欲があります。とにかく物理的なフラストレーションを読者の中に埋め込んでしまいたい。「ああ、もう牡蠣フライを食べずにはいられない！」と思わせる。我慢できなくする。そういう文章が好きですね。個人的に。

――そのとき、現実の牡蠣フライを超えたい、みたいな気持ちはありますか。

村上　そうだね。テレビでおいしそうにジュージュー揚げている画面が映るじゃない。そんなんじゃなくて、とにかく字面を見ているだけで、牡蠣フライが無性に食べたくなってくるような文章を書きたい。

――牡蠣フライ超えの意志がある。

村上　うん、現実の牡蠣フライより、もっと読者をそそりたい。

――わかります。それは文章の純粋な魅力だから。

村上　そう。だから、『短編小説案内』でも、とにかくここで書評されている本を読んでみたいな、と読者に思わせたい気持ちがある。

――批評家の多くは、例えば、作品に対して、もうひとつの構造を作りあげますよね、自分の技術や読みを使って。その能力のある種の正しい自慢になっている。でも村上さんが『短編小説案内』でやったことは、村上さんが感じた作品のいいところを文章でどう表現できるか、ということで、やはり文章そのものを読者に読んでほしいという動機があるんですね。その読みは間違っているとか、ロジックが破綻（はたん）しているとか、どちらの論がより強いかという、いわゆる批評一般への評価はあてはまらないと。

村上　それよりは「僕はこう思うんだけど、君たちの意見はどう？」的な、クラス内討論みたいな雰囲気が強いですね。それから僕ははっきり言って、嫌いなもの、好きじゃないものについてはあまり書きたくないんです。自分が好きなものを取り上げて、「これはいいですよ。なにしろこんな風にいいんだから」という気持ちから発した文章をできるだけ書きたい。

――そこが違うんですね。

村上　違う、そこが違う。だから、僕は書評とか映画評ってやらないようにしています。なぜかというと、自分が本当に好きなものについてしか書きたくないから。

――では、好き嫌いではなく、あくまで評価の低いものに対しての言及は必要だと思いますか？

村上　思う、もちろん。でも、そこにはたとえばユーモアの感覚が必要です。赦（ゆる）しの感覚というか、うまくすっといいなしてすれ違えるだけの余裕がなくてはいけない。肩がどすんとぶつかっちゃうようじゃだめです。

——それも、「文章」に収斂していく問題ですよね。

村上　うん。そのとおりです。

善き物語は、遥か昔の洞窟の中に繋がっている

——さて、このインタビューもそろそろ終わりに近づいてきたのですが、最初のインタビューで、村上作品における「悪」——もちろん悪そのものというのは存在しないとも言えるのですが、「悪みたいなもののあり方」と、その変遷についてお話を伺いました。最後に少しまた、「悪」について、お話を聞かせてほしいんです。たとえば「悪」めいた何かを書いているとき、自分が今ここで書いている「悪」は、どれぐらい「悪い」のか、ということについて考えることはありますか？　あるいは、これはまだ描かれていない悪のかたちである、というような認識といいますか。

これまで歴代の世界中の多くの作家が「悪」について書いてきました。文学における「悪」は、つねに最高の形態を目指す原則のようなものがあると個人的に思うところがあります。つまり、「悪」が書かれるとき、「悪」は最も悪い「悪」を目指すよう

になっている。それが「善」にはない、「悪」の魅力です。興味深いことに、「善」にはその志向性はないけれど、どうやら美しさにはある、というのがわたしの考えなんですけれども──それはさておき、誰も見たことのない、存在したことのない一番悪い「悪」──それを見てみたい、書いてみたいと思わせるのは、わたしたちの隠された欲望や暴力性といったものとたぶん深いところで結び付いているのだと思います。そこで、村上さんはご自身が「悪」みたいなものを書けているなと手ごたえを感じたときに、それがどれぐらい悪いのか、というようなことを意識されますか。これまで文学が、あるいはご自身が書いてきた「悪」を更新しているかどうか、というような点において。

村上　僕は純粋な意味での「悪」ってまだ書いたことないから、また書こうとしたこともたぶんないから、それがどういうものか、あまり真剣に考えたことってないです。でも今のところ、僕がいちばん「悪」であると見なすのは、やはりシステムですね。

──村上さんの考える「悪」のイメージは、システム。

村上　もっとはっきり言えば、国家とか社会とか制度とか、そういうソリッドなシステムが避けがたく醸成し、抽出していく「悪」。もちろんすべてのシステムが「悪」だとか、システムの抽出するものがすべて「悪」だとか、そんなことを言っているわけじゃないですよ。そこには善なるものももちろんたくさんあります。しかしすべてのものに影があるように、どのような国家にも社会にも「悪」がつきまといます。それは教育システムにも潜んでいるし、宗教システムの中にも潜んでいます。そういう「悪」は実際に多くの人を傷つけているし、死に至らしめることもあります。僕はすごく個人主義的な人間なので、そういうシステムの「悪」みたいなものに対して、センシティブな部分は強くあると思います。そういうもののありようをもっと描いていきたいと思うけど、そういうものを書くと、どうしても政治的なメッセージになってしまいがちで、それだけはできれば避けたいですね。それは僕の望んでいる発信ではないから。

——例えばさきほど、賞の話も出てきましたが、村上さんって、毎年ノーベル賞のことで騒がれますよね。みんなどんどん過熱してきて、本当に毎年、煩(わずら)わしいこととお察しします。そういう議論というか話の流れで、日本人の作家も、もっとポリティカルなことを全面的に書くべきだみたいな意見もあったりするんですよね。

村上　へえ、そうなの？

——ええ、村上さんに関して言うと、「もし村上春樹がノーベル賞を欲しいと思うのなら、ポリティカルなことを明確に書く必要がある」というような意見があるんですよ。基本的な賞の性格がそうなんだからと。それからノーベル賞は別としても、さっきも言いましたように、作家というものは、ポリティカルじゃないにしても、実際の事件とか、社会的な出来事を題材に小説を書くべきだ、みたいな見方もある。想像力とか言ってるけど、結局安全なところで自分の実感ばっかり書いてるだけで、そんなぬるいことやってんじゃないよというような。もちろん村上さんは大きな影響力を持っていらっしゃるんですが、いわゆるポリティカルなものとは線を引かれますよね。政治的なメッセージになってはならないと。

村上　でも僕の書いてるものは、けっこうポリティカルだと僕自身は思ってるんですけどね。

——もちろん、そう読むこともできます。でも、それはあくまで、何重かのメタファーの中に込められているんですね。読もうと思えばそう読める。例えば今回でいえば、ナチスドイツと南京虐殺（ぎゃくさつ）の話が出てくる。でも、「村上春樹がノーベル賞を欲しいなら」の文脈の人たちが言っているポリティカルというのは、今なら日本人作家としてたとえば東日本大震災や原発問題、あるいはテロなどを非常に直接的に扱うとか、そういう話だと思います。

社会に起きた大きな事件や問題を、そのまま小説のテーマとして扱いたい、というような欲望はとくにないですか？

村上　それはないですね。

――それは小説のために？　それとも村上さん自身にない？

村上　もしそういうものを書くとしても、フィクションの中には直接的に持ち込みたくない。ナマのメッセージという形では、ということだけど。いろんなことを時間を置いて眺め、距離を置いたところから眺め、そういう視点をもって今ここにあるものをあらためて見てみたい、という気持ちのほうが強いね。

――過去の問題を振り返ったとしても、実際的なことを書くんじゃなくて、あくまで物語にくぐらせるということですね。

村上　そう、それが僕の基本的な小説観です。

――以前のインタビューで、「ハード・ランディング」と「ソフト・ランディング」という言葉を使って、お答えになったことを覚えてます？

村上　なんか言ったような覚えはあるな。

――震災だったり社会情勢だったり、いわゆるハードな現実に対してわれわれ小説家ができることは少ない。物語にできる役割は「ソフト・ランディング」なんだと。それが具体的にどういうものかは説明できない。重要なのは、ハードなものをハードに扱うんじゃなく、透明人間に上着を着せるようなかたちで問題の輪郭を見極めていくことだっておっしゃっていて。

村上　そうですね。自分の言ったことだけど、それはたぶんまっとうな意見だと思う。僕は地下鉄サリン事件を徹底的に取材して、一年かけて取材したけど、結局はノンフィクション書くしかないと思いましたものね。

――事件をそのまま扱ったフィクションにしようという気持ちはありませんでしたか。

村上　まったくない。

――それはなぜですか。

村上　なぜかと聞かれても説明できないけど、フィクションにしないほうがうまくできると、本能的に思ったんです。だから、本当にそのナマのままの形で、何の解釈もなしに、被害者の話の聞き書きをどんどん積み重ねていった。それで僕の語りたいことは全部語れるはずだと思った。自分の言葉や解釈をあえて挟まなくても、それは小説家である僕にとって何より意味のあることだったんです。そこで自分の言葉を挟むと、どこかしら嘘(うそ)になっちゃう。そういう気がした。小説というのはもちろん作り物だけど、嘘はつきたくない。発言に対する僕自身のリスポンスをほとんど入れなかったことで、あの本は「主体性がない」みたいにずいぶん批判されましたけど、僕のやったことは間違っていないと思う。

ただ、僕はあの本の取材を通して学んだことを、それからいろんな小説の中にひっそりと組み込んでいます。それこそ二重、三重のメタファーにして使っていたり、別の形に置き換えたりしてるから、たぶん他の人にはわからないだろうけど、あそこで僕がくぐり抜けてきた物語は、いろんな意味合いで僕の小説の動力みたいなものになっています。

――それは村上さんの中で言語化できる？

村上　ある程度はできる。

――でも、全部を言語化することは、あえてしないと。

村上　うん。ひとつの具体的な例をあげれば、「かえるくん、東京を救う」の中で、信用金庫に勤めている人がいますよね。ヤクザに撃たれる人（註・『神の子どもたちはみな踊る』二〇〇〇年刊所収）。

――片桐さん。

村上　そう。あの人は、僕がインタビューしたサリンガス事件の被害者の一人が部分的にですがモデルになっています。彼は事件のときのこととか、仕事のこととか、自分の生活のこととか、いろんなことを僕に話してくれたんです。で、そのテープを起こして原稿にして、それを見せたら、「これはまずいので、ちょっと本にはしてほしくない」って言われました。「そこをなんとか」と説得したんだけど、やっぱりどうしてもダメだってことになりました。本には載せられなかった。「かえるくん、東京を救う」はその人の話のいくつかがマテリアルになっています。といっても、全然違う話になっているんですけどね。なんといってもかえるくんの出てくる話になっちゃうわけだから。

——村上さんだけにわかるエッセンスで、ノンフィクションとフィクションが響き合っているんですね。

村上　いったん自分の中をくぐらせ、物語の一部として変更した形でなら、現実のものごとをフィクションに持ち込めますが、ナマのメッセージを持ち込むことは、僕には無理ですね。そういうことはしたくない。たとえ世界中の文学賞をもらえるとしても(笑)。

——それは村上春樹という作家のひとつの倫理ともいえますね。

村上　結局ね、小説に直接的な形で書き込むというのは、たとえ動機がどうであれ、事件に遭った人々を小説的に利用していることになります。気の毒な目に遭われた人々をフィクションの形でそのまま利用したくない。それはああいう大きな事件に限らず、日常生活においても同じことだけど。

――ハードな事件や出来事を自分の物語上に引き込んで書くことのできる作家もいますよね。目指しているものはその作家にしか見えないから、もちろんひとくくりにはできないんだけれども、少なくとも村上春樹という作家にとって、そうすることには「利用」の感覚があると。時事的なもの、本当の出来事とか、本当にそこで血が流れたような出来事とか、悲しみや恨みとか、そういったものを自分の物語に利用することはできないと。

村上　もしやるとしたら、むしろスピーチみたいなものの中でやった方がいい。実際に自分の声を発するスピーチとして、前にいる人たちに直接語りかけたいです。すっきりとステートメントということにしたい。そのほうが僕としても責任が取りやすいから。これまでも、エルサレム賞のときもそうだし、バルセロナのカタルーニャ国際賞のときも、ベルリンのウェルト文学賞のときも、僕としては同時代的な、それなりにポリティカルなメッセージを発信してきたつもりです。反発ももちろんあったけど、受け入れる人はちゃんと受け入れてくれた。「よく言ってくれた」と。

ただ、やっぱり無力感は感じますよね。僕が何を言っても、それで世の中が変わるわけじゃないし、むしろだんだんひどくなってきているみたいだし。そういうのを見ているると、あとはもう小説を書いていくしかないんだろうなと思う。たとえば僕が具体的に政治的な発言をしても、それに反対する意見を持つ人は、たぶんすぐ何か言い返しますよね、ツイッターとかで。そういう次元の発展性のない、つまらない争いに引き込まれるぐらいだったら、もう論争とか関係なく自分の小説を、物語というものを、正面からぶつけていきたいですよね。ツイッターとかフェイスブックとかとは、真逆の方法を使うしかない。

——小説家はもう、そっちに関わっている暇はないと。

村上　純粋な消耗です。

——われわれは小説を書くんだと。人々が書いた物語を読んで、それがすぐメッセージとしてみんなに伝わるようなものでもないけれども、それは戦い方の違いであって、それも一つの戦いであるという実感があるということですね。

村上　そうだね。南京虐殺の問題を例にとると、否定する側には想定問答集みたいなものがあるわけです。こう言ったら、向こうはこう言い返す。こう言い返したら、今度はさらにまたこう言い返す。もうパターンがそっくり決まってるわけ。カンフー映画の組み手と同じで。ところが、話を物語というパッケージに置き換えると、そういう想定問答集を超えることができるんです。向こうもなかなか有効には言い返せない。物語に対しては、あるいはそれこそイデアやメタファーに対しては、何を言い返していいのかよくわからないから、遠巻きに吠えるしかない。そういう意味で、物語というのは、こういう時代には逆にしぶとい力を持ってくるわけです。前近代の強みっていうか。もしそれが強く、「善き物語」であるのならということだけど。

――前近代の強み。物語はそこを免れることができるということでしょうか。

村上　免れるというか、それを超えていかなければ物語の力はない。

――「善き物語」として機能する小説を村上さんが生み出し、それがたくさんの読者に読まれることによって――「象は平原に還る」じゃないですが、いろいろな邪悪なものや、「悪」みたいなものに立ち向かう連帯が、何かしらの力として存在し得るんじゃないかという。現実というものは、それぞれが持ち寄った物語の集積で――あるいは集合的無意識の奪い合いによって成り立つものでもある、といえるわけですからね。

村上　邪悪な物語のひとつの典型は、麻原彰晃の展開した物語ですね。

――はい。

村上　完全に囲われた場所に人を誘い込んで、その中で徹底的に洗脳して、そのあげくに不特定多数の人を殺させる。あそこで機能しているのは、最悪の形を取った邪悪な物語です。そういう回路が閉鎖された悪意の物語ではなく、もっと広い開放的な物語を作家はつくっていかなくちゃいけない。囲い込んで何か搾り取るようなものじゃなくて、お互いを受け入れ、与え合うような状況を世界に向けて提示し、提案していかなくちゃいけない。僕は『アンダーグラウンド』の取材をしていて、とても強くそう思いました。骨身に浸みてそう思った。これはあまりにもひどすぎると。

——開かれた物語。

村上　そういう物語の「善性」の根拠は何かというと、要するに歴史の重みなんです。もう何万年も前から人が洞窟の中で語り継いできた物語、神話、そういうものが僕らの中にいまだに継続してあるわけです。それが「善き物語」の土壌であり、基盤であり、健全な重みになっている。僕らは、それを信頼し信用しなくちゃいけない。それは長い長い時間を耐えうる強さと重みを持った物語です。それは遥か昔の洞窟の中にまでしっかり繋がっています。

——神話や歴史の重みそれ自体が無効になっているとは思われませんか、村上さん。それらが保証する善性のようなもの、それ自体が。

村上　全然なってない。

――まだ始まってもいないぐらいな感じでしょうか？

村上　というか、現実的に今までずっと続いてきたんだもの、途切れずに。人類の歴史のなかで、物語の系譜が途切れたことはありません。僕の知る限り、ただの一度もない。だから、フランソワ・トリュフォー監督の『華氏451』だっけ。レイ・ブラッドベリが原作の。どれだけ本を焼いても、作家を埋めて殺しても、書物を読む人を残らず刑務所に送っても、教育システムを潰して子供に字を教えなくても、人は森の奥にこもって物語を語り継ぐんです。それが善き物語でさえあれば。

――紙がなくなっても、それが善き物語であれば続く、と。

村上　たとえ紙がなくなっても、人は語り継ぐ。フェイスブックとかツイッターとかの歴史なんて、まだ十年も経ってないわけじゃないですか。

――今後、どのように形を変えてどれくらい続くかわからないけれど、現在ではそれぐらいですね。

村上　それに比べれば、物語はたぶん四万年も五万年も続いているんだもの。蓄積が全然違います。恐れることは何もない。物語はそう簡単にはくたばらない。

――そういう意味で村上さんは、「善き物語」の力というものを信じているし、もうそれは厳然としてそこにあるわけなんですね。

村上　うん、僕はまだまだ自分の物語を大きな声で語り続けたいと思います。もしよかったら僕の洞窟に寄ってみてください。焚火（たきび）の炎もしっかり燃えています、焦（こ）げた野ねずみの肉なんかもあります（笑）。

——さて、ではまとめに入りたいと思います。三回にわたって……いえ、もっとですね、「MONKEY」を入れると四回にわたって、村上さんの小説や村上さん自身についてお話を伺ったわけですけれども、準備段階で用意していたものは——基本的にほとんど役にたちませんでした（笑）。というのも、「あれはこうですね、これはこうなんですよね」というような、ある意味で常識的な「読み」のようなものが、村上さんと小説について話すにあたって、ほんとに使えなかった。わたしのノート、見てくださいよ……年表はもちろん社会的出来事との相関図、「騎士団長殺し」の絵も描いてきたんですよ……作りながらね、これまったく意味ない可能性あるよね、とは思っていたんですが、正直に言って、まさかここまで意味ないとは思っていなかったです（笑）。

でも、はじめに「一緒に井戸に入ってくださいまし」と言った気持ちというか方法は、やっぱり変わらずに同じで、わたしとしては対話の中でしか見えないものが見えましたし、わたしなりの井戸体験ができたと思います。もし村上さんにも、そういう瞬間が一回でも二回でもあって、「ああ、それは気づかなかったな」みたいな体験が……。

村上　なんか、ラジオ番組に出ているみたい（笑）。

――（笑）……あってくれたらいいなと切に願っております。

でも、考えてみるとインタビューっていうのは不思議な行為ですよね。人はインタビューされると答えるんだけど、みんなは本当のことをしゃべっていると思いますよね。聞かれた人は正直に答えるべきだし、答えるものだと思っています。インタビューでは真実が語られると基本的には思っているところがある。でも、保証する人は誰もいないのに。べつにどれだけ嘘をついてもいいわけですしね。

村上　嘘はついてない。無意識な捏造(ねつぞう)はあるかもしれないけど。

――もちろん村上さんが嘘をついているとは思っていないですけれど（笑）、何ていうのかな、村上さんの回答に対してですね、もっと奥にあるものを読み取ってくれる人もいるだろうし、わたしとは違うものを受け取ってくれる人もたくさんいるだろうと。だから、このインタビューがここでは終わらずに、また今後の村上さんの作品につながる「通路」のような役割を持ってくれるといいなと思いながら、インタビューを終えたいと思います。

村上　でもね、ときどき思うんだけど、僕の昔やったインタビューを何かの拍子に読んでみると、今とまったく同じこと言ってるんですね。三十年ぐらい前のインタビューで。

——本当？

村上　聞かれたことには答えるけど、聞かれないことには答えないから、もちろんそのときどきで言っていることは少しずつ違っているんだけど、でも、言わんとすることはほぼ同じです。いいのか悪いのか、よくわからないけど、でもまあ、それが僕なんだなと思います。

しかしそれにしてもこれ、すさまじいインタビューだったなあ（笑）。あと二年くらい何もしゃべらなくていいかも。

——では、ぜひまた二年後に（笑）。本当にありがとうございました。

（二〇一七年二月二日　村上春樹自邸にて）

インタビューを終えて

村上春樹

「退屈でつまらない答えで申し訳ないけど、退屈でつまらない質問にはそういう答えしか返ってこないんだよ」とアーネスト・ヘミングウェイがどこかのインタビューで語っていた。僕もこれまでの作家生活の中で少なくない数のインタビューにこたえてきて、思わずそう言いたくなる局面を何度か経験した（礼儀正しい僕はもちろんそんなことは口にしなかったけど）。

でも今回、川上未映子さんと全部で四度にわたるインタビューをおこなって、まったく正直な話、そんな思いを抱かされたことはただの一度もなかった。というか、次々に新鮮な鋭い（ある場合には妙に切実な）質問が飛んできて、思わず冷や汗をかいてしまうこともしばしばだった。読者のみなさんも本書を読んでいて、そういう「矢継ぎ早感」をおそらく肌身に感じ取ってくださるのではないかと思う。

僕は作家同士の対談というのがもともとあまり好きではない。作家になった最初の頃は何度かやったが、すぐにやめてしまった。しかしインタビューという形体で他の作家と話をするのはなかなか悪くないと思っている。インタビューをするのも、インタビューをされるのも、相手次第でかなり興味深いものになるはずだと考えている。インタビューというフォーマットにおいては、インタビュアーの責任と、インタビュイーの責任とがはっきり区分されているからだ。そういう潔さを僕は好む。

二〇一五年七月に雑誌「MONKEY」のために、『職業としての小説家』を中心として、川上さんを聞き手としたロング・インタビューを受けたのだが、そのときに「もっとこの人と長く話してみたいな」という気持ちを強く持った。彼女はこれまで僕が会ったどのインタビュアーとも違う種類の質問を、正面からまっすぐぶっつけてきたからだ。そして自分の納得がいくまで、臆することなくいろんな角度からその質問を反復した。そしてそんな質問にひとつひとつ答えているうちに、これまで僕自身考えもつかなかったような意味や風景を、僕は自分の中に見いだすことになった。

だからその続きのような感じで、彼女の更なるインタビューを受けないか、それをできたら一冊の本にしないかという話があったとき、それは面白いかもしれないと思った。でもちょうど『騎士団長殺し』を執筆している最中だったので、返事はとりあえず保留させてもらった。そしてようやく書き上げたときに、「もしまだ可能なら」と返事をした。この作品について腰を据えて語り合ったら、それはいったいどのようなインタビューになるのか、僕としてもとても興味があったからだ。

その結果はどうだったか？

「退屈している暇はなかった」、僕としてはため息混じりにそう言うしかない。いやいや、退屈しているような余裕はまったくありませんでしたよ、ヘミングウェイさん。

付録

文庫版のためのちょっと長い対談

濃厚すぎる二年間ですね

川上　お久しぶりです。二年前の冬、ご自宅の書斎で「ぜひまた二年後に」と言ってインタビューが終わったんです。私はまだまだ聞き足りなかったけど、春樹さんは「もうしゃべることないよ」とおっしゃって……。

村上　言ったっけね（笑）。

川上　そこから無事に月日がめぐって、こうしてまた新潮社クラブの掘りごたつの部屋でお目にかかることになったわけです。

村上　あのあと、川上さんは小説集（短編集『ウィステリアと三人の女たち』）を出して、それから長い小説（『夏物語』）も書いたよね。大変だったでしょう。

川上　はい。執筆中は、夕方になると目がかすんで見えなくなって……。

村上　すごく疲れたんじゃないかな。子育てもあるし。

川上　でも、終わってみると、キャパシティが広がっているというか、エンジンは大きくなったような気はします。良いことなのかそうでないのか、よくわからないんですけれど。
村上　それを続けていると消耗が激しくなるから、ちょっと間を置いたほうがいいね。僕はしょっちゅう間を置いて、何もしてない時期がすごく多いわけだけど。
川上　たしかにバランスですよね……でも、春樹さん、これを見てください。この二年間の春樹さんの仕事を書き出したんですよ。こうやってパッと見るだけで、ものすごい仕事量です。
村上　ごく普通にいつも通り生きてたような気がするけど（笑）。
川上　いいですか。順を追っていくと、まず大きいところでこの『みみずくは黄昏に飛びたつ』が二〇一七年の四月に出て、その夏にはジェイ・ルービン先生が編んだ長大な一冊『ペンギン・ブックスが選んだ日本の名短篇29』の長い序文を書くために、漱石や谷崎や三島、若い世代の作品まで三十作以上を読んで一つ一つに解説を書いています。
村上　あれはたいへんだったなあ。ジェイの選び方はかなり独特だけど、日本の作家の短編をたくさん読んだ意味はあったし、引き受けて良かったと思う。もし、ジェイがもう一冊やるって言ったら、今度は川上さんに任せるけどね（笑）。

川上　そして、ラジオDJです。なんと春樹さんはTOKYO FMで『村上RADIO（レディオ）』を始められて。びっくりしました。（＊二〇一八年八月五日に第一回オンエアだが、収録は春）

村上　そうなんです、はい。

川上　この年の六月はフランスの芸術の勲章を受章されたりとか、いろんなことがあって、夏には短編を三つ発表していますね。（文學界二〇一八年七月号）

村上　ちょくちょくとね、うん。

川上　九月に『騎士団長殺し』の英訳が出版されて、十月の「ニューヨーカー・フェスティバル」（ニューヨーク市）で公開インタビューを受けて、十一月には早稲田大学に「村上春樹ライブラリー」の創設が発表されました。記者会見もされて、新聞に写真も出ていました。濃厚すぎませんか、出来事が。

村上　いや、僕は今年七十歳になったわけで、これまでやってきたことと少し変えてみようと思ったんだ。たとえば、これまでは文章を書く以外のことはできるだけしないようにしようと心に決めて仕事をしてきたけど、もうそろそろ、少しはほかのこともやっていいんじゃないかと……。

川上　たしかに二〇一九年は、春樹さんが『風の歌を聴け』でデビューして四十周年ですものね。

村上　四十年やってきたんだから、文章を書くだけに限定せず、少し広げてもいいかなというふうに思って、それで七十歳を前にラジオを始めたわけ。

川上　「村上ＲＡＤＩＯ」はほぼ二か月に一度のペースで、このあいだ、八回目（二〇一九年九月）が放送されたばかりですよね。

村上　それから早稲田大学の「村上ライブラリー」（＊「早稲田大学国際文学館」）も、やはり年齢的な節目というかね。僕は子どもがいないから、例えば僕が死んじゃうと、いろんなものが全部散逸しちゃうかもしれない。だから作品の原稿とか関係資料とかを、この際きちんとまとめておこうという気持ちがあって。

川上　逆に言うと、この四十年間は小説を書くことだけに集中したいと思っていたんですね。

村上　いや、小説だけじゃなくて「文章」かな。

川上　なるほど、「文章」を。

村上　小説に限らず僕は文章を書くのが好きだし、文章を書いて生活できるって素晴らしいと思うし、だからそれ以外のことはなるべくやらないようにしようと自分を戒めてきたから。

川上　意識的にストイックに努めた四十年間だったってこと？
村上　いや、そうじゃなくて、とにかく僕は文章を書くのが単純に好きなんだ。だからあまりほかのことをやりたくなかった。でも、そろそろそういう縛りを解除して何かほかの空気を入れてもいいかなと思ってね。
川上　それが、ラジオを始めた理由なんですね。
村上　そうなんです。
川上　大人気ですよね。
村上　おかげさまで人気みたいで（笑）。「村上RADIO」にしても「村上ライブラリー」にしても、これまでやらなかったことをやっていこうという気持ちになってると思う。例えば、父親のことを書いたこと（＊「猫を棄てる――父親について語るときに僕の語ること」文藝春秋二〇一九年六月号）もそうかもしれない。
川上　読者はずっと春樹さんの小説を読んできたわけですよね。フィクションだけじゃなくて、文章を通して、春樹さんの人となりに接してきた。毎日どういうふうに過ごしてとか、どんなふうに暮らしているのかを、四十年間、文章だけを頼りにしてきたわけです。でも、ラジオで春樹さんの声が聞けたり、「ポルシェ試乗記」（ENGINE二〇一九年十月号）や「猫を棄てる」でいろいろ写真が載ったりして……ポルシェのすごかったですよ。それにラジオやってると関わる人もけっこう増えるし、声が知られて道を歩きにくくなるとかありませんか。読者や周囲との交流という意味で、春樹さんに何か意識の変化があったんでしょうか。

村上　ラジオは声だけだから、道は歩ける（笑）。テレビだとそうはいかないけど。

川上　早稲田大学にアーカイブをきちんと作ろうというプロジェクトも、大規模ですよね。

村上　そう。大学内の建物をリノベーションすると聞きました。隈研吾（くまけんご）さんが改装のデザインをしてくれて。

川上　どれぐらいの広さになるんでしょう？

村上　四階建てだったかな。

川上　え、四階建て？　それが一棟まるまるですか。

村上　そんなに大きな建物ではなくて、これまで事務室とか教室やセミナールームで使っていたみたい。

川上　ご自宅の書斎の本とか、あの壁いっぱいにあったレコードも寄贈するんですか？

村上　いずれはレコードも移そうと思うんだけど、コアな部分はまだ移さないけどね。みんなが自由に聴けるような形にしたいなと。僕が書いた原稿や各国で翻訳出版された本も、研究者に役立つように使い勝手のいいものにできたらいいと思う。
川上　春樹さん……すごい親切じゃないですか。なんで急にそんなに親切になったの？（笑）
村上　そうじゃなくて、資料が散逸してバラバラになるよりは、一箇所にまとまっているほうがいいと思うから。
川上　確かに、一つのところにちゃんとあるというのは大事ですけど。
村上　それに、生きてるうちはあんまり色々見せたくないけど、死んじゃったら何だっていいやと思って。あとは好きにしてくれって感じかな（笑）。アメリカなんかは、作家はみんな大学のアーカイブに残すんだよね。日本はあまりそういう習慣ないけど。
川上　有名な作家は大学に資料が集まっているんですか。
村上　例えば、レイモンド・カーヴァーはオハイオの大学に「カーヴァー・アーカイブ」があります。アメリカの場合は、大学が買い取るんだけど。
川上　今回の春樹さんは……。
村上　僕は別にお金もらわない。無償で。
川上　無償で、大盤振る舞いのアーカイブ寄贈。
村上　フィッツジェラルドの場合はプリンストン大学図書館に自筆原稿があって、彼が作品のどこに手を入れてるかがちゃんとわかるようになってるんだけど、すごく貴重なんだ。

川上　本当のアーカイブですよね。

村上　建物は二〇二一年の春にできる予定だけど、もうどんどん移していこうと思ってる。

ガラパゴスとか、パリとか、村上RADIOとか

川上　二〇一八年の秋にガラパゴスにも行かれたんですね。

村上　ガラパゴス島でイグアナや亀を見てきたんだけど、エクアドルの首都で講演もやりました。二五〇〇人くらいの聴衆だったかな。

川上　それは英語で？　それとも日本語でお話になった？

村上　僕が日本語で話して、それをスペイン語に通訳してくれるはずだったんだけど、通訳する人がいなかったみたいで、急に英語で講演することになっちゃって。めちゃくちゃな話だよね。

川上　日本語のはずが、英語でスピーチしてスペイン語に同時通訳。
村上　自分でも何言ってるのか、途中からわかんなくなってきてね。でも、地球の裏側で僕の本を読んでる人がこんなに多いのかと、不思議な感覚に襲われたし、びっくりしたな。エクアドルで読まれているなんて考えたこともなかったから。
川上　それから、今年（二〇一九年）の二月にはパリにも行かれて、若い学生と公開インタビューをされてます。
村上　『海辺のカフカ』の上演に合わせて行ったパリのコリーヌ劇場（約六五〇名）でやりました。でもやっぱりフランス語だから同時通訳でやることになる。英語だと割に直で対話できるんだけど、それ以外の言語だとなかなか難しい。
川上　その間にも、村上ＲＡＤＩＯは続いて、六月二十六日にはついに「村上ＪＡＭ」（＊作家デビュー四十周年記念・村上ＲＡＤＩＯの公開収録）が開かれました。
村上　やりましたね、「村上ＪＡＭ」。川上さんも会場に来てくれて。
川上　本来なら三日間ぐらいに分けてやっていいような濃厚な夜を、私は体験したわけですけど、ほとんどトラウマになっちゃうぐらいの衝撃でしたよね。あれはすごい一夜だった。
　音楽監督が大西順子さんで、たくさんのゲストがいらっしゃいました。

村上　いや、僕が自分でステージに上がって司会するなんて自分でも信じられないけどね。よくやるよなと。

川上　ステージ上に三時間近くずっと出ずっぱりでDJもおやりになり、北村英治さんや渡辺貞夫さんというジャズのレジェンドや出演者と対談してアテンドされてましたよね。それぞれのゲストにエピソードも挿入して……準備もたいへんな一日だったと思うんですけど、春樹さんは本当にタフなんだなと、あらためて思い知りました。

村上　小説のことになると、なかなかここまで親切にはなれないけど、音楽のことになると僕はけっこう親切なんだと思う。やっぱり好きだから、ついやっちゃう。

川上　春樹さんがリスペクトして聴いてきたミュージシャンが集まった親密なライブで。

村上　僕はちゃんと音楽聴いてるから、そういうのは向こうにも伝わるんじゃないかな。それが一番大事なことだと思う。適当に司会をするんじゃなくて、しっかり聴き込んでいたので、ゲストともお互いに話すことはたくさんあったんです。

川上　初対面の方もいらっしゃったのかもしれないけど、ちょっと音楽を通した同窓会みたいな雰囲気もありましたね。

村上　北村英治さんは初めて会ったけど、素晴らしいクラリネットだった。

川上　「これはもう、私もクラリネット始めるしかないだろ」と思わず涙ぐむくらい、素人（しろうと）にも夢を見させてくださる、本当に素晴らしい音色で。

村上　僕はどちらかというと音楽の人のほうが付き合いやすいんだよね。文芸関係では、ほとんど知り合いっていないから。

川上　雰囲気がまた、違いますよね。

村上　音楽関係のことやってると、僕はとても楽しいけどね。

川上　あのライブで披露されたエピソードを伺ってると、プレイヤーはもちろん、あのレコードの録音がこうとか、この演奏のこのフレーズがこうだったとか、昔のものでも驚くほど細かいところまで覚えていらっしゃるでしょう？　あれって、すべてのことに対してあんなふうにディテールとか固有名詞がぱっと出てくるわけですか？

村上　いや、音楽に関してだけ。音楽以外のことって、あんまり覚えてないんだ。

川上　つまり、春樹さんの頭の中に音楽だけの抽斗（ひきだし）というか、特別なライブラリーがあるわけですね。

村上　そうかもしれない。

川上　私なんか昨日初めて会った人の名前すら思いだせなくなっているので、「なんでこんなことが可能なんだろう……」と震えながら聞いてました。忘れられない夜になりました。おそらくあの場にいらっしゃった、みんなにとっても。

チーヴァーを翻訳して学んだこと

村上　この二年間、翻訳をかなりやって、いちばん最近出したのは評伝の『スタン・ゲッツ　音楽を生きる』。エルモア・レナードの西部劇から、チャンドラー、ジョン・チーヴァーの短編集、フィッツジェラルドの後期短編集まで、七冊出しました。

川上　七冊……中でも、「スタン・ゲッツ」は六百ページ、二段組み（笑）。でも、どの翻訳作品もぜんぶ分厚い本なんです。これ、二年のあいだにおやりになってるわけでしょう？　翻訳は仕事と思ってないっていつもおっしゃるけれど、でも仕事ですよね……この中でもちろんどれも思い入れのある作品だから翻訳されると思うんですけど、とくに印象に残っている一作はありますか。

村上　やっぱりジョン・チーヴァーかな（＊『巨大なラジオ／泳ぐ人』新潮社）。これは翻訳しなくちゃと思って一所懸命やりました。

川上　柴田元幸先生とも雑誌でお話しされてましたよね、チーヴァーについて。

村上　学ぶということからすると、チーヴァーの翻訳が一番学べたかもしれないね。
川上　具体的に、どんなところが？
村上　リアリズムの部分と非リアリズムの部分のそのミクスチャーというか、絡（から）み合いが非常に面白いんだ。
川上　でも、リアリズムと非リアリズムのミクスチャーという点では、春樹さんの創作の特徴で、極まっていると思うんですけど。それでもチーヴァーから学ぶところがある？
村上　僕の絡め方とチーヴァーの絡め方というのは、けっこう違います。だから訳していて面白かったんじゃないかな。
川上　チーヴァーの登場人物から響いてくる倫理観みたいなものについても言及されてましたよね。それがやっぱり大事なんだって。
村上　それは目に見えない静かな倫理観なんです。そこが素晴らしい。僕は超リアリズムとか超非リアリズムってあまり好きじゃなくて、それが出たり入ったりする小説がわりに好きなんですね。
川上　その方法にはやっぱり敏感にならざるを得ないところがあるわけですね。
村上　そういう意味で昔からカフカは好きだったわけだけど、どっちかだけというのはちょっとしんどい。
川上　その点、チーヴァーの小説のミックスは、独特のバランスがあるのかも。
村上　こういう作品を読者がどれだけ楽しんでくれるかわからないんだけどね。とにかく僕は文章を書くのが好きで、自分の文章を書かないときは翻訳をしてるわけだけど、チーヴァーは訳していて面白い小説でした。
川上　翻訳もそうですけれど、春樹さんは本当に書くのがお好きですよね。
村上　とにかく何か書いていないと気持ちが落ち着かない中毒みたいなものです。ただ日記とか手紙って、ほとんど書かないけど。

父親のことはいつか書かなきゃいけないと思っていた

川上　小説をお書きになり、書かないときは自然にストレスなしで翻訳を続ける。でも、やっぱりこの二年のお仕事の中でも、まったく違うのが、お父様について書かれたメモワールというか長いエッセイの「猫を棄てる——父親について語るときに僕の語ること」です。

村上　（深く頷きながら）そうですね。

川上　これについてお話を伺いたいと思います。これまでの春樹さんを考えると、お父様について書くというのは、ちょっとやっぱり考えられなかったお仕事ですよね。

村上　そうかもしれない。家族のことはできるだけ書かないようにしていたから。でも、父親のことはいつかは書かなくちゃいけないと思いながら延ばし延ばしにしてたんです。なるべくもう、人生のあとのほうで書こうと思ってたから。

川上　じゃ最初から、いつか書かなきゃいけないなとは思っていたんですか。ずいぶん昔からですか。

村上　うん、思ってた。父が生きてるときから書かなくちゃと思ってたんだけど、生きてるときは僕もちょっと嫌だったから、十年ほど前に父が亡くなったあと、いつかまとまったものを書かなくちゃなと考え続けていました。

川上　漠然とした予感として？

村上　いや、漠然とした予感じゃなくて、書かなくちゃいけないと思ってたんだよね。書くのは一種の義務だと思ってたから。

川上　それは何に対する義務感ですか？　もちろん「猫を棄てる」というテキストを読めば伝わってくるものがあるんですが。春樹さんはお父様、お母様がいらっしゃいますが、母について書こうという義務感はなかったんですか。

村上　ないですね。

川上　お父様について書くことには、特別な義務感があったと。

村上　うーん。というか、一番大きいのは父親の戦争体験で、僕はそれを語り継がなくちゃいけないと思っていたということです。理屈で歴史がどうこうとか、戦争がどうこうと語るのは好きじゃないから、自分に即した実際の事をファクトで語るしかない。それが僕のやらなくちゃならないことだった。

川上　お父様の体験や経験とか、あまり語られなかった記憶とか気配とか、そういうものを通じてのお父様の足取りを追っていたわけですよね。たくさんの資料に当たり、いろいろなところへ足を運び、準備期間にすごく時間がかかったのではないですか。

村上　準備期間というより、どういうふうに書くか、肚を決めるのに時間がかかったと思う。資料をちょっとずつ集めてはいたけど、どんな形でどう書けばいいのか決めかねて、結局猫の話で始めて、それでやっと書けた。

川上　いろんなことが書かれています。ファミリー・ヒストリーのような要素もあるし、もちろん戦争についても。お父様について語るということは、これまでと違う方法でご自身について語ることにも繫がりますね。また、書き方しだいで、エッセイが何を示そうとしているのか、その内容も変わりますし。
村上　そう、変わってきます。
川上　どこに軸足を置くかで、メッセージ性が強くなったり、戦争への意見表明のようになったりする可能性もありますよね。春樹さんにしか書けないバランスを発揮するために、「猫」の話があるのだと思うんですけど。
村上　たとえばどんなに深い立派なことを考えていたとしても、それをロジックで表層的なメッセージにして書いちゃうと、人には伝わらないんです。小説家には小説家のものの書き方があると思う。
川上　お父様のことを書いたことで、ご自身に何か影響はありましたか。ちょっと肩の荷が下りたとか。
村上　そうだね、書いてよかったと思うし、それは僕の書かなくちゃいけないこと、死ぬまでに片付けておかなくちゃいけないことの一つだったから。
川上　これまでも春樹さんが四十代の時に、フィクションという形で、戦争が残した暴力性や今も起きてる暴力性について、ずっとお書きになってきたと思うんですけど、メモワールでしか残せないものがあるとあらためて思いました。戦争というものについて書く時、フィクションから迫っていくのと、お父様の実際の記憶とそのファクトからアプローチするのは、春樹さんご自身の中でどう違ってましたか。

村上　僕は小説家だから、フィクションにして書くと、どんなことでもどうにでも形を置き換えていけるわけです。それがフィクションの強みだから。でもノンフィクションだと、どうしても逃げ切れないところが出てくる。そこには身を切るような痛みもあります。でも、きっとそういうものが必要なんだね。

文章というツールについて

川上　以前のインタビューで、春樹さんは実際の事件や人物のことは、なるべくそのまま書かないようにして、フィクションに利用することは倫理的にしないとおっしゃいました。

村上　小説家というのは作り物をつくるわけだから、なるべく事実とは離すとか、その事実と関係ない所に放り込むとか、そういうことで物語のダイナミズムをこしらえていくわけです。でもメモワールの場合はそれとは違う語法が必要になる。

川上　ええ、まったくあり方が違う文章ですよね。

村上　逆に言えば、今の年齢にならないと書けなかったでしょうね。もっと若いときに書いてたら、まったく違うものになってたと思う。

川上　それは、距離感みたいなものを含めてですか。

村上　そうね、あとは文章技術力。自分で言うのもなんだけど、技術がけっこう要る。

川上　技術。

村上　昔は書けることだけ書いて、技術的に書けないことは書かなかったんだけど、今はだいたい書けるから、それは全然違うかな。

川上　技術があがることによって、文章の可能性じたいが変化するわけですね。

村上　でもそれによってすごく小説として良くなったとか、読者がそれで感銘を受けるかとか、それは僕にはわからない。ただ、僕は自分の技術しかわからないから、技術として以前は書けなかったことがいっぱい書けるようになってるし、それはありがたいことです。

川上　では、「具体的には、ここが書けるようになった」という例を、作者は指摘することができますか。

村上　それは教えられない（笑）。

川上　えっ？　教えてくれないんですか？（笑）

村上　でも、虚実の境い目を分からないように書けるようになったということはあるよね。

川上　境い目。

村上　どこが虚で、どこが実か。最近書いている短編連作「一人称単数」は、本当にあったことみたいに読めるけど、もちろん小説だから本当にあった話じゃないわけだし、そのへんの芸というか、それはこれまでとは少し違うものだと僕自身は思ってるんだけど。

川上　春樹さんは一貫して「文章の技術」の話をされていますが、一読者として感じるのは、春樹さんもう、文章がどんどん、どんどん読みやすくなってるんです。

村上　それは僕が目指してることだから。

川上　もう完成してるのに、ずっと手を入れ続けている彫刻家みたい。

村上　いや、そんなことないよ。ある程度書いたら、「あ、これ以上はもう書き直せないな」というところがわかる。そこからはもう手を入れない。長期的には文体は自然に変わっていきます。

川上　読みやすさって、どこまで上がるんだろうっていう気持ちになっちゃうんですけど。

村上　すごく美しい文章を書こうとして文章に凝る人はいると思うけど、僕は文章というのはあくまでツールだと考えているから、そのツールをどこまでうまく有効に使えるかということにすごい興味があります。もちろんそれを使ってこしらえられたものは、ただのクラフト＝工芸品ではなくて、なんというのかな、息遣いとか心臓の鼓動とか血液の流れとか、そういうものと同じようなものなんだ。そういうところまで立体的に温かく表現できるものでなくてはならない。でもそこで用いられている言葉自体はただのシンプルな道具なんだ。誰にでも扱えるような単純な万国共通のありきたりの道具です。ハンマーとスパナみたいな。僕の書くものが海外でもわりと読まれているのは、そのツール性みたいなものがけっこう大きいんじゃないかな。そういう気がします。

川上　どんどん読みやすくなったツールとしての文章が、表現している何か。

村上　たとえば詩の翻訳はすごい難しいよね。多くの場合、詩は文章そのものが一種の目的になってるから。僕の場合は、小説を書くときの文章はあくまでもツール。だから、翻訳されてもツール性というのはおおむねしっかり伝わるし、みんなが読めるんじゃないかなという気はするよね。

川上　ツールが前提になるわけですね。

村上　翻訳してると、そのツール性を実感できる。その物語を英語から日本語に移しかえてどれだけ読みやすくするか。原文のリズムは日本語のリズムと違うわけだけど、どうやってうまく近いところに移せるかをすごく考える。それは、日本語の文章を書く場合にもすごく役に立ちます。

川上　春樹さんが日本語でそのツールを磨きに磨き上げて、最高の形態を出しても、たとえば翻訳者には同じツールを別のものに移し替える能力がないといけませんよね。

村上　彼らは経験を積んでるから、そのへんはわかってると思う。だから訳された僕の小説を僕が英語で読んでも流れがいいなと感じる。

川上　そうなんですね。柴田元幸さんは英語も日本語も同じようにお読みになる数少ないおひとりだと思うんですけど、春樹さんの小説の英訳は原文とまったく同じと言っても差し支えないと以前おっしゃってました。

村上　ほかの言語に関してはちょっとわからないけど、英語に関してはほぼ同じくらいじゃないかな。

川上　英語でそれができるってことは、何語でも基本的に原理的にはできますよね。

村上　だから翻訳は文章のツール性を磨くのにとても良い勉強になるんです。

川上　今、お話を伺って思ったんですが、作家は自分の文章をツールだというふうには認識してなくて、やっぱり自分の表現だったり、その小説作品のアイデンティティだと思ってる場合が多いのかもしれませんね。

村上　そういう書き方ももちろんあるわけだけど、僕はそういう書き方はしないというだけで。僕が自分の昔書いたものをまず読み返さないのは、だいたいにおいて自分の書いた文章に不満を感じるんです。でもそれは良いことだと思う。だって同じこと書いてたら、誰も読まなくなるよね。また同じかと。バージョンアップして自分を磨いて上げていかなきゃいけない。やっぱり世界は広いし、自分よりうまい人はたくさんいるし、日本のマーケットの中だけに留まってたら、自己改革ってなかなかやるのは難しいと思う。ついつい締切りに追われたりしてね。

川上　そうなんですよ。

村上　それから、いいところも一緒にある程度捨てていかないとね。

川上　そしてまた新しいもの、新しい血を得るわけですね。

村上　うん、そう。でも、なかなか難しい話です。僕の読者でも初期の作品のほうがずっと好きだって人はたくさんいる。

川上　やっぱり若いときに本当に衝撃受けたものって、ずっと忘れられないじゃないですか。最近、その小説にいつ出会うかというのはすごく大事だと思っています。

村上　『ノルウェイの森』を今書いたら、もっともっとうまく書けると思うけど、きっとあれはあれぐらいの段階で書いといて一番良かったんじゃないかって……。

川上　ええ、うまさの質にもいろいろあって、『ノルウェイの森』は作品にこのうえなくぴったりしていると思いますけれど。

村上　結果的にね。僕がいちばん考え込んでしまうのは、『世界の終りとハードボイルド・ワンダーランド』。今だったらもっとうまく書けたよなと思う。あれはもっとあとで書いたほうがよかったかもしれないと思うけど、『ノルウェイの森』はあのときにああいう風に書くしかなかったと思う。

川上　春樹さんのお仕事のなかで、完全にリアリズムの長編って『ノルウェイの森』だけなんですよね。デビュー十年目にさしかかるあたりで、リアリズムで千枚近いものを書くべきだと決めてお書きになった。長期的に小説を書いていくことをしっかり摑(つか)んでいる作家の発想ですよね。

村上　書かなくちゃいけないことだという意識はすごく自分で強かったからね。内容も文体もスタイルも、やっぱりこれは今ここでやっておかなくちゃいけないと考えていた。例えば今回、父親のことを書いた「猫を棄てる」と同じような一種の責務感というか、同じようなことだったかもしれない。話そのものは事実ではないけれど、そこにあったある種の心的状況みたいなのをきちんと書き残しておかなくちゃいけないというのがあった。

川上　だから、『ノルウェイの森』と「猫を棄てる」はどこか繋がっているなと感じるところがあって、ほかの作品とくらべると、少し異質なんですよね。個人を含んだ時代そのものを書き残さなきゃな、という意志を感じます。生き残った者としての義務みたいなものを、二つの文章からすごく感じるんです。

村上　今読むとね、青臭いなと思うところあるんだけど、やっぱりああいうのはある程度青臭くないと、人の心は打たない。

川上　書き始めは三十八歳ぐらいなんですよね。

村上　四十前だね。

川上　時代的に、当時の春樹さんからみて二十年ぐらい前のことを書いてるんですよ。私は今、四十三歳なんですけど、たとえば二十年前に弔うべき時代とか、残しておかなければならない時代の空気というものが私たちの世代にあったかというと、何もないように思います。

村上　何もない？

川上　政治の季節もないし、オウム事件はあるけれども、それは破格の凶悪な事件であって、その当時の若者が身を浸していた時代の空気ではありません。青春というものとは違う。私たちはロスジェネと言われてますが、本当にいろんな角度からロスジェネなんだと思います。

村上　僕らの世代はすごく特殊で、十八〜二十歳ぐらいまでは、世の中というのはどんどん良くなっていくと思ってた。今はひどいけど、僕らが努力すればもっと世界はよくなると信じてた。そういう時代はもう戻ってこないんですよね。今の若い人はみんな、だんだん世の中悪くなっていくと思ってるじゃない。

川上　それが前提ですよね。良くなるという状況や意味を知らないですから。

村上　そういう良くも悪くもポジティブというか、楽天的というか、特別な時代の空気を吸ってきたことを書き残しておきたいという気持ちは、やはりあります。それから僕があの時代から身をもって学んだのは、あらゆる「イズム」は信用するなということです。それも若い人に伝えたいことのひとつだよね。僕は普段あまり腹を立てない方だけど、イズムを偉そうに振りかざす人って、けっこう頭に来るかもしれない。

川上　春樹さんの経験を通して、あるいは春樹さんの技術を通して書かれた『ノルウェイの森』の世界観や時代みたいなものを、三十歳ぐらい年が違う私が十代で読むわけです。私たちの青春とは違うのに、なぜか自分の話として読めてしまうところがあります。文化的なディティールは共有できないのに。不思議ですよね。

村上　うん、不思議ですね。

川上　逆に九〇年代について書かれてる小説もけっこうあるんですけど、まったく自分の青春として読めないのも不思議なんですよね。渋谷とか、ファッションでもいいんですが、九〇年代の文化ってあるじゃないですか。私が本当に十八、十九で聴いてた音楽とかリアルなものがリアルに思えない。なぜ『ノルウェイの森』の六八年が、私にとっての九六年や九八年になるんだろうと。このことは、個人的にとても興味深いです。

「待つのが仕事だから」と言ってみたいけれど

川上　春樹さんはこのあと、短編小説をあと二つお書きになって短編集にまとめられるんですよね。ほかに、予感として今何か感じてらっしゃることってありますか。

村上　感じてること？　どんなこと、感じてるって。

川上　お仕事においてです。こんなことをしようかなとか。
村上　決まってるものはないけど、まあ、順番からいけば、短編をワンセット書いたあとには、やっぱり長編を書くというのが来るよね。
川上　四百枚ぐらいの中編とかが入ってくる可能性もありますよね。いずれにしても、次はどこに行かれるんでしょうね。
村上　どこにも行かなかったりして。もう、よくわかんないよね。幾つまで仕事できるか、いつまでものが書けるのか、それもわかんないしね。
川上　計画みたいなものは立てていないんですか？　何歳までにこういうものを書こうとか。
村上　ジャズクラブ開いちゃうかもしれないしね、わかんない。
川上　ずっとそれをおっしゃってますものね（笑）。
村上　いちばん大事なのは、書きたいと思った時に、書きたいように書くということだから、とにかく待ってるしかないんだよね。待つのが僕の仕事だから。
川上　ああ……私も言ってみたいですよね、「待つのが私の仕事だから」って（笑）。
村上　待ちながら翻訳したり、いろんなエッセイ書いたりする。だからやることはいっぱいあるんです。

川上　素晴らしいですよね。
村上　この何十年そうやって生きてきたから、もうそれが習性みたいになってる。
川上　その習慣に今後も身を委ねて、じゃないけれども、そのサイクルで行かれるんですね。でも、ラジオとかね、春樹さんのちょっと風を入れようかなと思って始めたこのオープンマインドみたいなものは、今後も続くのかしら。
村上　たぶんある程度はね。そんなにもうギリギリやる必要ないから。僕はずっと店をやって仕事してたじゃない。それで小説書いて生活できるようになって、こんなに楽な人生があったのかと（笑）。
川上　でもやっぱり書くことは大変ですよね。
村上　でも、肉体労働に比べたら、好きなことやってるわけだから。
川上　気持ちはそうですけど。
村上　さっきも言ったように、文章を書く以外の仕事はまったくしないことにしようと決めて四十年ぐらいずっとやってきたけど、そろそろ手綱をいくらか緩めてもいいかと。やっぱり音楽に関わることは、僕にはすごく楽しいから。
川上　「楽しい」というのが大きいんですね。
村上　あと、僕は文芸の世界に馴染めなかったから。四十年やっててほとんど友達も作れなかったたし。
川上　春樹さん、それもよくおっしゃいますけれど、春樹さんが友達にならなかったんじゃなくて？
村上　うーん。というか、同業者ってけっこう面倒くさいでしょ。
川上　そうですね、やっぱり作品の話をしないといけないですからね。とすると、体力も気力もかなり使うことになりますしね……でもとにかく、ちょっと春樹さんのモードも変わってきて、それもやってみるとけっこう春樹さんにとって楽しいことであると。そして私たちは、またそんなに遠くない将来に長編小説があるかなというのがまた楽しみなんですけれども。
村上　ある日突然、ＵＳＢを編集者にひょいと渡すとか（笑）。

帰って来られた猫と帰って来られなかった猫、内臓の中の石

川上　小説を書くにはいろんな動機があると思うんですけど、フィクションにしろ、今回のお父様のことに関しても、春樹さんの作品には「猫」が出てきます。このメモ

ワールでは二匹の猫が出てきます。冒頭の「行って帰ってきた猫」と最後の「帰って来られなかった猫」です。
村上 そうですね。
川上 この「猫を棄てる」を読んだときに思ったのは、作家がなぜ小説を書くのか、なぜ何かを語らなければならないと思うのか——つまり、お父様のことや戦争や、あるいはご家族のことをお書きになっても、やはり最終的には春樹さんの仕事について書かれた文章なのではないかということでした。広い意味では、なぜ人は文章を書くのか、ということについてですね。私たちは、それがどこなのかはわからないけれど、行って、戻って来られている状態です。やっぱり、「帰ってきて語る」ということがすごく重要なんですね。生き延びて語ることは、生き延びた人にしかできないことですから。「猫を棄てる」という作品は、そういうことを構造的に示してるというか……。世界には、帰って来られた猫と帰って来られなかった猫がいること。
村上 猫のことを入れなければ、この文章は書けなかったなと思う。いちばん最初の猫を棄てに行く所から話がスッと出てくる。それがないと出てこないんだよね、スッと。
川上 この猫が逆ではダメだったわけで。

村上　もちろん逆じゃダメ。
川上　物語はもちろん生き延びた人が書いて、読むものですが、帰って来られなかった人たち、帰って来られなかった猫たちのためにあるのかもしれません。
村上　助けてくれるものとしての猫とか音楽とか、そういうのは大きいかもしれない。
川上　それにしても春樹さんの小説には、本当に猫が重要な所で出てきますよね。『1Q84』には猫の町が出てきます。
村上　考えてみると、猫はいっぱい出てきますよね。『ねじまき鳥クロニクル』も、まず猫が消える。
川上　そうです。でも、猫は帰ってくるの。
村上　猫のワタヤノボルね……。
川上　ワタヤノボルは帰ってくる。『海辺のカフカ』では猫が殺されてしまう。人を食べる猫が出てくる短編もあります。
村上　ナカタさんは猫の言葉が分かるし、『海辺のカフカ』は猫だらけの小説で。
川上　猫は現実的でありながら象徴的だし、物語のなかで不思議な力を発揮しますよね。猫は私たちのルールを逸脱した存在だし、動物の中でもどこかあり方が特殊ですよね。

村上　僕の小説の中に出てきた猫を集めた本もあるみたいだけどね。いろんなことで分析されちゃう。

川上　そうなんですよ。ところで、もう一つ聞きたいことがあるんです。

村上　はい、何でしょう。

川上　春樹さん、昔からね、やっぱりお父様のことについては書かなければならないと思ってらっしゃっていて、そこには個人史的なこともあるし、お父様が語らなかったことを春樹さんが書き残す、という義務感のようなものがあったと。いつか親のことを書く、系譜について書くというのは動機としてよく見られると思うのですが、歴史そのものについてはどうですか。作家として若い頃からそのことを思ってましたか。歴史について書かねばならないという、使命感みたいなものが。

村上　いや、それはないけどね。

川上　外部にある、より大きなものを書こうとする意志というか、一生そういうことを書かずに行く作家もいると思うんです。

村上　でも自分の中に何かが溜まっているのはわかるよね。内臓の中に何かの石が一個あるとか、そういうのはいろんな形で書いていかざるを得ない。僕以外にそのことを書く人はいないわけだし、そういうコアは誰にでもあると思う。もちろんそれがわかってても書けない人もいるかもしれない。それを書くことができるという意味では僕は幸運なのかもしれない。

川上　おそらく内臓に石のようなものがない人はいなくて、それが何か別のものにストンと落ちたり、ハマったりとかいろんな形になって出てくる。

村上　作家というのは、そういうものの相似形を提供する責務があると僕は思ってるんだけど。

川上　私はこの本のインタビューの中で、「春樹さんはもっと政治的なものを書くべきだという声があるんですが」っていう質問をしました。それに対して春樹さんは、「そうかな、僕の小説はけっこう政治的だと思ってるんだけど」とおっしゃったんです。

村上　そう、僕はずっとそう思ってる。

川上　それは今お話になった「石みたいなもの」が、政治や歴史と密接に関係してるということですか？

村上　メッセージにしちゃうと小説である意味がなくなるよね。評論家みたいな人はだいたいにおいて、はっきりしたロジックとかメッセージとか求めてるみたいだけど、そのほうがたぶん批評をしやすいからだと思う。僕は小説家として、そういうことは書きたくないし、なるべくはっきりとは意図がわからないように物語の中で収めたいと思ってる。それじゃ政治性がないと言われると、ある意味では無いかもしれないけど、ある意味ではすごくある。

川上　それは小説を書くというその動機の中に、すでに「歴史」があったりするんですね。

村上　今のSNSでもそうだけど、みんな自分の好きな意見だけ読むわけね。自分の嫌いな意見には悪口をいっぱい書くわけじゃない。そういうものに対抗できるのはフィクションというか、物語しかないと僕は思ってる。

川上　そして物語は長ければ長いほどいいと……。

村上　うん、個人的な好みでいけば、長ければ長いほどいい。

川上　春樹さんは別のインタビューの中で、以前の宗教みたいなものに代わるものとしてSNSとおっしゃってましたが、それはいい意味では使ってないですよね。

村上　直接民主主義みたいに、個人と個人でシステムを通さず交流できる良き広場みたいになればいいと思ってたけど、最近はだんだんそうじゃなくなってるんじゃないかな。

川上　昔はここに何かシステムがあるぞってことが良くも悪くも可視化されてたけれ

ども、今はもう拾うことができないですもんね。もう乱立して局所的に点在して、それが無限に増殖していく。可視化されすぎて見えなくなった。どこで何が起きているのかがもうわからない無数のパラレルワールドがあるようなものです。

村上　今、政治的という言葉で表されるのは、非常にテクニカルな問題ばかり。小説家はもっと中心にあるものを書かなくちゃいけない。テクニカルなものと本質的なものがあったら、小説はやはり本質的なものに沿わなくちゃいけないと思います。その意味では、今すごくフィクションが大事な意味を持ってると僕は思ってるんだけどね。

川上　でも、このあいだ新刊出して、いろんな書店に行ったんですよ。でも少し憂鬱（ゆううつ）になってしまって。というのは、もう新刊のコーナーにいわゆる純文学——中でも、春樹さんが今おっしゃったような本質を担（にな）うような傾向のある本がほとんど置かれていないんですよね。娯楽小説の読者もみんな Netflix に行っちゃったから、長いものを読むというか、そのフォーマット自体が人々からなくなってきてるのをすごく感じます。それでも良き物語というのは、形を変えても小説以外のところで生き延びていくのでしょうか。

村上　日本のマーケットだけで考えると、小説というか、文学は先細りだけど、もう少しグローバルに考えていけば、マーケットはどんどん広がっていくんじゃないかな。

川上　本という形態ですか。例えばそれは電子化やオーディオになったりとかっていうことも含めて？

村上　形はどうであれ、翻訳されて世界に出て行けば、ずいぶん違ってくる。

川上　そこもいばらの道ではありますが……。そんな状況でも、春樹さんがおっしゃるように作家は小説を書くということを選んで生きてるわけだから。こういう変化もじっくりと見て、観察しながら残していくのも仕事のうちですよね。ときどき憂鬱になったりもしますが。

村上　やっぱりできるだけ時間をかけていいものを書くしかない。中身を磨いていくしかない。それ以外に僕に言えることはなにもないよね。

川上　うん。泥水をすすってでも、時間をかけて書くべきですよね。

村上　そこまでは言わないけど（笑）。

川上　でも、極論を言えばそうなんです。だってやっぱり、お金を儲（もう）けようと思ってやっている仕事じゃないもの。本が売れなくなっても、書く人は書きますものね。本を書きながら死んでいくしかない。

村上　（笑）

川上　いや、本当に。そういう仕事に就いたんだから、やっぱりそれは芸術の神との契約みたいなものです。

村上　だから、ほとんど最初の段階から僕は注文受けて小説書くことはするまいと決めて実行してきたんだけど、もしそれで食えなくなったら、また何か店でもやりゃいいやと思ってた。

川上　春樹さんって今の言葉でいうとストイックってことになるのかもしれないけど、やっぱり性格的にも特殊ですよね。

村上　たしかに特殊だと思うけど、ストイックではない。ただ簡単なルールでやってるだけ。

川上　春樹さんの小説の登場人物にも反映されている時代があった。『ねじまき鳥クロニクル』の主人公岡田亨君っているじゃないですか。春樹さんとこうやって直にお話ししてみると、けっこう近いところがあります。自分のしたくないことは絶対にしない人。

村上　そう、親にも理解されなかった。

川上　「なんで春樹はそうなんだ」っていう感じだったんですか？

村上　親は僕のことをまったく理解できなかったと思う。

川上　お母さまも？

村上　うん。

川上　フィクションだけど、『ねじまき鳥クロニクル』のあの主人公のあの感じ、いいですよね。

村上　あまり冴えないじゃない、岡田亨君。

川上　いや、そんなことないですよ。無職の三十歳の男の人だけど、我慢強いし、あきらめないし。ちゃんと怒ってるし、これだと思ったことにかんしては一歩も引かない。でも、春樹さんがさっき親にも理解されなかったっておっしゃってたけど、逆に理解されたと感じたことはありますか。

村上　誰に？

川上　なんかここは理解されたとか、共有できたかなとか。

村上　親に？　無理だと思ったなあ。

川上　春樹さんにとって自分の大事なところは、一つも共有できなかったんですか？お父さんは世代もあるし、時代もあるけど、お母さんとも？

村上　うん。できなかったと思うなあ。僕がわりにクールだから……。

川上　そのクールさはどこから来たんでしょう？

村上　よくわかんない（笑）。とにかく親とはうまく理解し合えなかったところがあるね。

川上　いわゆる村上春樹読者が言ってるクールとはまた違うレベルのクールさというか……絶対に自分のしたくないことはしない的な。

村上　そう、しない。

川上　その感じってどこから来るんだろう。どこでその性格を形成したんでしょうね。世の中の人はみんな、したくないことをして生きていくものなんですよ（笑）。子どものときからそうなの？　したくないことはしない性格の子ども？

村上　学校嫌いだったからなあ。

川上　はあ……猫みたいですよね。

村上　うーん、猫ね。今でも右向けって言われたら、つい左向いちゃう。

川上　今後、お父様について書かれたような仕事はなかなか難しいと思うんですけど、何かご自身のことで、フィクションという形じゃなくて身銭切り型というか、そういう形式で、書くべきことはまだ残ってますか。

村上　なくはないけど、書かないと思う。あとのことは別に書かなくてもいいようなことだから、あるいは墓の中まで持っていくべきことだから、たぶん書かないと思います。

インタビューの最後に

川上　私はこの「みみずくインタビュー」を折に触れ読み返してるし、春樹さんの小説も読み返すんです。そうすると、もっとここをこう聞けばよかったとか、私も往生際が悪いと思う。なんでここで話を止めてるんだろうとか、いつも何か発見があります。もっとうまくできただろうとか、際限なく反省できます。

村上　いや、今回も鋭いツッコミで（笑）。

川上　とにかく、この本全体を通して、真正面から答えていただいたという感触があって、本当にうれしかったです。中でも、「ここは本当かなあ」と思う所もあったんですけど、「忘れてる」というお答えも、今は全部本当なんだなって思います。

村上　いや、本当に忘れてる（笑）。

川上　この本を出した後に、みんなに言われたんですよ。春樹さんが「イデアなんか知らないな」と言ってたけど、そんなわけないだろうって。ほんと、もうみんなに笑われたんだけど、私は信じてる、春樹さんのこと。本当に、本当に知らないんですよね。

村上　いやいや、本当に知らない、本当に知らない。プラトンなんて読んだこともないです。世の中の人は僕を買いかぶってるよ。僕の教養というのはもうザルみたいにボコボコ抜けてる。

川上　でもこうして神楽坂（かぐらざか）で、二年半後にインタビューができて良かったです。

村上　せっかく文庫版にするのに何かオマケがあったほうがいいものね、付録として。

川上　春樹さん、ありがとうございました。

村上　いえいえ、こちらこそ。

川上　ああ——無事に終わってほっとして、すごくお腹（なか）が鳴ってる。今日はもう、ものすごく日本酒をいただきます（笑）。

（二〇一九年九月十三日　新潮社クラブにて）

本書は、平成二十九年四月、新潮社より刊行された。
文庫化にあたり、巻末に付録対談を収録した。

川上未映子著

あこがれ

渡辺淳一文学賞受賞

水色のまぶた、見知らぬ姉――。元気娘ヘガティーと気弱な麦彦は、互いのあこがれのために駆ける！ 幼い友情が世界を照らす物語。

川上未映子著

ウィステリアと三人の女たち

大きな藤の木と壊されつつある家。私はそこに暮らした老女の生を体験する。研ぎ澄まされた言葉で紡ぐ美しく啓示的な四つの物語。

村上春樹著

騎士団長殺し

第1部 顕れるイデア編（上・下）

一枚の絵が秘密の扉を開ける――妻と別離し、小田原の山荘に暮らす孤独な画家の前に顕れた騎士団長とは。村上文学の新たなる結晶！

村上春樹著

1Q84

―BOOK1〈4月―6月〉前編・後編―

毎日出版文化賞受賞

不思議な月が浮かび、リトル・ピープルが棲む1Q84年の世界……深い謎を孕みながら、青豆と天吾の壮大な物語が始まる。

村上春樹著

海辺のカフカ

（上・下）

田村カフカは15歳の日に家出した。姉と並んだ写真を持って。世界でいちばんタフな少年になるために。ベストセラー、待望の文庫化。

村上春樹著

ねじまき鳥クロニクル

読売文学賞受賞（1～3）

'84年の世田谷の路地裏から'38年の満州蒙古国境、駅前のクリーニング店から意識の井戸の底まで、探索の年代記は開始される。

村上春樹
安西水丸 著

村上朝日堂

ビールと豆腐と引越しが好きで、蟻ととかげと毛虫が嫌い。素晴らしき春樹ワールドに水丸画伯のクールなイラストを添えたコラム集。

村上春樹
安西水丸 著

村上朝日堂の逆襲

交通ストと床屋と教訓的な話が好きで、高いところと猫のいない生活とスーツが苦手。御存じのコンビが読者に贈る素敵なエッセイ。

村上春樹 著

村上朝日堂 はいほー！

本書を一読すれば、誰でも村上ワールドの仲間になれます。安西水丸画伯のイラスト入りで贈る、村上春樹のエッセンス、全31編！

村上春樹
安西水丸 著

村上朝日堂はいかにして鍛えられたか

「裸で家事をする主婦は正しいか」「宇宙人に知られたくない言葉とは？」'90年代の日本を綴って10年。「村上朝日堂」最新作！

村上春樹 著

辺境・近境

自動小銃で脅かされたメキシコ、無人島トホホ潜入記、うどん三昧の讃岐紀行、震災で失われた故郷・神戸……。涙と笑いの7つの旅。

松村映三
村上春樹 著

辺境・近境 写真篇

春樹さんが抱いた虎の子も、無人島で水をかぶったライカの写真も、みんな写ってます！同行した松村映三が撮った旅の写真帖。

村上春樹著

もし僕らのことばがウィスキーであったなら

アイラ島で蒸溜所を訪れる。アイルランドでパブをはしごする。二大聖地で出会ったウィスキーと人と——。芳醇かつ静謐なエッセイ。

和田誠
村上春樹著

ポートレイト・イン・ジャズ

青春時代にジャズと蜜月を過ごした二人が、それぞれの想いを託した愛情あふれるジャズ名鑑。単行本二冊に新編を加えた増補決定版。

村上春樹文
大橋歩画

村上ラヂオ

いつもオーバーの中に子犬を抱いているような、ほのぼのとした毎日をすごしたいあなたに贈る、ちょっと変わった50のエッセイ。

村上春樹文
大橋歩画

村上ラヂオ2
—おおきなかぶ、むずかしいアボカド—

大人気エッセイ・シリーズ第2弾！ 小説家の抽斗(ひきだし)から次々出てくる、「ほのぼの、しみじみ」村上ワールド。大橋歩の銅版画入り。

村上春樹文
大橋歩画

村上ラヂオ3
—サラダ好きのライオン—

不思議な体験から人生の深淵に触れるエピソードまで、小説家の抽斗(ひきだし)にはまだまだ話題がいっぱい！「小確幸」エッセイ52編。

村上春樹著

村上春樹 雑文集

デビュー小説『風の歌を聴け』受賞の言葉から伝説のエルサレム賞スピーチ「壁と卵」まで、全篇書下ろし序文付きの69編、保存版！

B・クロウ
村上春樹訳
ジャズ・アネクドーツ

ジャズ・ミュージシャンが残した抱腹絶倒、荒唐無稽のエピソード集。L・アームストロング、M・デイヴィスなど名手の伝説も集めて。

J・フジーリ
村上春樹訳
ペット・サウンズ

恋愛への憧れと挫折、抑圧的な父親との確執……。ビーチ・ボーイズの最高傑作に隠された、天才ブライアン・ウィルソンの苦悩。

C・マッカラーズ
村上春樹訳
結婚式のメンバー

多感で孤独な少女の姿を、繊細な筆致と音楽的文章で描いた米女性作家の最高傑作。村上春樹が新訳する《村上柴田翻訳堂》シリーズ。

J・ニコルズ
村上春樹訳
卵を産めない郭公

東部の名門カレッジを舞台に描かれる60年代アメリカの永遠の青春小説。村上春樹による瑞々しい新訳！《村上柴田翻訳堂》シリーズ。

W・サローヤン
柴田元幸訳
僕の名はアラム

アルメニア系移民の少年が、貧しいながらもあたたかな大家族に囲まれ、いま新世界へと歩み出す――。《村上柴田翻訳堂》シリーズ。

T・ハーディ
河野一郎訳
呪われた腕
―ハーディ傑作選―

ヒースの丘とハリエニシダが茂る英国南部の情景を舞台に、運命に翻弄される男女を描く幻想的な物語。《村上柴田翻訳堂》シリーズ。

E・レナード
村上春樹訳

オンブレ

「男(オンブレ)」の異名を持つ荒野の男ジョン・ラッセル。駅馬車強盗との息詰まる死闘を描いた傑作西部(ウエスタン)小説を、村上春樹が痛快に翻訳！

フィツジェラルド
野崎孝訳

フィツジェラルド短編集

絢爛たる'20年代、ニューヨークに一世を風靡し、時代と共に凋落していった著者。「金持の御曹子」「バビロン再訪」等、傑作6編。

フィツジェラルド
野崎孝訳

グレート・ギャツビー

豪奢な邸宅、週末ごとの盛大なパーティ……絢爛たる栄光に包まれながら、失われた愛を求めてひたむきに生きた謎の男の悲劇的生涯。

ヘミングウェイ
高見浩訳

われらの時代・男だけの世界
―ヘミングウェイ全短編1―

パリ時代に書かれた、ヘミングウェイ文学の核心を成す清新な初期作品31編を収録。全短編を画期的な新訳でおくる、全3巻の第1巻。

ヘミングウェイ
高見浩訳

日はまた昇る

灼熱の祝祭。男たちと女は濃密な情熱と血のにおいに包まれて、新たな享楽を求めつづける。著者が明示した〝自堕落な世代〟の矜持。

ヘミングウェイ
高見浩訳

武器よさらば

熾烈をきわめる戦場。そこに芽生え、激しく燃える恋。そして、待ちかまえる悲劇。愚劣な現実に翻弄される男女を描く畢生の名編。

みみずくは黄昏(たそがれ)に飛(と)びたつ

川上未映子 訊く／村上春樹 語る

新潮文庫　む－5－43

令和元年十二月一日発行
令和五年四月二十日二刷

著者　川上(かわかみ)未映子(みえこ)
　　　村上(むらかみ)春樹(はるき)

発行者　佐藤隆信

発行所　株式会社新潮社

郵便番号　一六二―八七一一
東京都新宿区矢来町七一
電話 編集部(〇三)三二六六―五四四〇
　　 読者係(〇三)三二六六―五一一一
https://www.shinchosha.co.jp

価格はカバーに表示してあります。

乱丁・落丁本は、ご面倒ですが小社読者係宛ご送付ください。送料小社負担にてお取替えいたします。

印刷・錦明印刷株式会社　製本・錦明印刷株式会社

ISBN978-4-10-100175-3 C0195